```
W0020168
```

www.blue-panther-books.de

Trinity Taylor

Ich will dich jetzt

Erotische Geschichten

www.blue-panther-books.de

BLUE PANTHER BOOKS TASCHENBUCH
BAND 2166

1. AUFLAGE: JUNI 2010

VOLLSTÄNDIGE TASCHENBUCHAUSGABE

ORIGINALAUSGABE
© 2010 BY BLUE PANTHER BOOKS, HAMBURG
ALL RIGHTS RESERVED

COVER: ISTOCK.COM © LÓRÁND GELNER
UMSCHLAGGESTALTUNG: WWW.HEUBACH-MEDIA.DE
GESETZT IN DER TRAJAN PRO UND ADOBE GARAMOND PRO

PRINTED IN GERMANY
ISBN 978-3-940505-15-6

WWW.BLUE-PANTHER-BOOKS.DE

INHALT

1. Hot & Sexy 7

2. Lustvolle Vertretung 55

3. Tempel der Lust 93

4. Liebeslehre 119

5. Die Klavierlehrerin 157

6. Karibik-Abenteuer No. 4:
   Liebesbeweis 185

7. LiebesSpiel . . . . nur im Internet / 222

   Mit dem Gutschein-Code
   ## TT5TBAZTB
   erhalten Sie auf
   www.blue-panther-books.de
   diese exklusive Zusatzgeschichte als PDF.
   Registrieren Sie sich einfach online
   oder schicken Sie uns die beiliegende
   Postkarte ausgefüllt zurück!

HOT & SEXY

Mit Schwung zeichnete Lisa ein traumhaftes weinrotes Nachthemd auf das Papier. Die Brüste versteckte sie hinter weinroter Spitze. Einem spielerischem Trieb nachgebend, zeichnete sie Nippel darunter.

»Sehr schön, Miss Harrington.«

Erschrocken blickte sie auf. Ihre Chefin Amanda Fox stand schräg hinter ihr und lächelte gequält. »Zeichnen Sie bitte etwas Richtiges. Wir sind hier nicht bei der Kindermalstunde.«

Sofort zerknüllte Lisa den Zettel und blickte vor sich auf den Tisch, während sie leise sagte: »Tut mir leid, Ma'am.«

»Dafür bezahle ich Sie einfach nicht!« Sie machte eine kurze Pause. »Wir haben einen großen Auftrag für eine Modenschau bekommen und eigentlich wollte ich Sie fragen, Miss Harrington, ob Sie nicht mit ins Rennen gehen.«

Erstaunt drehte Lisa sich zu ihr um. »Sie meinen, ich darf meine Kollektion präsentieren?«

»Immer halblang. Soweit ist es noch lange nicht. Erst würden Sie etwas Neues entwerfen müssen, dann ginge es in eine Vorentscheidung, um dann erst vor den wirklichen Leuten präsentieren zu können. Die wiederum küren die besten zehn Modelle und gehen mit ihnen in eine Modelinie.«

»Wow!«

»Ganz genau! Und unser Haus ›Cute Lady‹ darf daran teilhaben.« Stolz streckte Amanda Fox ihre Brust raus. Doch sogleich erhob sie drohend den Finger. »Also, vermasseln Sie mir diese Chance nicht!«

»Nein, Ma'am.«

»Die Modenschau läuft unter dem Motto: ›Hot & Sexy!‹ Sie und Betty werden die Mode entwerfen. Also, geben Sie sich Mühe!«

Mit klopfendem Herzen nickte Lisa. Das war wirklich eine einmalige Chance, die sie voll und ganz würde nutzen werden.

Amanda Fox drehte sich zum Gehen, besann sich aber und sagte über die Schulter: »Morgen wird es eine Vernissage geben, wo viele große Modeschöpfer erscheinen werden. Ich nehme Sie und Betty mit, damit Sie beide schon mal ein bisschen Modeluft schnuppern können.«

»Das ist super, danke! Ich …«

»Zwanzig Uhr in der ›Lotusblüte‹. Machen Sie sich schick!«

»Ja, danke.«

Rauschend verließ Amanda Fox das Zimmer, sich dauerhaft ihrer ladyhaften Eleganz bewusst.

***

Mit klopfendem Herzen betrat Lisa den prunkvoll ausgestatteten Saal, wo die Mode-Vernissage stattfand. Allein der rote Teppich gab schon eine Menge her. Sie kam sich wie ein Star bei der Oscar-Verleihung vor.

Ihr erster Blick galt einem gigantischen Kronleuchter an der Decke, er hauchte dem Saal Luxus und etwas zeitlos Schönes ein. Dann erst konzentrierte sie sich auf die Leute, die alle schon versammelt waren, sich raunend unterhielten bei gedämpfter klassischer Musik. Doch bevor ihr Blick sich auf die Gesichter der Gäste scharf stellte, musterte Lisa die Kleidung. Es war eine interessante Mischung aus Extravaganz und Klassik. Sie hatte selber ein schlichtes petrolfarbenes Schlauchkleid gewählt, das bodenlang war. Ihr kam in den Sinn, dass sie vielleicht doch nicht ganz so viel zu Abend hätte essen sollen. Sie war sicher, dass jeder ihren kleinen Bauch als erstes bemerken würde. Noch während sie sich darüber Sorgen machte, erkannte sie Valentino – Valentino Clemente Garavani! Ihr Herz schlug schneller. Diesen Modeschöpfer, nein, eher Modepapst, verehrte sie. Er kreièrte traumhafte Abendkleider, wunderschöne Schuhe, elegante Röcke, ausgefallene Tops und extravagante Handtaschen. »Mode ist vergänglich – Eleganz ist ewig«, kam ihr sein Standard-Satz in den Sinn, der auf seine Mode nur allzu sehr zutraf. Er war umringt von einigen Männern und zwei Frauen. Er strahle eine unglaubliche Eleganz und Präsenz aus. Der Mann, mit dem er sich unterhielt, brachte ihn zum Lachen und es erfüllte den Raum mit einem warmen Klang. Doch Lisa war sich nicht sicher, ob es ausschließlich am Lachen von Valentino lag oder am Duo mit dem Mann ihm gegenüber. Fasziniert beobachtete sie ihn, wie sein Lachen nach und nach verklang. Sein Blick heftete sich auf Lisa, und während er seinen Mund langsam vom Lachen schloss, starrte sie ihn mit einem offenen an. Völlig unerwartet zwinkerte der Mann, was Lisa wie einen Blitz durch ihren Körper jagte.

Sie zuckte zusammen, als sie angesprochen wurde. »Die sind alle schwul!«

Mit einem Ruck drehte Lisa sich zu Betty um.

Diese grinste. »Verguck dich bloß nicht in einen von denen. Das hat keinen Sinn. Die vögeln sich doch alle untereinander.«

Wütend blickt Lisa sie an. »Ach, Unsinn! Valentino hat nur *einen* Freund und dem ist er treu. Es ist doch wie bei uns Heteros. Wir legen ja auch nicht jeden Kerl flach, den wir kriegen können.«

»Bist du dir sicher?«

»Meine Damen, darf ich Ihnen eine Champagnerflöte reichen?«, fragte der Kellner und bot sein Tablett dar.

»Klar!« Betty griff zu.

Lisa war sich nicht sicher, ob ihre Chefin das auch so klar fand, dass sie sich hier die Kante gaben. Aber ein Glas sollte wohl erlaubt sein. So nahm sie auch ein Champagner-Glas. »Danke.«

»Sieh mal, dahinten sind sogar Dolce & Gabbana.«

Lisa folgte Bettys Blick. Sie kannte die beiden nur vom Bild her. Doch sie erblickte nur einen von ihnen. Stefano Gabbana. Er zeigte strahlend weiße Zähne und brach gerade in ein helles Lachen aus, während er kurz über seine Glatze strich. Dazu legte er einem größeren Mann die Hand auf die Schulter und lehnte seinen Kopf dagegen.

»Ich finde die so cool!«, stieß Betty schwärmerisch hervor. »Die kreieren so geile Mode. Wusstest du, dass sie auch Madonna, Monica Bellucci, Isabella Rossellini und Kylie Minogue ausgestattet haben?«

Lisa schüttelte den Kopf. »Nein. Ich finde die Jungs etwas zu extravagant, zu provokativ. Ihre Werbung ist nicht schlecht, aber auch sehr gewagt.«

»Ach, du bist einfach noch zu verstaubt. Du musst mal kreativer werden.«

Sauer blickte Lisa Betty an. »Ich bin kreativ! Sonst würde ich wohl kaum ausgewählt worden sein, an der ›Hot & Sexy‹ teilzunehmen. Amanda Fox schätzt mich.«

»Ja, klar. Momentan hat sie einfach keine guten Leute. Da greift sie auf dich zurück.«

»Wie bitte?!«

»Ach komm, Lisa, war nicht so gemeint. Ich bin ja auch

dabei. Auf mich trifft meine Aussage ja auch zu. Weißt du, wer von den Newcomern richtig geile Mode entwirft?«

Lisa schüttelte den Kopf. Sie war noch immer sauer und genervt von Betty.

»Der ›Creating Warrior‹. Das ist mal ein richtig cooler Typ. Du kennst den doch, oder?«

»Ja, sicher«, log Lisa, drehte sich ein wenig und ließ den Blick im Saal schweifen, während sie von ihrem Champagner nippte. Immer mehr Leute fanden sich ein, trafen Bekannte, begrüßten sich mit drei Mal Küsschen links, rechts, links. Lisa versuchte, noch mehr Prominente zu entdecken, aber nur die großen, bekannten Modeschöpfer waren ihr von Bildern her bekannt.

»Hey, hörst du mir überhaupt zu?« Bettys purpurrotes Cocktail-Kleid mit einer angedeuteten Schleppe raschelte, als sie einen Schritt zu Lisa herantrat. »Ich sagte, das ist DER Necomer in der Modebranche. Man sagt, er sei ein abgebrühter Hund und er hätte sich nach oben gevögelt.«

»Ach, Betty, nun hör aber auf. Ich möchte das alles gar nicht so genau wissen.«

»Ich glaube schon, du hast nur keine Lust, es dir von mir anzuhören, weil du glaubst, du bist besser als ich.«

Erstaunt blickte Lisa sich zu ihrer Arbeitskollegin um. »Wie kommst du darauf? Ich glaube, du hast ein echtes Problem und leidest unter Verfolgungswahn.«

»Wenn der Warrior erst mal zuschlägt, dann werden wir alle arbeitslos. Denk an meine Worte!« Damit rauschte Betty davon. Sie hatte schon den gleichen Abgang drauf, wie Amanda Fox, fand Lisa, und auch in ihrem wichtigen Gehabe war sie nicht weit von ihrer Chefin entfernt. Hoffentlich würde Lisa nie so werden, dachte sie und suchte nach jemandem, mit dem sie sich unterhalten konnte, denn so ganz allein hier im Raum zu stehen, war nicht ihr Ding.

Verstohlen blickte sie wieder zu Valentino und geriet ins Schwärmen. Der Mann an seiner Seite sah sie erneut an. Schließich löste er sich von Valentinos Seite und kam auf Lisa zu. Je näher er kam, desto besser sah er aus. Sein kantiges Gesicht schien mit dem sanften grauen Anzug zu verschmelzen. Seine kurzen, dunkelbraunen Haare gaben ihm einen klassischen Schick. Als er auf ihrer Höhe war, blickte sie nach oben, um ihn anzusehen. Er hatte stahlblaue Augen. Ihr Herz hämmerte und sie spürte, wie sich ihre Wangen rot färbten.

»Guten Abend«, sagte er höflich und lächelte.

»Hallo.« Lisa beschloss, nicht viel zu sagen, sonst würde man ihr ihre Nervosität bestimmt anmerken.

»Sie haben ein wunderschönes Kleid an. Es betont ihre weibliche, hübsche Figur.«

Noch mehr Komplimente und Lisa würde in Ohnmacht fallen. Aber das haben diese Modegurus einfach drauf. So etwas konnte auch nur ein Homosexueller sagen. Die haben einfach den Blick für alles Schöne dieser Welt.

»Danke«, stieß Lisa hervor. »Sie sind aber auch sehr schick.«

Er lachte und sofort kam sie sich dumm und albern, aber vor allem extrem unkreativ vor. Einfach sein Kompliment zurückzugeben, zeugte von wenig Können. Doch er fand es wohl nett, denn er bedankte sich und fragte, ob er ihr noch ein Glas Champagner bringen könnte. Lisa verneinte und zeigte auf ihr Glas. »Ich habe noch, danke.«

Der Mann zog die Augenbrauen hoch.

Lisa sah, dass sie wohl schon alles ausgetrunken hatte und nickte schnell. Vielleicht war es ganz gut, wenn sie mal wieder allein war. Sie hatte das Gefühl, für ihre Firma immer entbehrlicher zu werden. Wenn sie nun nicht ein wenig modische Konversation trieb, würde sie wohl nie wieder so eine Vernissage besuchen dürfen.

Lisa kam nicht dazu, sich ein paar Fragen auszudenken. Ihr wurde mit einem leichten Kopfnicken ein gefülltes Champagnerglas hingehalten.

»Madame …«

»Vielen Dank, Mr … äh …«

»Oh, entschuldigen Sie, mein Name ist Tom. Tom Monroe. Wie Marylin. Und wie heißen Sie?«

»Lisa Harrington.«

»Sie arbeiten bei ›Cute Lady‹, richtig?«

»Genau. Woher wissen Sie das?«

Er lächelte. »Ich kenne Betty.«

»Oh.«

Jetzt lachte er. »Nicht, wie Sie denken. Sie wurde mir vorgestellt. Da arbeitete sie noch woanders. Anscheinend wechselt sie öfter.«

»Das kann sein, ich kenne sie noch nicht sehr lange und es wird wohl auch nicht intensiver werden, denke ich«, gab Lisa zu.

Er lächelte, zeigte dabei eine Reihe weißer Zähne. Dann trank er einen Schluck Champagner.

»Wie lange arbeiten Sie schon im Modebusiness? Äh, Sie arbeiten doch in der Modebranche, oder?«, fragte Lisa.

Er nickte. »Ja, sicher.« Er überlegte. »Lustig, dass Sie mir diese Frage stellen. Das hat mich bisher noch niemand gefragt, obwohl es auf der Hand liegt, so etwas wissen zu wollen. Also, ich habe meine ersten Modezeichnungen mit acht gemacht. Am liebsten habe ich Frauen gemalt, in Kleidern. Das hat mich als Junge fasziniert.«

»Dass Frauen Kleider tragen?«

»Ja, Jungen und Männer, Mädchen und Frauen ... alle tragen Hosen, aber nur die Frauen tragen auch Röcke und Kleider. Als Kind habe ich mich dauerhaft gefragt, warum das so ist, auch von meiner Mutter habe ich das wissen wollen. Doch keiner konnte mir eine Antwort darauf geben. Das hat mich fasziniert. Daraufhin habe ich mir die schönsten Kleider und Röcke für sie ausgedacht und gezeichnet. Viele, dicke Zeichen-Mappen sind daraus entstanden.«

Lisa lächelte. »Das ist wirklich ... toll.« Sie konnte ihren Blick einfach nicht von diesem Mann losreißen, wollte ihn immerzu sprechen hören. Im Stillen hegte sie den Wunsch, dauerhaft mit ihm befreundet zu sein. Sie hatte noch nie einen Schwulen kennengelernt und wusste nur vom Hörensagen, dass sie wunderbare Kumpel sein konnten.

»Aber, bitte, bevor ich über mich den ganzen Abend rede, erzählen Sie doch etwas von sich. Wie sind Sie zur Modedesignerin geworden. Sie sind doch Modedesignerin?«

»Ja.« Lisa lachte. »Ja, das bin ich.« Sie erzählte ihm, dass sie nach der Schule Kurse im Modezeichnen belegt hatte, um zu sehen, ob es ihr wirklich gefiele und auch läge. Dann erst machte sie eine Ausbildung zur Modedesignerin. Danach arbeitete sie für drei Jahre in einem sehr kleinen Atelier. Doch sie bemerkte, dass sie so nicht weiterkam und wechselte zu der Modeikone Amanda Fox. Lisa hatte gehört, dass im Hause »Cute Lady« elegante Mode entworfen wurde, was ganz ihr Ding war. So arbeitete sie nun seit zwei Jahren bei ihr.

»Seit zwei Jahren? Ich habe Sie bisher noch nicht gesehen, glaube ich zumindest. Auf welchen Vernissagen waren Sie bisher?«

»Auf keiner. Das ist meine erste.«

Er nickte. »Ich glaube, Amanda ist eine harte, aber gute Schule. Sie hat wirklich Talent.«

»Ich werde bei der ›Hot & Sexy‹ Modenschau mitmachen. Amanda gibt mir also eine Chance. Ich hoffe, ich kann sie nutzen.«

»Wow, das klingt super. Warum, haben Sie Zweifel?«

»Na ja … Ich … das kann ich jetzt nicht sagen.«

»Warum? Ist es so schlimm?«

Lisa hatte das Gefühl, dass Tom Monroe noch ein Stück näher gerückt war. Sein Duft war atemberaubend und seine Ausstrahlung unglaublich. Sie konnte unter seinem leger zugeknöpften Hemd, wobei drei Knöpfe offenstanden, den Ansatz seiner Brusthaare sehen. Plötzlich überkam sie das unbändige Verlangen, darüber streichen zu müssen.

»Na, was denken Sie, Lisa?«, sagte er leise mit tiefer Stimme.

Ertappt blickte sie hoch in seine blauen Augen. Sie konnte nicht mehr sprechen. Unvermittelt nahm er ihre Hand und legte sie sich auf die Brust. Sie spürte die Wärme und seinen Herzschlag. Erschrocken zog sie die Luft ein, und wollte die Hand wegziehen, doch er hielt sie fest. »Wollten Sie das?«

Ihr Atem ging stoßweise und sie nickte leicht. Tom Monroe lächelte warmherzig und schloss, ganz zu Lisas Verblüffung die Augen. Diese Chance nutzte sie, um ihre Finger kurz zu schließen und zu öffnen. Seine Brusthaare waren seidig weich. Noch nie hatte sie einen Freund gehabt, der Brusthaare besaß.

»Miss Harrington! Was tun sie da?«, zerriss die Frage wie ein Blitz den schönen Augenblick. Amanda Fox hatte sich neben ihr aufgebaut. Auch zu ihr musste Lisa hochsehen. Sofort riss sie ihre Hand zurück, als hätte sie sich verbrannt, und wich einen Schritt von Tom Monroe zurück. Dieser blieb gelassen und sagte mit einer leichten Verbeugung. »Guten Abend, Mrs Fox, es ist mir eine Freude, Sie hier heute Abend anzutreffen. Wir tauschten uns gerade verbal und nonverbal mit Stoffen aus. Visslocren. So heißt ein neues Garn, das mit Baumwolle gemischt wird und ein angenehm weiches Gefühl auf der Haut bietet.«

»Mr Monroe, ich war mir sicher, Sie heute Abend hier anzutreffen, aber noch sicherer war ich mir, dass Sie nicht um eine Ausrede verlegen sein würden.«

»Danke für das Kompliment, Ma'am.« Tom Monroe lächelte, doch sein Lächeln erreichte nicht seine Augen.

»Wie ich sehe, haben Sie sich einander schon vorgestellt. Wunderbar. Allerdings kann ich Ihnen nur raten, Mr Monroe, die Finger von meiner Mitarbeiterin zu lassen. Sie ist wunderbar dort aufgehoben, wo sie jetzt ist.«

Einen kurzen Augenblick sahen sich die beiden in die Augen, bis Tom Monroe den Blick abwandte und zu mir guckte. Dann verneigte er sich höflich und sagte: »Da sind noch ein paar Freunde, die ich gern begrüßen würde. Wenn Sie mich entschuldigen würden, Miss Harrington, Mrs Fox …« Damit zog Tom Monroe sich elegant zurück und überließ Lisa ihrem Schicksal mit ihrer Chefin.

»Miss Harrington, was sollte das eben?! Sind Sie verrückt geworden? Sie stellen mich und mein Imperium bloß. Ich bitte Sie, dass Sie sich nun verabschieden.«

»Aber es wird doch noch eine Ansprache und eine kleine Präsentation geben«, wandte Lisa ein.

»Haben Sie eben gehört, was ich gesagt habe?!«

»Ja, Ma'am. Gute Nacht, Ma'am.«

»Bis morgen. Ach, Miss Harrington …«

Lisa hatte sich schon abgewendet und drehte sich nochmals um.

»Wenn Sie schlau sind, dann lassen Sie Mr Monroe in Ruhe!«

Lisa nickte und drehte sich um. Während sie die Vernissage verließ, stellte sie ihr Glas auf eins der Stehtische und kämpfte mit den Tränen. Am Ausgang blickte sie sich noch mal um und sah, dass Tom Monroe zu Valentino zurückgekehrt war. Beide und ein dritter Mann blickten in ihre Richtung. Schnell verließ sie den Saal.

***

Lisa hatte mit den Tränen gekämpft und gewonnen. Sie wollte nicht schon wieder welche wegen dieser Schlange von Frau verlieren. Auf dem ganzen Weg nach Hause dachte sie an Tom. Seine Augen, sein Mund, sein Lächeln, sein Duft ...

Es war klar, dass Lisa diese Nacht kein Auge zubekam. Sie dachte immerzu an Tom. Irgendwann stand sie auf, ging in die Küche und füllte ein Glas mit Wasser. Langsam ging sie hinüber in ihr Arbeitszimmer. Dort lagen sämtliche Zettel mit Entwürfen, Kleidern, Stoffproben, Pailletten, Federn und jede Menge bunte Stifte. Langsam ließ Lisa sich auf ihrem Stuhl nieder und griff zum Stift. Mit schnellen Strichen zeichnete sie einen Umriss von einem Mann, dann wurde sie deutlicher und zeichnete das Gesicht detaillierter. Sie erschrak, wie gut sie Tom getroffen hatte. An diesen Mann würde sie nie rankommen, und trotzdem faszinierte er sie. Wie konnte er nur ihre Hand nehmen und sie sich auf die Brust legen? Lisa schloss die Augen und stellte sich vor, wie es gewesen wäre, wenn sie ihm dort sein Hemd ausgezogen hätte. Zwar hätte er gestutzt, es sich aber gefallen lassen, es genossen, ihr seinen schönen Körper präsentiert. Sie hätte über seine harten Brustwarzen geleckt. Und es war ihr in diesem Augenblick so, als konnte sie ihn stöhnen hören.

»Oh ja, Süße, mach weiter«, flüsterte er.

»Du wirst um Gnade winseln, wenn ich deinen Schwanz erst mal im Griff habe und du nach und nach meinen Körper entdeckst«, hauchte Lisa zurück.

Sie hatte das Gefühl, ihn stöhnen zu hören. Ein Lächeln huschte über ihr Gesicht und sofort schloss sich das seine an, das sie so sehr mochte. Doch augenblicklich verzog sich sein Mund, als sie ihre Hand tiefer gleiten ließ, in seine Designer-Anzughose. Hart wölbte sich ihr sein Glied entgegen. Ungeduldig öffnete sie seinen Reißverschluss und zog die Hose runter. Sein Schwanz sprang ihr entgegen. Er trug keinen Slip. Wie sie das mochte! Sofort schlossen sich ihre Lippen um sein hartes Stück und er stöhnte auf. »Bisher haben das nur Männer gemacht, aber du kannst das auch richtig gut.«

Genau das wollte sie. Ihn heiß machen, ihn vorbereiten. Er sollte noch vögeln. Ja, ein Mann, der normalerweise nicht auf Frauen stand, würde sie, Lisa, mit kräftigen Stößen nehmen. Und es würde ihm gefallen.

Lisas Hand glitt auf ihrem Negligé entlang, zog es hoch und fuhr zwischen ihre Beine. Augenblicklich drang sie in ihre eigene Feuchtigkeit ein und seufzte. Kurz öffnete sie die Augen und blickte auf die eben angefertigte Zeichnung. Blaue Augen strahlten ihr entgegen. Zwar war es nur die Farbe aus ihrem Stift, aber für ihre erotische Vorstellung reichte es. Sofort schloss sie wieder ihre Augen und träumte weiter, bevor Tom verschwand. Sie hatte seinen Schwanz aus ihrem Mund entlassen und er zuckte ihr erwartungsvoll entgegen.

»Jetzt werde ich dir ganz neue Möglichkeiten aufzeigen, du großer, kräftiger Mann ...«, stieß Lisa hervor und öffnete ihre Beine. Ihre Hand wurde zu seiner Hand, ihre Finger zu seinen Fingern. Tief drangen sie in Lisa ein und sie stöhnte auf. Mit schwerem Atem und klopfendem Herzen zog sie ihre Finger wieder heraus und glitt auf ihren Schamlippen auf und ab, wühlte sich dazwischen und kreiste auf ihrer Klitoris.

»Ja, das gefällt dir, was?«, fragte er. »Warte ab, bis du meinen

Schwanz in dir fühlst.«

Lisa wollte nicht mehr länger warten und schob sich drei Finger in ihre Möse.

»Oh ja, das magst du, wenn ich meinen Schwanz, der nur für Männer bestimmt ist, bei dir reinschiebe.«

»Ja, ja, das mag ich …«, seufzte und rief Lisa gleichzeitig. »Oh Tom. Du bist so geil … dein Schwanz ist so geil … du bist …«

Heftig stieß Lisa sich ihre Finger rein und keuchte. Wie gern hätte sie seine Oberarme angefasst, sich daran festgehalten. Wie gern hätte sie seinen schweren Körper auf ihrem gespürt und wie gern seinen richtigen Schwanz in sich gehabt. Doch auch allein diese Vorstellung ließ ihre Nippel hart hervorstehen, ihren Atem stoßweise gehen, ihre Möse nass sein und sie zu einem wilden Höhepunkt kommen. Lichtblitze schossen auf sie zu und explodierten in ihr. »Ja, ja, ja … oh TOM!!!«, schrie Lisa.

Noch während sie mit ihren Gefühlen rang, sah sie, wie sich seine blauen Augen zu Schlitzen zusammenpressten und sein Mund sich keuchend öffnete und sein Körper immer wieder auf ihren traf, um sich dann endlich in ihr zu verströmen. Lisa zuckte noch unter ihrem eigenen Orgasmus und rieb ihre Finger jetzt hart über ihre Klitoris, um den letzten Rest an Gefühlen auszukosten. Nach und nach klang der Höhepunkt ab und verebbte sanft.

Langsam öffnete Lisa ihre Augen. Der Mann auf dem Papier blickte sie noch immer an. Seine blauen Augen strahlten. Hatten sie auf einmal mehr Glanz als vorher?

***

»Mir gefallen Ihre Entwürfe nicht, Miss Harrington, zeigen Sie mir noch etwas anderes. So wird es nicht klappen. Dann nehme ich doch lieber Silvia«. Mit einer laxen Handbewegung winkte Amanda Fox Lisa weg.

Dieser Satz saß. Silvia war eine Aushilfe. Sie half beim Papierkram, kochte Kaffee und machte Botengänge.

Gerade wollte Lisa sich umdrehen und gehen, da rief ihre Chefin sie mit den Worten herbei: »Denken Sie an die Konkurrenz! Wenn der ›Creation Warrior‹ seine Kollektion präsentiert, sind wir nur noch ein Häufchen Asche. Wir müssen da unbedingt mithalten! Ich möchte meinen Ruf nicht verlieren! Also, geben Sie sich verdammt noch mal Mühe, Miss Harrington!«

Lisa nickte und wandte sich zum Gehen.

»Außerdem«, rief Amanda durch den Raum, »Sie wissen ja, was am Ende winkt: Ihre Kollektion könnte nächstes Jahr auf der ›Haute-Couture-Modeschau‹ in Paris vorgeführt werden. Aber gut, Sie wollen sich anscheinend keine Mühe geben. Wenn ich noch mal so miserable Zeichnungen vorgelegt bekomme, dann hol ich mir eine gute Modedesignerin von außen. Das war's.«

Lisa kochte vor Wut. Wie konnte Amanda ihre Zeichnungen als miserabel abtun! Und zu blöd, dass Amanda ihr auch nicht sagte, was ihr daran nicht gefiel. Doch Lisa wusste, zurückzugehen und zu fragen, machte keinen Sinn. Amanda war diesbezüglich verschlossen und nicht hilfsbereit.

Lisa versuchte, neue Sachen zu entwerfen, aber ihr fehlte der richtige Schwung und auch ihre Ideen blieben aus. Sie ärgerte sich so sehr, dass sie fast verzweifelte. Kaum war ihre Arbeitszeit beendet, beeilte sie sich nach Hause zu kommen.

Sie nahm ein Wannenbad und versuchte, sich zu entspannen, oft kamen ihr da schöne Ideen, doch die wollten heute einfach nicht zu ihr finden.

Auch in den nächsten Tagen stellten sich keine Ideen ein. Zwar entwarf Lisa das eine oder andere Negligé, aber es erschien ihr nicht gut genug, das heißt, es erschien ihr nicht gut genug für Amanda. Warum konnte Amanda ihr nicht helfen! Lisa brauchte lediglich einen kleinen Input, jemanden, der ihr auf die Sprünge half. Da fiel ihr plötzlich jemand ein, der diese Aufgabe wunderbar übernehmen konnte: Betty.

Schnell wählte sie ihre Nummer und fing sich eine gehörige Absage ein. Betty war sauer, wie Lisa denn die Frechheit besitzen könnte, ausgerechnet auf ihre Konkurrentin zukommen zu können. Lisa sagte, sie habe Betty niemals als ihre Konkurrentin betrachtet, eher als Mitstreiterin. Und was sollte da bitte der Unterschied sein!

Angestrengt blickte Lisa auf ein leeres Blatt Papier. Dann fing sie an zu zeichnen. Schwungvoll. Es wurde eine hübsche Zeichnung: ein weinrot wallendes Abendkleid mit Federn bestückt. Aber dies war nicht verlangt. »Hot & Sexy« sollte es sein. Das war einfach nicht Lisas Ding.

»Hot & Sexy«, sagte sie immer wieder leise vor sich hin. »Hot & Sexy …«

Sie ging ins Internet und surfte auf Nachtwäsche-, Unterwäsche- und auch auf Erotik-Seiten. Doch ihr kam kein passendes Outfit in den Kopf. Alles war schon irgendwie dagewesen und es war nichts, wozu Lisa in der Lage war, es umzusetzen. Sie spürte, wie ihr immer klarer wurde, dass sie diesen Job nicht bekommen würde. Keiner würde ihre Kollektion als herausragend bezeichnen. Ihr kamen die Tränen. Es gab eine Chance und Lisa konnte sie nicht nutzen. Obwohl … es gab noch eine winzige Möglichkeit …

***

»Hallo, Betty, hier ist Lisa. Ich habe eine große Bitte «, sprach Lisa mit Unwohlsein in ihren Telefonhörer.

»Na, was kommt denn jetzt schon wieder?!«

Das fing ja gut an. Aber Lisa musste es wagen, es ging um ihre Zukunft. »Ich brauche …«

»... mich zum Zeichnen?« Betty brach in Gelächter aus. Es klang hämisch. Als hätte sie sich das immer schon gewünscht.

»Nein. Ich brauche ... die Nummer von Tom Monroe.«

Stille. Damit hatte Betty wohl nicht gerechnet.

»Woher willst du wissen, dass ich diese Nummer habe«, giftete Betty.

»Ich weiß es. Los, rück sie raus!«

»Hey, hey, hey, immer mit der Ruhe. Du vergisst, dass du etwas von *mir* willst. Das kostet dich eine Kleinigkeit.«

Lisa stutzte. Schnell rechnete sie im Kopf nach, wie viel sie bereit war, Betty dafür zu zahlen.

»Kein Geld! Sondern ich möchte eine Zeichnung von dir haben, die ich mir aussuchen werde.«

»Wie bitte? Bist du von allen guten Geistern verlassen?! Für eine Telefonnummer?!«

»Sie scheint dir wichtig zu sein«, mutmaßte Betty.

So konnte das jetzt eine Stunde weitergehen, ohne dass Lisa die Nummer bekam.

»Okay!«, nickte Lisa ins Telefon.

»Was?! Echt?!« Betty lachte laut los. »Der Typ ist doch schwul wie sonst was, da ist nicht viel zu holen ... Na, von mir aus! Aber dann schick mir erst eine Mail, in der du mir bestätigst, eine Zeichnung meiner Wahl von dir zu erhalten. Erst dann bekommst du die Nummer.«

Miststück! Lisa tat, was Betty verlangte und bekam per Mail eine Bestätigung von Betty, und Toms Handynummer.

Das war geschafft.

***

»... Genau, und dann schickt ihr das gleich raus. Sofort! Ja, hallo?!«

»Hallo Mr Monroe, hier ist ... oh, ich glaube, ich habe

mich verwählt.« Lisa legte wieder auf. Ihr Herz klopfte zum Zerspringen. Es war jetzt zwei Wochen her, seit sie Tom auf der Vernissage begegnet war und sich danach mit seinem Gesicht vor Augen selbst befriedigt hatte.

Das Telefon klingelte. Lisa ging ran. »Hallo?«

»Hallo Miss Harrington. Aber ich glaube, wir waren schon fast beim Du, oder?«

»Äh ... Mr Monroe ... Was verschafft mir die Ehre?«

»Ihr eigener Anruf.«

»Oh, klar, Sie konnten meine Nummer auf Ihrem Display lesen. Wie ungeschickt von mir.«

»Stimmt. Warum haben Sie wieder aufgelegt?«

»Ich dachte ... Sie wären zu ... beschäftigt.«

Er lachte warm. »Ich werde Sie nicht weiter quälen. Nun stelle ich Ihnen die Frage: Was verschafft *mir* die Ehre Ihres Anrufs?«

Lisa überlegte krampfhaft. Konnte sie ihn wirklich fragen. Jetzt, wo sie ihn am Telefon hatte, war es ihr nicht möglich, die Wahrheit zu sagen. Er war einfach so präsent und wirkte so stark.

»Ich ... brauche Sie ...«

»Aha!«

Lisa schoss die Röte ins Gesicht, als ihr bewusst wurde, was sie da gesagt hatte. »Nein, äh, nicht so, also ... ich brauche Sie für eine bestimmte Sache.«

Wieder lachte er. »Aha. Geht es vielleicht noch etwas genauer?«

»Leider nicht. Erst, wenn Sie hier sind.«

»Oh, zu Ihnen nach Hause?«

»Genau.« Lisas Herz klopfte wild. Würde er das tun?

»Ich soll mit Ihnen schlafen?«

»WAS? Oh, nein, das … das meine ich nicht!« Sie erschrak, dass sie ihn mit ihrer Geheimniskrämerei auf die falsche Fährte gelockt hatte. »Es geht um etwas ganz anderes. Bitte … verstehen Sie mich nicht falsch …«

Er lachte wieder warm. »Nein, das tue ich nicht, wollte Sie lediglich ein bisschen foppen.«

Sie konnte durch den Telefonhörer sein Lächeln sehen.

»Na schön, wann denn?«

***

Es waren schon fünf Minuten über vereinbarter Zeit. »Er kommt nicht mehr«, murmelte Lisa. »Er hat es sich anders überlegt. Was sollte er auch bei ihr! Für einen Homosexuellen war sie für ihn wenig reizvoll. Allerdings überwog bei diesen Menschen die ungeheure Freundlichkeit und Sensibilität. Von daher könnte sie eine Chance haben. Aber er kam einfach nicht. Lisa nahm noch einen Schluck Prosecco.

Es klingelte. »Oh Gott, er kommt doch!« Noch einen Schluck aus dem Glas und dann lief Lisa in den Flur.

Als sie Tom Monroe die Tür öffnete, verschlug es ihr die Sprache. Er war größer, als sie ihn in Erinnerung gehabt hatte, und sein Lächeln war atemberaubend. Schon beugte er sich zu ihr hinab und gab ihr einen leichten Kuss auf die Wange. Sein Duft betörte sie und ein leichter Schwindel stellte sich bei ihr ein. Wieso konnte er sie so verzaubern?

»Hallo, Lisa.«

»Hallo.«

Da sie sich nicht regte, fragte er: »Darf ich reinkommen?«

»Äh, ja. Natürlich. Kommen Sie.«

Er schloss die Tür und sie fragte: »Soll ich Ihren Mantel abnehmen?«

Er drehte sich zu ihr um und lächelte warm. »Nein, danke,

das ist nicht nötig.«

»Okay.«

»Das mache ich schon selbst.« Mit einem Zwinkern hängte er seinen langen dunkelbraunen Mantel an einen Haken. Lisa hätte schwören können, er nähme sich einen Bügel.

»Hier entlang«, sagte sie und hörte, wie er ihr folgte. Als sie ihr Atelier betrat, staunte er und blickte sich mit einem Lächeln auf den Lippen um. Lisa spürte sofort, dass es auch seine Welt war.

Bald glitt sein Blick zum Schreibtisch und er betrachtete die achtlos darauf verteilten Zeichnungen. Ein paar davon drehte er zu sich heran und besah sie sich von oben bis unten, wobei sie genau erkennen konnte, dass er detailorientiert dabei vorging.

»Wow, sehr schön. Sind das Ihre Lieblingsmodelle?«

Lisa schüttelte den Kopf. »Nein, die habe ich gestern einfach nur zur Übung entworfen.«

»Die sind wunderschön. Abendkleider sind Ihre Favoriten, nicht wahr?«

Lisa blickte ihn erstaunt an. Auf dem Tisch lagen vielleicht drei Abendkleiderskizzen unter vielen anderen Modellen. »Woher wissen Sie das?«

Er blickte ihr gerade in die Augen. »Das sieht man.«

»Man? *Sie* sehen das wohl. Denn das hat noch keiner zu mir gesagt.«

»Wirklich? Das ist nicht zu übersehen, da liegt eindeutig Ihr Talent.« Er stöberte weiter, besah sich eine Auszeichnung an der Wand, wo Lisa stolz neben einem Model stand, das sie um einen Kopf überragte und Lisas ochsenblutfarbenes Abendkleid trug.

Während er eingehend das Bild betrachtete, fragte er: »Warum bin ich hier?«

Etwas überrumpelt, dass er so schnell fragte, sagte Lisa: »Ich brauche Ihre Hilfe.«

»Aha.« Tom drehte sich um. »Und wobei?«

Als seine stahlblauen Augen sie fixierten, schlug ihr Herz schneller. »Die Modenschau …«

Er nahm sich einen Stuhl und setzte sich, verschränkte die Arme vor der Brust. »Welche?«

»Es gibt in drei Wochen eine Modenschau hier in Los Angeles, die unter dem Motto ›Hot & Sexy‹ läuft.«

»Ist mir bekannt.«

»Und nun wollte ich … also, meine Chefin findet meine Vorschläge …«

»… nicht gut.«

»Richtig. Aber ich brauche diesen Auftrag. Er würde mein Sprungbrett für die Zukunft bedeuten.«

»Ach, verstehe. Sie haben einen Auftrag bekommen, dort mitzuwirken mit Ihren Modellen?«, mutmaßte er.

»Genau. Doch meine Chefin ist sehr wählerisch. Keine meiner Entwürfe ist ihr gut genug. Ich habe so viele Stücke kreiert, wie noch nie in meinem Leben. Wenn ich ihr morgen, meine letzte Chance, noch eins präsentiere, was nicht ihren Anforderungen entspricht, wobei ich überhaupt nicht weiß, was in ihrem Sinne ist, so wird sie mich von dem Auftrag zurückziehen.«

»Niemand kann im Sinne eines anderen Kleider und Wäschestücke entwerfen. Das ist so gut wie unmöglich! Jeder Geschmack ist anders. Ich kann nur sagen: ›Mode ist vergänglich – Eleganz ist ewig‹ …«

»Den Ausspruch kenne ich. Er ist von Ihrem Freund Valentino.« Lisa lächelte. »Wollen Sie mir sagen, dass ich etwas Elegantes entwerfen soll?«

»Nein, das würde ich Ihnen niemals vorschreiben, Lisa. Jeder ist in seinem Tun frei.«

»Ich brauche aber Ihren Rat. Darum sind Sie hier.«

Toms Gesicht wurde ernst. »Rat? Wofür?«

Lisa atmete tief durch. »Ich bitte Sie, mir etwas zu zeichnen, was sexy ist, was hot ist. Was anders ist, als ich es sehe …«

Seine Miene wurde sehr ernst. »*Ich* soll Ihnen etwas zeichnen?«

»Ja!«, sagte Lisa erleichtert. »Sie sind aus der Branche, kennen sich aus, haben viel gesehen. Ihr Freund ist ein Modepapst.«

Tom schüttelte den Kopf. »Unmöglich.« Er stand auf.

Lisa zog scharf die Luft ein. »Halt, warten Sie. Wollen Sie jetzt gehen?«

»Ja.«

»Nein, Mr Monroe. Bitte! Ich brauche Ihre Hilfe.«

»Tut mir leid, Lisa. Aber das kann ich nicht tun.«

»Warum nicht?! Es ist doch nur eine Zeichnung.«

»Es würde gegen die Regeln verstoßen.« Ernst blickte er sie von oben herab an.

»Niemand würde etwas erfahren«, versuchte Lisa es.

Er schüttelte den Kopf und wandte sich mit zwei Schritten zur Tür. Lisa überkam Panik. Er war der einzige, der ihr noch helfen konnte, denn sie war mit ihrem Latein am Ende. Er wäre der einzige, der ihr die Leiter zur Zukunft halten könnte. In Panik lief sie zu ihm und hielt ihn am Arm zurück. »Nein, bitte, gehen Sie nicht! Sie sind meine einzige Chance! Ich hatte so auf Sie gehofft. Bitte!«

Sie sah, wie er mit sich rang. Etwas in ihm kämpfte einen unerbittlichen Kampf. Aber warum nur?

»Bitte«, hauchte sie.

Sein Mund öffnete sich leicht, doch es kam kein Ton raus.

Lisa verstand ihn einfach nicht. »Mr Monroe ...« Sie verlor ihr letztes Bisschen an Würde, als sie flüsterte: »Ich würde mich auch Ihnen hingeben ...«

Seine Zähne bissen mehrmals aufeinander. »Tun Sie das nicht, Lisa! Das ist kein guter Weg!«

»Andere haben es auch schon getan.«

»Ach, wirklich? Die sind aber nicht aus unserer Branche.«

»Doch, der ›Creation Warrior‹ zum Beispiel. Er hat sich hochgeschlafen. Deshalb ist seine Kollektion so beliebt.«

»So, hat er das?« Seine Augen formten sich zu Schlitzen.

»Es wird halt erzählt.«

Tom lachte leise. »Seine Mode ist beliebt, weil er mit einer Frau oder einem Mann geschlafen hat? Glauben Sie das wirklich? Also, ich kann es mir nicht vorstellen.«

»Ich weiß es nicht.«

»Ich glaube, dieser Mann kann es einfach. Er trifft den Nerv der Zeit und hat Talent.«

»Kennen Sie ihn?«

Er lächelte. »Ja, ich saß bei einer Modenschau neben ihm. Er ist strange und amüsant. Nur mit Frauen kann er nicht umgehen.«

»Er ist mir eigentlich auch egal. Im Moment zählt für mich nur, dass ich dort teilnehmen kann.«

»Und dafür würden Sie mit *mir* ins Bett gehen.«

Langsam nickte sie.

Mit einem Schritt war er dicht bei ihr, legte seine Hand auf ihre Wange und presste seine Lippen auf ihre. Sie waren weich und warm. Etwas anderes mischte sich in seinen Kuss, der ihr Herzrasen verursachte. Sie wusste nicht, was es war. Dann ließ er von ihr ab. Das war zu früh. Sein Kuss war unglaublich, und sie wollte, dass er länger angedauert hätte. Ohne Nachzudenken, nur ihrem Trieb nachgebend, küsste Lisa nun ihn. Erst war er überrascht, fing sich aber schnell und erwiderte den Kuss. Als seine Zunge in ihren Mund drang, wusste sie, was das Gefühl bedeutete, dass er ihr neben dem Kuss vermittelte: Verlangen. Auch sie war verlangend. Der Kuss war so intensiv, dass sie glaubte, in ihm zu ertrinken. Diesen Mann wollte sie nie wieder loslassen, wollte sich noch dichter an ihn pressen, obwohl sie schon seine Hitze durch sein Hemd spürte. Hart drängten ihre Nippel gegen ihn. Plötzlich stieß er sie zurück.

Erschrocken holte Lisa Luft, aber auch, weil sie glaubte, die letzte Minute nicht mehr geatmet zu haben. Keuchend standen sich beide gegenüber. Ihr kam wieder in den Sinn, wie sie schon im Geiste mit ihm geschlafen hatte, und sofort überkam sie ein unbändiges Sehnen, sich jetzt und hier hinzugeben. Doch etwas in seinem Blick hielt sie zurück, sich ihm ein weiteres Mal an den Hals zu werfen.

»Ich liebe Männer.«

Es war wie eine Ohrfeige für sie. Das konnte nicht sein! »Sie sind nicht Valentinos Freund. Er heißt anders.«

»Richtig. Ich bin ein guter Freund von ihm.«

»Haben Sie mit ihm geschlafen?«

»Das geht Sie nichts an.« Er drehte sich zur Tür.

»Nein, Tom! Bitte, warten Sie. Ich ... es tut mir leid, dass ich das gesagt habe. Aber ich hatte eben einfach nicht das Gefühl, dass sie auf Männer stehen.«

»So kann man sich täuschen«, sagte er bitter. »Kann ich jetzt gehen?«

»Verdammt! *Sie* haben *mich* geküsst! Und nun spielen Sie die beleidigte Leberwurst?«

Mit einem Ruck drehte er sich um, packte ihre beiden Oberarme und drängte sie in unglaublicher Geschwindigkeit gegen eine freie Wand. Lisa knallte dagegen. »Au!« Angst und Lust schnürten ihr die Kehle zu und ließen sie keuchen.

»Hör mal gut zu, mein Mädchen«, stieß er zwischen den Zähnen hervor. »Keiner wagt es, so mit mir zu sprechen! Ist das klar?«

Lisa nickte schwer atmend. Plötzlich spürte sie etwas, das sie nicht hätte spüren dürfen. Sein Schwanz presste sich gegen ihren Bauch. Er schien es auch zu bemerken und sagte trocken: »Die natürliche Reaktion auf Stärke und Schwäche.« Er ließ sie los und ging.

Lisa lief ihm hinterher. »Sie können nicht einfach gehen. Wenn Sie es tun, haben Sie die Zukunft einer Frau ruiniert, die Sie geküsst haben.«

Er lachte auf. »Es wäre nicht das erste Mal.« Dabei nahm er seinen Mantel vom Haken.

»Tom, bitte! Helfen Sie mir!«

Er blickte ihr in die Augen, streichelte ihre Wange und sagte: »Jeder ist für sich selbst verantwortlich, meine Kleine.« Mit einem Kuss auf die Stirn verließ er ihre Wohnung.

Minutenlang starrte Lisa die geschlossene Wohnungstür an, und hörte, wie ihre Tränen dauerhaft auf den Parkettboden tropften.

***

Die nächsten beiden Tage bis zum Wochenende hatte Lisa frei. Sie war totunglücklich, nutzte aber die Zeit, um weitere erotische Modelle zu entwerfen, die ihr selber überhaupt nicht gefielen. Stattdessen, um sich wenigstens ein bisschen aufzumuntern, zeichnete sie Abendkleider in den verschiedensten Formen und Farben mit vielen Accessoires und Liebe zum Detail. Das Wochenende nutzte Lisa, um sich von ihrem Traum, der Teilnahme an der Modenschau, zu verabschieden.

Dauerhaft spukte Tom Monroes Satz: »Jeder ist für sich selbst verantwortlich« in ihrem Kopf herum. Über ihn wollte sie nicht mehr nachdenken. Sie zwang sich dazu.

So kam Lisa am Montagmorgen entschlossen und alle Gefühle in die hinterste Schublade ihres Seins verdrängend, in die Firma und bat ihre Chefin, sofort als sie das Büro betrat, um einen Besprechungstermin.

***

Lisa klopfte und trat sofort ein. Sie hatte wohl zu viel Kaffee getrunken, denn ihr Adrenalin schoss durch ihre Adern.

»Guten Morgen, Ma'am.«

Amanda Fox erhob sich. »Guten Morgen, Lisa.«

Lisa wunderte sich kurz über das Erheben ihrer Chefin, das hatte sie bisher noch nie an ihr beobachtet, legte aber sofort mit ihrer Rede los, bevor sie der Mut verließ. »Ich möchte gleich zum Punkt kommen. Ich möchte mit meinen Modellen, die nicht ausreichend für die Modenschau sind, zurücktreten.«

Amanda nickte anerkennend. »Gut. Ich hatte so sehr gehofft, dass Sie das sagen würden, Miss Harrington.«

Lisa wusste, dass es diese Schlange von Frau freuen würde. So versuchte Lisa die Freudentänze ihrer Chefin nicht an sich heranzulassen und so schnell wie möglich dieses verhasste Zimmer zu verlassen.

»Von daher sage ich nun: Herzlichen Glückwunsch!«

Lisa gefror alles im Gesicht, und ärgerte sich, dass sie diese Gemeinheiten nun doch an sich heranließ. »Sie beglückwünschen mich zu meinem Rückzug?«, spie Lisa verächtlich aus.

»Aber, aber, meine Liebe. Nicht doch! Ihre Werke waren ganz scheußlich. Aber die, die Sie mir am Freitag auf den Tisch gelegt haben, sind einfach wunderbar, fantastisch, einmalig! Damit werden Sie alle Modeschöpfer vor Neid erblassen lassen.«

Lisa schluckte. Was ging hier vor?

»Warum sehen Sie mich an wie das siebte Weltwunder? Hatten Sie nicht erwartet, dass ich so einen Geschmack besitze. Ja, ich weiß, ihre Robe ist provokativ, sehr provokativ, aber ich werde sie anfertigen lassen und dann geht's ab zur Modenschau. Wir haben nicht mehr viel Zeit. Ich habe sie am Freitag bereits zur Produktion angewiesen. Nun ist es an Ihnen, sich Ihre Models zu suchen. Sie brauchen drei. Sie wissen ja: Jedes Model kann zwei Mal laufen.«

Lisa nickte. Sie war wie paralysiert.

»Nun, ab! Beeilen Sie sich, wir haben nicht mehr viel Zeit. In zwei Wochen sind die Roben da.«

***

An Models, an gute Models, heranzukommen, war verdammt schwer. Lisa legte entnervt den Hörer auf. Das war nun die fünfte Agentur, die ihr absagte. Zwar hatte sie sich über das Internet diverse Frauen schicken lassen, aber die Videobänder, die ihr den Catwalk zeigten, waren nur mäßig gut. Und die Models, die sie wunderbar fand, waren entweder nicht zu bezahlen oder schon gebucht.

Lisa strich sich durch ihre Haare und dachte wieder an die Zeichnungen, die sie noch immer nicht zu Gesicht bekommen hatte. Wie auch! Sie konnte wohl schlecht hingehen und sagen: »Darf ich die Entwürfe noch mal sehen, ich hab ganz vergessen, wie sie aussehen.« Und wer hatte sie Amanda auf den Schreibtisch gelegt? Kamen sie von Tom? Aber er konnte unmöglich ins Gebäude. Oder hatte er sie per Post geschickt? Doch dann hätte der Umschlag mit auf Amandas Tisch gelegen und sie hätte Lisa mit Sicherheit zur Rede gestellt. Oder kamen die Zeichnungen etwa von Betty? Aber fragen konnte sie sie nicht, weil, sollte Betty es nicht gewesen sein, herausgekommen wäre, dass es nicht Lisas Entwürfe waren.

»So ein Mist!«, fluchte Lisa und fuhr sich erneut mit beiden Händen durch die Haare. Wo bekam sie bloß ihr letztes Model her? Mit sechs Outfits bei einer Modenschau ins Rennen zu gehen, war schon nicht viel, aber dann nur zwei Models zu haben, um vier Roben zu präsentieren, war noch weniger. Lisa ging wieder ins Internet.

***

»Die Outfits sind da, Miss Harrington«, flötete Amanda Fox ins Telefon. »Sie müssen versuchen, dringend herzukommen, sonst müssen wir sie ohne Sie anprobieren und anpassen.«

»Ich weiß, Mrs Fox, aber ich kann heute einfach nicht kommen. Ich saß zwei Stunden beim Arzt und fühle mich noch kranker als vorher. Ich habe hohes Fieber«, krächzte Lisa ins Telefon und ließ sich erschöpft aufs Kissen sinken. Sie schloss die Augen und hielt die Tränen zurück. Wieso wurde sie ausgerechnet heute krank! In zwei Tagen war der Catwalk bei der »Hot & Sexy«. Eigentlich konnte sie nicht hin. Doch das käme nicht in Frage, sie musste wenigstens live und in Farbe die Modelle sehen, die ihr heimlicher Helfer oder heimliche Helferin ihr hatte zukommen lassen.

»Versuchen Sie, alles möglich zu machen, Miss Harrington. Denken Sie an Ihre Zukunft!«

Lisa drängte die wieder aufsteigen wollenden Tränen zurück. Sie dachte in all den Wochen an nichts anderes. Auch kam ihr immer wieder das Gesicht und die Statur von Tom in den Sinn. Er ließ sie nicht los. Sein drängender Kuss, sein harter Schwanz, den er nicht hatte verbergen können ...

»Sind Sie noch dran, Miss Harrington?«

Lisa kämpfte mit einem Hustenanfall und ächzte: »Ja, Ma'am.«

»Na, dann gute Besserung.« Ohne eine Antwort abzuwarten, legte Amanda auf.

***

Der große Tag war da. Mit zittrigen Händen stand Lisa vor ihrem großen Spiegel, der in die Tür ihres Schlafzimmerschrankes eingelassen war, und zog sich ein lilafarbenes Schlaukleid an, das im Schulterbereich schräg geschnitten war. Eine Schulter hielt einen Träger, die andere war nackt und der obere Rand führte über ihrer Brust unter dem Arm durch. Der Rand war mit helllila Federn besetzt, die sich auch am Saum wiederfanden. Dazu trug Lisa mittelhohe lila Pumps. Die hohen Schwarzen sahen zwar um Welten besser aus, aber sie fühlte sich schon so wackelig genug auf den Beinen. Ihr Hals wurde von einem dezenten, dünnen Goldkettchen mit einem Strassanhänger verziert mit passenden Ohrringen und Armband.

Als sie das Taxi hupen hörte, nahm sie ihren roten Mantel vom Haken und dachte sofort an den braunen Mantel, der noch vor drei Wochen hier gehangen hatte. Schnell wischte sie die Erinnerung fort und lief auf wackeligen Beinen zum Taxi. Sie wusste, dass sie noch Fieber hatte, aber den heutigen Abend konnte sie nicht verpassen. Unmöglich! Es war einer der wichtigsten Abende ihres Lebens. Hoffentlich würden die Modelle gut aussehen und hoffentlich würden die Models den Walk gut machen und hoffentlich ...

»Wir sind da, Ma'am«, riss der Taxi-Fahrer sie aus ihren Gedanken. Sie bezahlte ihn und stieg mit klopfendem Herzen aus. Viele Leute hatten sich schon eingefunden, obwohl es lange noch nicht soweit war. Mit ihrem Veranstalterausweis kam sie sofort ins edle Gebäude und suchte sich den Weg hinter die Kulissen.

Schnell fand sie Amanda, die sie in die Arme schloss und mit

Küsschen rechts und Küsschen links begrüßte. Lisa traute ihren Augen kaum. Was war in ihre Chefin gefahren? Dann glitt ihr Blick zu einer hübschen, brünetten, großgewachsenen Frau, die ihr die Hand reichte. »Hi, ich bin Jennifer, Ihr Model.«

»Hi, Jennifer ...« Ein paar nette Worte blieben Lisa im Hals stecken, als ihr Blick über das Outfit glitt, oder besser gesagt, über das Wenige an Stoff. Lisa erblasste. »Oh, mein Gott«, stieß sie hervor.

Das Mädchen griff sofort beherzt zu und stützte Lisa. »Ist Ihnen nicht gut?«

»Doch ... ich bin nur noch etwas krank. Habe noch Fieber. Entschuldigen Sie. Das Kleid, ich meine, das Negligé steht Ihnen einfach hervorragend!«

»Es nennt sich Nachthängerchen«, korrigierte das Model freundlich.

»Ja, richtig, ich weiß, ich habe es entworfen.« Wie magnetisch angezogen blickte Lisa auf die nackten, hübschen und sehr sichtbaren Brüste des Models, die damit nicht das geringste Problem zu haben schien. Ein knapper Tanga bedeckte gerade und eben ihre Scham. Das Hängerchen besaß einen sanften Apricot-Ton und wurde mit eine leichte Schleppe geziert, die nur bis zum ersten Drittel des Oberschenkels reichte, so lang, wie auch das Hängerchen war. Das Modell war ein Knaller.

»Ich muss Ihnen leider sagen, dass meine Kollegin krank ist. Und meine andere Kollegin musste heute nach Italien zu einer Beerdigung. Aber es springen zwei andere Models ein. Ah, da kommt Veronica.«

Nur nach und nach drangen die Informationen zu Lisa durch. Noch ehe sie etwas sagen konnte, stand eine Frau in den Fünfzigern vor ihr.

»Hi, ich bin Veronica. Ich springe für Sunsy ein. Ich hoffe, ich bin nicht zu alt. Für mein Alter habe ich noch einen wunderbaren Körper.«

Lisa klappte der Mund auf. »Hi«, presste sie hervor.

»Meine Kollegin kann leider nicht kommen. Sie war schon verbucht. Aber wir sind ja zu zweit, da können wir ja schon vier Modelle präsentieren. Besser vier als keine, oder?!«

Automatisch schüttelte Lisa den Kopf, sie konnte nichts sagen, starrte nur von einem Model zum anderen. Sie hatte das Gefühl, in Ohnmacht fallen zu müssen. *Weg, nur weg von hier*, schoss es ihr durch den Kopf. »Bin gleich zurück«, presste Lisa hervor und spürte, wie sie ein Schwindel erfasste. Sie taumelte durch die Gänge und versuchte, die Toiletten zu finden. Sie entdeckte Schilder und zwang sich, nicht zu stürzen. Sie spürte, wie ihre Atmung sich beschleunigte, und befürchtete zu stürzen und nichts von der Modenschau mitzubekommen, ihre Chance für die Zukunft in ohnmächtigem Schwarz zu verbringen.

Eine Hand packte sie und zog sie hoch. Sie fühlte sich gestützt und zu den Toiletten gezogen. Noch bevor sie ihn ansehen konnte, nahm sie ihn am Duft wahr. Als sie am Waschbecken der Damentoilette standen, zog er sein weißes Hemd aus der Hose und hielt eins der unteren beiden Enden neben der Knopfleiste unter Wasser. Schnell öffnete er sein Sakko, um mit dem nassen Hemdende an Lisas Stirn zu kommen. Die Kühle tat ihr gut. Lisa schloss die Augen.

»Versuch, ruhiger zu atmen«, sagte Tom leise. Als er sein Hemd noch mal mit kühlerem Nass tränkte, öffnete Lisa kurz die Augen, um ihn anzublicken. Eine besorgte Falte hatte sich auf seiner Stirn gebildet, die sie im Spiegel sehen konnte. Er sah im Spiegel zu ihr und das Blau seiner Augen strahlte zu ihr. Noch intensiver war es, als er sich zu ihr drehte und sie anblickte. Die Kühle traf ihre Stirn. Nach einer Weile lehnte sie sich einfach gegen ihn und seine Arme umfingen sie wie selbstverständlich.

Als sich nach einer Weile die Tür der Damentoilette öffnete, versuchte Lisa, sich aus seiner Umarmung zu befreien. Doch er hielt sie weiterhin fest. Lisa hörte Getuschel und Gekicher von zwei Frauen, die in den Toiletten verschwanden. Nachdem die Frauen sich schweigend die Hände gewaschen und getrocknet hatten, verließen sie beide die Toilette und Lisa hörte sie tuscheln: »Hast du gesehen, das war der Monroe! Aber die Frau kenn ich nicht.«

»Bestimmt seine Freundin.«

»Nein, der ist schwul.«

Lisa lauschte noch eine Weile Toms Herzschlag und drückte sich dann langsam von ihm weg. Ihr ging es wesentlich besser. »Danke. Du warst zur rechten Zeit am rechten Ort.«

Ein Lächeln umfing seine Lippen und seine Hand streichelte über Lisas Wange. »Gern geschehen, Hauptsache, dir geht es besser.«

Lisa nickte.

»Was war denn?«

»Meine Models sind nicht gekommen.«

»Was?« Geschockt blickte Tom sie an.

»Ja, so etwas kann auch nur mir passieren. Eine ist da. Eine als Ersatz ist auch gekommen. Sie ist an die achtzig, gefühlte hundertfünf.«

Tom lachte laut los, und Lisa fiel mit ein, weil sein Lachen einfach ansteckend wirkte.

Dann fing Lisa sich wieder und flüsterte: »Ich bin verloren.«

»Nein, bist du nicht. Du hast wunderschöne Kreationen. Ein Model ist da, sie könnte drei tragen, also drei Mal laufen und dann gibt es noch dich.«

»Ich?«

»Ja, du könntest deine Sachen tragen.«

»Niemals, sie sind … Woher wissen Sie …«

»Wir sind schon beim Du, Lisa.«

»Also schön. Aber woher weißt du, wie meine Modelle aussehen?«

Tom grinste.

»Oh, mein Gott, dann warst du …«

»Vielleicht. Aber vielleicht auch nicht.«

»Warum hast du das getan?«

»Das ist eine lange Geschichte, und diese Zeit haben wir jetzt nicht. Du musst zurück.«

»Kommst du mit?«, rutschte Lisa heraus. Noch bevor sie es zu Ende gefragt hatte, übermannte sie ein schlechtes Gewissen, das sich nur noch mehr festigte, als sie seinen gequälten Gesichtsausdruck sah. »Du musst nicht. Ich dachte nur …«

»Ich komme nachher mal rum und sehe mir das an. Versprochen.«

»Wo finde ich dich?«

»Im Publikum. Ich sitze neben Valentino.«

»Oh Gott, er ist auch da?« Das Blut wich ihr aus den Wangen.

»Hey, jetzt nicht wieder umkippen«, schmunzelte Tom, während er sich das nasse Hemd in die Hose stopfte und eine Grimasse dazu zog. Er bot ihr den Arm und beide gingen hinaus. Im Gang trennten sich ihre Wege.

Mit neuer Kraft trat Lisa zu ihren beiden Models. Das ältere Model hatte sich in eine Robe gezwängt, die ihr zu klein war und ihr auch in größerer Form nicht gestanden hätte.

»Bitte ziehen Sie das wieder aus, Veronica. Es tut mir leid, das sagen zu müssen, aber Sie bekommen den Job heute nicht. Und Sie, Jennifer, versuchen, eine dritte Runde zu laufen. Wir

38

werden uns einfach noch hinten mit dranhängen. Alles klar?«

Jennifer nickte.

Veronica stieß einen Schrei aus, der durch die Halle tönte. Sofort waren Lisa und Jennifer bei ihr.

»Es tut mir so leid. Das habe ich nicht gewollt. Es ist einfach so passiert. Ich habe wirklich aufgepasst!« Veronica hielt ein Hauch von Nicht in den Händen mit einem riesigen Riss.

»Oh Gott ...« Lisa fühlte, wie ihr wieder schwindelig wurde. Doch sie zwang sich, Herrin der Lage zu bleiben und presste die Lippen aufeinander. »Legen Sie das Negligé hierhin und dann können Sie gehen.«

Veronica tat wir ihr geheißen und war im Nu verschwunden.

Erst jetzt kam Lisa dazu, sich die Modelle, die Tom ihr entworfen hatte, zu betrachten. Ihr Herz stand still, als sie das letzte der sechs Stücke betrachtete. Es war mit dem, was sie trug, identisch nur nicht in lila, sondern in einem knalligen orange. »Das ist ja mein Entwurf ...«

»Es sind doch alles Ihre Entwürfe, das sieht man sofort. Auch an dem hübschen Kleid, das Sie tragen.« Jennifer blickte Lisa bewundernd an.

Lisa war sehr überrascht, wie ausgeklügelt und elegant diese Sachen waren. Auch wenn man viel Haut darunter sehen konnte, so waren es ausgefallen schöne, weibliche Modelle. Beinahe hätte man meinen können, sie trügen die Handschrift von Valentino.

»Lisa ...«

Lisa schreckte hoch. Jennifer stand neben ihr und hatte sie leicht am Arm gerüttelt. Erst jetzt hatte Lisa bemerkt, dass sie anscheinend eine Ewigkeit auf die wunderschönen Sachen geblickt und die Zeit vergessen hatte. »Wie machen wir das jetzt mit den anderen zwei Outfits?«

»*Ich* werde sie tragen.«

»Aber … ist das denn erlaubt?«

»Es wird niemand merken, dass ich kein Model bin. Ich bin zwar nicht so groß, aber das ist heutzutage auch nicht mehr so ausschlaggebend.«

Jennifer lächelte und sagte sofort: »Ich werde Ihnen helfen.«

»Das ist sehr lieb von dir. Bitte sag doch du zu mir.«

Jennifer nickte euphorisch.

Schneller als erwartet, war Lisa umgezogen. Nur ungern präsentierte sie ihre nackten Brüste unter dem weiblich eleganten Negligé. Es war zartrosa und besaß eine aufwendige Stickerei am Ausschnitt und an den Trägern, die etwa fünfzehn Zentimeter breit waren. Die Stickerei wirkte wie ein breites V, das an den Ärmeln begann. Der Rest bestand aus einem hauchdünnen Stoff, der leicht um ihre Beine floss und ihre Knöchel umspielte. Zwar passten die lila Pumps nicht hundertprozentig, aber das war jetzt zweitrangig. Hauptsache, die Modelle wurden präsentiert.

***

Inzwischen hatte das Stimmengewirr zugenommen, Musik spielte, das Licht variierte und eine leicht nervöse Stimmung war hinter dem Catwalk entstanden. Blitzlichter zuckten, lautes Lachen erklang dann und wann.

Lisa saß auf einem harten Stuhl in der Maske, hatte sich einen Bademantel umgeschlungen, weil sie so fror, und kämpfte mit der Atmung. Ab und an bekam sie einen Hustenanfall, von dem sie hoffte, er würde sie nicht mitten auf dem Catwalk überkommen. Sie dankte im Stillen ihrer Mutter, die von ihr immer angenommen hatte, Lisa werde Model und deshalb als Lisa noch ein kleines Kind war, immerzu das Laufen auf dem Catwalk geübt hatte. Nun war das etwas, was sie aus dem

Effeff konnte. Doch ihr Kopf glühte und ihr Körper war matt und von Gänsehaut überzogen.

Jemand kniete sich vor sie. Als sie ihren Blick erhob, sah sie in die besorgten blauen Augen Toms. Sofort erhellte sich ihr Gesicht. »Tom.«

Er lächelte nicht.

»Was ist denn?«

Sein Blick streifte über ihren Körper, schien jedes Detail in Sekundenschnelle in sich aufzunehmen. Einen Augenblick zu lange verharrte er an der Stelle, wo ihr Bademantel in der Mitte etwas aufklaffte und den Blick auf ihre Brüste freigab, die nur von dem hauchdünnen Stoff bedeckt waren.

»Tom?« Sie berührte seine Hand.

Sofort hielt er sie fest. »So kannst du da nicht raus!«

»Wieso?« Augenblicklich ging ihr Blick zum Spiegel. Die Maske hatte gute Arbeit geleistet. Lisa fand sich schön. Kurz sah sie zur Friseurin, die ihr die Haare machte und nahm ein schwärmerisches Lächeln von ihr wahr, während diese Tom im Spiegel betrachtete. Er schien mehr Frauen zu faszinieren, als ihr lieb war.

»Du bist krank, Lisa!«

»Ich weiß. Aber man sieht es mir nicht an.«

»Doch.«

Erbost blickte sie zu ihm und die Friseurin verlor die Strähne, die sie gerade an Lisas Hochsteckfrisur befestigen wollte. »Danke, du darfst gern gehen!« Schnell entzog sie ihm ihre Hand und raffte den Bademantel enger um sich. Nur mit Mühe unterdrückte sie ein Zusammenschlagen ihrer Zähne.

»Lisa, ich meine es nur gut. Es nützt niemandem, wenn du da draußen zusammenbrichst. Du gehörst ins Bett. Es gibt zig Modenschauen, an denen du noch teilnehmen kannst.«

»Keine Angst, ich werde es schon schaffen.«

»Darum geht es nicht. Warum denkst du nicht an dich?«

»Das tue ich, mein Lieber. Es ist meine Zukunft, die auf dem Spiel steht. Wenn ich nicht da hinaus gehe, dann kann ich höchstens drei der Modelle präsentieren. Wenn überhaupt ...«

»Manchmal ergeben sich andere Wege im Leben.«

»Was meinst du damit?«

Tom horchte auf, sah in den Spiegel und sagte: »Es ist deine Entscheidung. Ich sehe dich dann später. Viel Glück!« Und schon war er weg. Lisa verstand sein schnelles Verlassen nicht. Kurz darauf lief ein Mann durch die Models und rief Toms Namen.

***

Schließlich war es soweit. Die Models reihten sich hintereinander ein. Lisa dachte an Betty, die sie von Weitem zweimal gesehen hatte, aber sie hatte das Gefühl, Betty hätte absichtlich weggesehen. Nun stand eins ihrer Models genau vor ihr. Eine Ansage erfolgte durch zwei Sprecher, die hinter dem Catwalk schwer zu verstehen waren. Doch zwei Worte bekam sie sehr gut mit: »Creation Warrior.«

»Der ›Creation Warrior‹ ist auch hier?«, stieß Lisa hervor.

Das Mädchen hinter ihr bejahte mit: »Er ist mein Chef«, und ihr Gesicht strahlte.

»Na, toll.« Lisa verließ der Mut. Zwar hätte sie sich denken können, dass der Modeschöpfer hier war, aber bisher hatte sie so stark an ihre eigene Kollektion gedacht, dass sie den Gedanken an ihn einfach verdrängt hatte.

Die Frauen setzten sich in Bewegung, sobald die Musik aufgedreht wurde. Lisas Herz klopfte, als sie den Bademantel über einen Stuhl legte. Das Adrenalin jagte durch ihre Adern. Ihre Nippel stellten sich auf und pressten sich gegen den Stoff. Nun wurde ihr ihre Nacktheit noch bewusster. Trotz des Adrenalinstoßes fror sie und die Hitze wallte in ihrem Gesicht. Noch drei Models, dann war sie dran. Noch zwei ... Noch eine ... Lisa ging los. Ihr Atem pulste schnell und ein Hustenanfall kündigte sich an. Bitte nicht, betete sie im Stillen. Ihre Füße arbeiteten sich sicher vor und nahmen auch die zwei gemeinen Stufen, die hier bestimmt jedes Model verfluchte. Die Musik machte es ihr leicht, die Schritte über den Catwalk zu finden. Köpfe waren ihr zugewandt, betrachteten sie. Lisa spürte, wie ihre Brüste unter dem rosa Hauch von Stoff auf und ab wippten. Sie war am Ende angekommen, stellte sich kurz mit einer ausladenden Bewegung auf das andere Bein, stützte eine Hand in die Hüfte und blickte lasziv in die Menge. Blitzlichter zuckten über den Laufsteg, und schon hatte sie sich wieder umgedreht. Auf der rechten Seite sah sie Valentino. Neben ihm Tom mit ernstem Gesicht. Ihr Herz raste, als sie erkannte, dass er ihre Brüste musterte und sein Blick weiter an ihr hinunterglitt. Dahinter saß Amanda, in die jetzt Bewegung kam und sich sofort zu ihrer Nachbarin beugte: Betty. Mehr konnte sie nicht erkennen, konzentrierte sie sich doch auf die Schritte. Plötzlich, völlig unerwartet, überkam sie der Husten. Eine Weile versuchte Lisa ihn zu unterdrücken. Ihr Gesicht färbte sich rot und dann prustet sie los, noch während sie lief. Es nützte nichts, sie musste sich dem beugen. Zum Glück hatte sie das Ende erreicht und taumelte hinter die Kulissen, wo sie versuchte, schnell zu ihrer Garderobe zu kommen. Ihr Husten hatte sie voll im Griff. Fast musste sie sich übergeben. Keuchend rang sie nach Luft. Ihr Kopf glühte und ein stechender Kopfschmerz überfiel sie.

»Lisa, bist du sicher, dass du da noch mal rauskannst?«, fragte Jennifer besorgt und legte ihr fürsorglich eine Hand auf den Rücken.

Lisa nickte und presste hervor: »Ich muss. Das orangefarbene Kleid muss ich einfach noch präsentieren ... aber bitte, sorge dich nicht um mich, du musst dich schnell umziehen und noch mal raus. Denk dran, dich einfach hinten noch ein drittes Mal einzureihen, damit ...« Ein Hustenanfall erstickte ihre Stimme.

»Mist, ich brauche unbedingt Hilfe mit diesem Negligé, es wird mit zwei Häkchen auf dem Rücken geschlossen, da komme ich jetzt nicht ran«, rief Jennifer.

Lisa hatte sich nach Luft ringend auf einen Stuhl fallen lassen. Sie drückte sich hoch und versuchte, die Häkchen ineinander zu bringen, doch ihre Finger zitterten so.

»Lass mich mal«, sagte Tom und hakte die Häkchen ein. »Setz dich wieder, Lisa. Du bleibst hier. Es ist unverantwortlich, dass du noch einmal den Walk mitmachst.«

»Ich kann für mich selbst entscheiden und brauche keinen Bestimmer.« Lisa griff nach dem Schlauchkleid.

Tom drehte sich zu ihr. Das Blau seiner Augen stach in ihre Augen förmlich hinein.

»Du kannst mich nicht zurückhalten. Ich werde noch mein Kleid präsentieren. Alles hängt jetzt daran und ich habe das Gefühl, dass es wichtig ist, es den Leuten noch zu zeigen.«

»Okay, wenn das so ist, dann werde ich ein anderes Model besorgen, was für dich läuft. Aber du gehst da nicht mehr raus!«

Wie kam er nur dazu, sie so zu behandeln?!

***

Lisa war mehr als erleichtert, nicht mehr laufen zu müssen, das wollte sie allerdings nicht zugeben. Doch sie stellte sich immer wieder die Frage, wieso Tom die Möglichkeit hatte, einfach so ein Model zu »borgen«. Waren seine Beziehungen so groß? Anscheinend.

Applaus brandete auf. Es war vorbei. Nun wurde es noch mal spannend, wer aus dieser Vorentscheidung hinausging und seine eigene Kollektion in einer größeren Modelinie auf einer großen Modenschau präsentieren durfte, und automatisch damit auf der »Haute-Couture« in Paris vertreten war.

Der Preisrichter erschien hinter den Kulissen und blickte sich suchend um. Lisa hatte sich ihr lila Kleid wieder übergezogen und auf den Stuhl gesetzt. Nun erhob sie sich, einer Eingebung folgend. Sein Blick richtete sich auf sie und er kam in ihre Richtung. Ihr Herz klopfte zum Zerspringen. Hinter ihm kam Tom angelaufen.

»Miss Harrington?«, fragte der Preisrichter.

Lisa nickte, unfähig zu sprechen. Ihr Herz klopfte in freudiger Erwartung. Sie wusste, dass es wichtig gewesen war, diesen Lauf zu machen. Es hatte sie ihrem Traum näher gebracht. Sie hatte heute alle ausgestochen mit den wunderschönen Modellen. Sie, die solche Strapazen hatte auf sich nehmen müssen, wurde nun belohnt.

»Ich wollte Ihnen, bevor es offiziell angekündigt wird, vorher etwas mitteilen. Viele verkraften das nicht, wenn sie vor dem Publikum stehen.«

Lisa nickte schnell und freudig.

»Sie sind ... disqualifiziert.«

Lisa lächelte noch, doch nach und nach kamen die Worte bei ihr an und veränderten ihren Gesichtsausdruck. Die Zeit schien stillzustehen. Das Blut rauschte durch ihre Ohren. In ihrem Gesicht zuckte es. »Wie bitte?«, brachte sie mühsam hervor.

»Tut mir leid, Ma'am. Es ist nicht erlaubt, als Modeschöpfer auf dem Catwalk zu laufen. Das ist ausschließlich den Models gestattet. Damit sind Sie mit Ihren Kreationen raus. Tut mir leid.«

Lisa nickte langsam. Tränen drückte sich unbarmherzig nach oben, doch Lisa wollte ihnen nicht gestatten, ihr letztes Bisschen Würde zu zerstören.

Der Preisrichter drehte sich um und sagte: »Oh, Mr Warrior, gut, dass ich Sie treffe. Herzlichen Glückwunsch! Sie sind mit dabei.«

Lisa blickte hoch in Toms Gesicht. Es wirkte gequält. Toms Hand wurde vom Preisrichter geschüttelt. Dann brach Lisa zusammen. Um sie herum wurde alles schwarz.

**

Lisas Blick fiel auf den aprikotfarbenen Blumenstrauß. Es war der einzige, den sie aus dem Krankenhaus mitgenommen hatte. Ihre Mutter hatte darauf bestanden, als sie Lisa abholte, um sie nach Hause zu fahren. Die ganze Autofahrt über hatte sie von Tom Monroe geschwärmt, der ja so gut aussah und sich so rührend um Lisa gekümmert hätte. Er war oft zu ihr gekommen und hätte lange an ihrem Bett gesessen, während Lisa im Fieberwahn lag.

Stimmt, Lisa hatte ihn nicht mitbekommen. Höchstens zwei Mal hatte sie ihn gesehen. Doch sie wollte nicht mit ihm reden, deshalb hatte sie jedes Mal ihre Augen geschlossen, bevor sie sich mit Tränen füllen konnten.

Nun war sie seit einer Woche aus dem Krankenhaus entlassen. Arbeiten durfte sie noch nicht, was Lisa aber nicht davon abhielt, in ihrem Atelier Abendkleider zu zeichnen. Trotz der Niederlage glaubte sie nach wie vor an sich. Das Entwerfen von Kleidern war ihr Leben. Sie stellte sich ruhige Musik an und sang leise mit. Ab und zu blickte sie zu dem wunderschönen Blumenstrauß auf. Auch wenn sie wusste, dass er von Tom war, wollte sie den Strauß trotzdem genießen.

Es klingelte. Lisa erhob sich und ging zur Haustür. Durch

die Gegensprechanlage fragte sie, wer da sei.

»Hallo Lisa. Ich bin's, Tom.«

Ihr Herz machte einen Satz. Ihr Körper hatte anders reagiert, als ihr Verstand reagierte. »Ich will dich nicht sehen«, sagte sie in die Sprechanlage.

Es klingelte erneut.

Lisa stand vor der verschlossenen Haustür und starrte sie an. Dann hörte sie Schritte im Treppenhaus, als wenn jemand zwei Stufen auf einmal nahm. Das Hämmern an ihrer Haustür ließ sie zusammenschrecken. »Lisa, bitte, öffne die Tür. Ich möchte nur mit dir reden.«

»Ich aber nicht mit dir.«

»Nur zwei Sätze, bitte. Die haben wir uns doch verdient, oder? Dann gehe ich auch, versprochen.«

Wieso Lisa nach diesen Worten die Tür öffnete, wusste sie nicht mehr, aber sie tat es. Als seine Statur in ihr Blickfeld kam, sein kantiges Gesicht mit den stahlblauen Augen, da kamen all die Erinnerungen zurück: Ihr vergeblicher Kampf auf der Modenschau, sein Rat, die Kollektion selber zu präsentieren, sein Sieg, und er, der »Creation Warrior« ...

»Du hast mich belogen!«, schoss es aus Lisa heraus.

Leise schloss Tom die Tür. »Nein. Ich habe dir nur nicht gesagt, dass ich ›Warrior‹ bin. Das allerdings sage ich *niemandem*.«

»Du hast mir geraten, auf den Catwalk zu gehen, wo du anscheinend genau wusstest, dass ich damit disqualifiziert werden würde.«

»Ich wusste es nicht!«

»Lügner. Ich war eine Konkurrenz weniger für dich!«

Sein Gesicht verzog sich ärgerlich. »Glaubst du das wirklich?! Hätte ich deiner Chefin sonst meine Entwürfe geschickt? Ich habe es für *dich* getan. Immer wieder habe ich mich in die Höhle des Löwen gewagt, nur, um fünf Minuten mit dir sprechen zu können. Ich habe mir große Sorgen um dich gemacht. Immer wieder habe ich dir abgeraten, nicht auf diesen verdammten Catwalk zu gehen, weil ...« Er hatte sich in Rage geredet und stoppte nun abrupt. Mit einem Schritt war er bei Lisa und wischte eine Träne aus ihrem Gesicht.

»Weil ...?«, wollte Lisa leise wissen.

»Weil du mir etwas bedeutest.«

Lisa wollte ihn nie wieder so nahe an sich heranlassen. Sie hatte sich vorgenommen, sollte er sich je wieder in ihrem Leben blicken lassen, ihm eine gigantische Szene zu machen, doch seine Worte ließen ihren Zorn versickern. Sie wollte diesen Mann. Aber er war einfach nur ein guter Freund, würde nie mehr sein. Sie würde ihm verzeihen. Es war wichtig, einen guten Freund zu haben und er wirkte nach außen einfach nicht, wie ein Schwuler.

Lisa rang sich ein Lächeln ab und ging einen Schritt auf ihn zu. Sofort schloss er sie in seine langen Arme. Ihr Ohr an seine Brust gepresst, hörte sie, dass sein Herzschlag schnell ging. Wieso schlug es nicht langsam und regelmäßig? Und sie spürte, wie sich etwas Hartes an ihren Bauch drückte. Sofort wich sie einen Schritt zurück und sah ihn an.

Er erwiderte gerade heraus ihren Blick ohne zu Lächeln.

»Das verstehe ich nicht ...«, setzte Lisa an.

»Was?«

»Na ja, du reagierst auf mich ...«

Da lachte er wieder sein warmes Lachen. »Na, was sollte ich wohl sonst tun! Ich bin ein Mann!«

»Aber einer, der nicht auf Frauen steht.«

»Ach, wirklich?«

»*Du* hast das gesagt!«

»Schon möglich. Aber du hattest mich auch ganz schön unter Druck gesetzt.« Er lachte leise. »Manchmal bekommt man dadurch einen Abstand, den man für die Situation gerade braucht.«

Sie traute seinen Worten nicht.

»Eins kann ich dir mit Sicherheit sagen: Wenn ich auf etwas nicht stehe, dann auf Männer!«

Lisas Herz fing an zu hämmern. Noch ehe sie reagieren konnte, lagen seine Lippen auf ihren. Seine Hände auf ihrem Rücken drückten ihren Körper an seinen. Sie merkte, wie sehr sie sein Küssen vermisst hatte, und als seine Zunge in ihren Mund drang, war es wie ein Befreiungsschlag für Lisa. All ihre angestauten und zurückgehaltenen Gefühle für ihn schossen hervor und überspülten sie. Ihr Körper sehnte sich nach ihm, war verrückt nach ihm. Er dirigierte sie rückwärts ins Wohnzimmer, wo er seinen braunen Mantel fallen ließ, ohne sich von ihrem Mund zu lösen. Zärtlich streifte er die Träger ihres Tops nach unten, in ihrer Wohnung allein trug sie nie mehr, und legte ihre Brüste frei. Sein Mund machte sich darüber her und schloss sich erst um den einen harten Nippel, dann um den anderen. Seine Zunge leckte immer wieder darüber, während Lisa seufzend die Augen schloss. Sanft drückte Tom sie auf das Sofa und kniete sich zu ihr. Seine Arme umschlangen ihren Oberkörper, und er schien nicht genug von ihren Brüsten bekommen zu können.

»Die haben mich bei der Modenschau so sehr gereizt, dass ich aufpassen musste, nicht für alle sichtbar das Ergebnis mit mir herumzutragen.«

Lisa lachte leise und streichelte über seine kurzen, dunkelbraunen Haare. Sie waren weich und voll. »Sieh' mich bitte noch mal an, damit ich nicht träume«, bat Lisa ihn.

Sofort richteten sich seine stahlblauen Augen auf ihre. Ihre Blicke verschmolzen. Dann senkten sich seine Lippen wieder auf ihre, während er seinen Körper ganz langsam auf ihren legte. Die Schwere nahm ihr die Luft, und ihn als ganzen Mann auf sich zu spüren, den Atem. Die Lust wurde in ihrem Unterleib entfacht, wie ein Funke, der auf trockene Sträucher überspringt. Der Kuss wurde stürmischer, wilder. Die Leidenschaft war mit dazugekommen und bestimmte die Spielregeln. Seine Hand wanderte nach unten und umfasste eine ihrer Brüste, drückte sie und presste die Nippel zusammen. Lisa seufzte auf. Schließlich schob er sich ein Stück nach unten und nahm den Nippel wieder in den Mund. Lisa bewegte ihren Körper unter seinem und seufzte: »Ich will mehr!«

Mit einem Blick auf ihr Gesicht stand Tom auf und zog sich aus. Langsam und gewissenhaft. Als er seine Boxershorts nach unten zog, ragte ein großer Schwanz hervor, der begierig zuckte.

Lisa schob ihren weichen Stoff-Rock, den sie nur zu Hause trug, über ihre Füße und streifte den Slip gleich mit ab.

Sofort strich seine Hand über ihre rasierte Scham. Lisa erschauderte, und eine leichte Gänsehaut legte sich an diese Stelle, was Tom mit einem Lächeln bemerkte. Seine Hände glitten über ihren Bauch, fuhren um den Bauchnabel und streiften wieder ihren weiblichen Hügel. Als er mit der Längsseite seines Zeigefingers durch ihre Spalte glitt, seufzte Lisa auf. Das wiederholte er zwei, drei Mal, bis sich Lisas Körper unter seiner Hand aufbäumte.

Dann drehte sie sich zur Seite und griff, führ ihn wahrscheinlich völlig unvermittelt, nach seinem Schwanz. Allein ihre Berührung ließ ihn aufseufzen. Langsam und gleichmäßig begann sie ihn zu reiben und schob ihn durch ihre fest zugehaltene Faust. Er schloss die Augen und legte den Kopf leicht in den Nacken. Ihre Hand wurde schneller. Dann wurde sie von seiner gepackt. »Hey, nicht so schnell, Kleines.« Behutsam zog er sie von seinem Schwanz weg, der zu glühen schien.

Lisa blickte in seine Augen und öffnete ihre Beine – für ihn. Seine leicht behaarte Brust hob und senkte sich schnell, als er sich zwischen ihren Beinen niederließ. Langsam drang er in sie ein. Lisa stöhnte auf und hielt sich an seinen muskulösen Oberarmen fest. »Stopp, nicht so schnell. Da war sehr lange keiner mehr drin.«

Sie merkte, wie er versuchte, sich zurückzuhalten, denn sie sah, dass es ihn einige Anstrengung kostete, langsam in sie vorzudringen. Schließlich drückte er das Stückchen in sie hinein und verharrte einen Augenblick. Lisas Gesicht hatte sich mit einer intensiven Röte überzogen, sie spürte es. Dann hob er sein Becken langsam an und zog seinen Schwanz aus ihr. Lisa keuchte. Mit einem einzigen Stoß schob er sich wieder zurück. Lisa schrie auf und krallte sich an ihn. Der Duft, der seiner Brust entstieg, umnebelte sie. Es war wie ein Aphrodisiakum. Sie ergriff den Moment, um mit ihren Fingern durch seine Brusthaare zu fahren. Erneut entzog er sich ihr, um seinen Schwanz tief in sie hineinzustoßen. Schwer atmend nahm sie seine Stöße in sich auf. Er zog das Tempo an, seine Lust schien sich nicht mehr zügeln zu lassen. Stark stieß er nun wieder und wieder in sie und ihre Beine schlangen sich um seinen Po, um ihn möglichst noch tiefer in sich zu spüren. Er traf immer einen Punkt in ihr, der sie so sehr reizte, dass es jetzt nicht mehr lange dauerte, und sie zum Kommen brachte. Endlich war es keine Vorstellung mehr, sondern real. Tom war auf ihr, sie fasste ihn an, er stieß in sie und kam mit einem langanhaltenden Aufseufzen.

Lisas Orgasmusblitze nahmen ihr die Sicht auf ihn. Sie

musste die Augen schließen und genoss das Gefühl des Ausgefülltseins, des Überschwappens ihres Körpers, der tiefen inneren
Lust. Und sie genoss auch den Ausklang, der langsam vor sich
ging und Lisa mit einer wohligen Zufriedenheit zurückließ.

Tom hatte seinen Kopf an ihrem Kopf abgelegt, und sie
hielt ihn noch umfangen, wollte, dass er sich nie aus ihr lösen würde. Noch immer konnte sie nicht glauben, dass sie
mit Tom Monroe Sex gehabt hatte. Der, von dem sie immer
angenommen hatte, so wie alle anderen, dass er schwul war.
Und nun war er in ihr mit Genuss gekommen.

**

Als Lisa erwachte, befand sie sich in ihrem eigenen großen
Bett. Sie lag in der Mitte, die rechte Betthälfte war zerwühlt,
aber leer. Sofort richtete sie sich auf. »Tom?«

»Ich bin hier, Süße«, sagte eine sanfte, tiefe Stimme hinter ihr.

Sie drehte sich zu ihm um. Er hatte sich auf einen Ellenbo-
gen gestützt und blickte sie mit seinen wunderschönen blauen
Augen an. Er streichelte ihre Hüfte, während seine Decke nur
seinen Unterleib bedeckte und seine breite männliche Brust
sehen ließ.

Erleichtert sagte sie: »Ich dachte, du wärst gegangen.«

Er lächelte. »Ich gehe nie, ohne mich vorher zu verabschieden. Aber heute, muss ich gestehen, möchte ich einfach nicht
gehen.«

Lisa lachte. »Das ist auch gut so.« Damit schlang sie die
Arme um seinen Oberkörper und gab ihm einen Kuss. Er
erwiderte ihn sofort und zärtlich. Dann löste er sich von ihr
und sagte: »Ich habe eine kleine Überraschung für dich. Ich
hoffe, dass es eine ist «

»Ja, ich will!«, stieß Lisa hervor. Als ihr bewusst wurde, was
sie angedeutet hatte, wurde sie feuerrot.

Tom blickte sie einen Augenblick an, dann lachte er laut los und Lisa fiel erleichtert mit ein.

»Nein, Süße, diese Frage wollte ich jetzt noch nicht stellen. Es geht um etwas anderes. Ähm ... was würdest du sagen, wenn ich dir anbiete, mit mir zusammen zu arbeiten. Ich brauche noch jemanden, der mir so wunderschöne, elegante und schöne Abendkleider entwirft, wie du.«

Lisas Mund klappte auf. Ihr Herz beschleunigte sich. »Oh mein Gott ... Du meinst, in deiner Firma, mit dir zusammen ... beim ›Warrior‹?«

Tom nickte. »Genau, warum nicht. Und das Schönste: Dein entworfenes orangefarbenes Schlauchkleid, das ich einfach in die Zeichnungen mit reingemogelt habe, kann dann auch an der großen Modenschau teilnehmen. Schließlich gehörst du ab heute zu meinem Unternehmen.«

»Oh, Tom ... ich weiß gar nicht, was ich sagen soll! Das ist ... das ist ... fantastisch!« Sie gab ihm einen stürmischen Kuss, sodass er fast aus dem Bett fiel.

»Ich sagte doch: manchmal gibt es andere Wege!«

Lisa sah ihn ernst an. »So lange hast du schon mit dem Gedanken gespielt?«

»Als ich das erste Mal dein Atelier betrat und deine Zeichnungen gesehen habe, ab da wollte ich dich schon zu meiner Partnerin machen. Und auch da wusste ich schon: im doppeldeutigen Sinne ...«

Lisa schmiegte sich an ihn, während er sie in den Arm nahm und mit seiner Wärme umhüllte.

»LiebesSpiel«
Die Internet-Story

Mit dem Gutschein-Code
TT5TBAZTB
erhalten Sie auf
WWW.BLUE-PANTHER-BOOKS.DE
diese exklusive Zusatzgeschichte als PDF.
Registrieren Sie sich einfach online oder
schicken Sie uns die beiliegende
Postkarte ausgefüllt zurück!

LUSTVOLLE VERTRETUNG

Nervös betrat Alaine den Empfang, eine Mappe krampfhaft unter dem Arm geklemmt.

Die Empfangsdame ließ sich Zeit, ehe sie zu Alaine aufblickte und dann gezwungen freundlich fragte: »Guten Morgen, kann ich Ihnen helfen?«

»Guten Morgen, ich würde gern mit Mr Murphy sprechen.«

»Haben Sie einen Termin?«

Diese Frau übte eine so große Autorität auf sie aus, dass Alaine gewillt war, die Wahrheit, nämlich, dass sie keinen Termin hatte, zu sagen. Doch dann dachte Alaine an ihr Drehbuch, das sie geschrieben hatte und das genau in dieses Sendeformat passen würde. Sie dachte an eine Starbesetzung wie Parker Preston und Charlene Witstock. Die beiden harmonierten in dem Film »Ich weiß, das willst du« einfach fantastisch! Einmal Parker Preston gegenüberstehen, einmal ihm die Hand schütteln, einmal in seine hübschen Augen blicken, einmal ihn ihretwegen lächeln sehen ...

»Ob Sie einen Termin haben!«, zischte die Empfangsdame schroff.

»Ja, hab ich!«, schoss die Lüge aus Alain heraus.

»Aha! Ihr Name?«

»Alaine Grant.«

Das Telefon klingelte. »Lawson Productions, Michaels, guten Morgen«, flötete die Empfangsdame in den Hörer. Einen Augenblick herrschte Stille, dann setzte sie dem Anrufer wohl ein jähes Ende, indem sie sagte: »Aha, na schön. Sie brauchen mir nicht alles im Detail zu erzählen, ich bin für Sie einfach nicht zuständig. Berichten Sie das am besten Mr Cole, dem Regisseur. Er ist allerdings jetzt beim Dreh. Ich gebe ihm Bescheid, dass Sie angerufen haben.« Angespannt lauschte sie wieder in den Hörer und verzog dabei Stirn und Augenbrauen. »Ja, ich weiß, dass sie neu sind und dass das wichtig ist, deswegen sage ich ihm ja auch gleich Bescheid. Nun bleiben Sie mal ganz locker. Wann können Sie wieder hier sein?« Mrs Michaels verzog das Gesicht. »In zwei Tagen? Das wird weder Mr Murphy noch Mr Cole sehr erfreuen! Na schön, ich gebe es weiter. Wiederhören. Gute Besserung.« Die Empfangsdame legte den Hörer auf, ohne auf eine Antwort ihres Gegenübers gewartet zu haben.

»So, und nun zu Ihnen, Mrs Grant …«

Das Telefon klingelte und missmutig nahm Mrs Michaels den Hörer ab. »Hallo, Mr Cole « Sie lauschte und nickte. »Ja, das Schreiben habe ich heute auf Mr Murphys Schreibtisch gefunden. Die Tanzbar ... Ja gut, ich bringe es Ihnen rum. Ach, hier ist noch eine Dame, eine Mrs Grant, sie wollte zu Mr Murphy ... Ja gut, dann nehme ich sie mit. Bis gleich.«

Mrs Michaels suchte ein paar Schriftstücke zusammen, stopfte sie in eine Klarsichthülle und nahm sich einen Schreibblock. »So, ich bin gerüstet. Dann kommen Sie mit.« Damit schritt sie voran und Alaine folgte ihr.

***

Mit Bewunderung betrat Alaine eins der Studios. Es war faszinierend, mit wie wenig Mitteln ein so großer Effekt erzielt werden konnte und sich später in einen Film verwandelte.

Hier war ein Büro aufgebaut worden und Alaine stellte sich das rege Treiben darin vor, wenn die Schauspieler es durchströmten. Doch im Moment war nichts los. *Anscheinend eine Drehpause,* dachte Alaine und konzentrierte sich auf einen großen, schlanken Mann, der mit ausholenden Schritten auf sie zukam. Er wirkte genervt.

»Mr Cole«, flötete Mrs Michaels wieder auf ihre Alaine nun bekannte Art und Weise. »Hier sind die Unterlagen, unter anderem das Schreiben von der Tanzbar.« Sie reichte es ihm und er las es zügig durch.

»Was denn, heute Abend schon?« Er blickte Mrs Michaels finster an. »Wieso haben Sie mir das nicht schon früher gebracht! Wie soll ich das denn schaffen?!«

»Aber Mr Murphy wusste längst davon. Ich ging davon aus, dass er es Ihnen bereits mitgeteilt hat.«

Er seufzte. »Ja, schon gut. Und wer ist das hier?«

»Mrs Grant. Sie wollte Mr Murphy sprechen«, antwortete die Empfangsdame für Alaine.

»Aha, und warum, ist sie die Neue?«

»Äh, nein. Mrs Bowl, die Neue, hat gerade angerufen und gesagt, sie sei krank und würde erst morgen kommen.«

»Krank? Was in Herrgottsnamen hat sie denn? Wir können uns solche Zimperlichkeiten nicht leisten – und das auch noch vor Arbeitsantritt! Unglaublich!« Er schüttelte den Kopf. Dann widmete er sich Alaine. »Und was wollten Sie jetzt von Mr Murphy?«

»Ich bin hier weil, ich äh ...«

»Ach, kommen Sie einfach mit. Hier entlang!« Säuerlich verzog er sein Gesicht und stapfte los, dann stoppte er abrupt, drehte sich zu Mrs Michaels um und rief: »Sorgen Sie dafür, dass die Statisten heute Abend um Punkt achtzehn Uhr und das gesamte Kamera-Team anwesend sind. Um zwanzig Uhr beginnen wir mit dem ersten Dreh.«

Mrs Michaels nickte schnell. »In Ordnung!«, gab sie respektvoll von sich und verschwand.

»Kommen Sie, oder brauchen Sie's schriftlich«, fauchte Mr Cole und trieb Alaine an.

Sie kamen zu einem kleinen Büro, in dem Chaos herrschte. Eine Seite war zur Hälfte verglast, sodass man in ein großes Studio blicken konnte. Alaine besah sich drei Leute, die ihren Text lernten und dann in Lachen ausbrachen. Alaine lächelte. Sie stellte sich Parker Preston vor, wie er auch proben und mit den anderen lachen würde. Oder wie er eine Kuss-Szene spielte und die Glücksdame ihn küssen durfte. Es wurde Alaine ganz warm im Schoß und ein leichtes Ziehen in ihren Brüsten machte sich bemerkbar.

»So«, Mr Cole holte Alaine wieder in die Wirklichkeit zurück. »Was wollten Sie von Mr Murphy?«

»Ich habe ein Drehbuch geschrieben, das in ihr Sendeformat passen würde. Hier.« Sie reichte ihm ihr Werk.

Er nahm es entgegen und blätterte darin herum. Er las ein paar kleinere Passagen und nickte leicht. Alaines Herzschlag verdoppelte sich. Mr Cole klappte es zu, blickte eine Weile auf die draußen probenden Schauspieler, zog eine andere Mappe hervor und sah Alaine einen Moment lang an, sodass es ihr langsam unangenehm wurde. Er nahm ein Din A4 Heft und warf es vor Alaine auf den überfüllten Tisch. »Das ist der gesamte Text.«

»Welcher Text?«

»Unser Drehbuch, das Script, das wir gerade am Wickel haben. Vielleicht kannst du noch was lernen. Drehbuchautoren müssen immer viel lernen. Dauerhaft.«

»Was … was soll ich damit?«, fragte Alaine unsicher.

»Auswendig lernen, was sonst! Du bist Kate!«

»Kate?«

»Ja, deine Rolle.«

»Wie bitte? Aber ich bin doch …«

»Ist mir egal! Du machst das jetzt! Wir brauchen eine Frau. Du bist eine Frau. Sofort! Und du bist hier! Anfang dreißig und du siehst aus, wie Anfang dreißig. Du kannst mit Wörtern und Fantasie umgehen und das brauchen wir.«

Sprachlos blickte Alaine ihn an.

»Was guckst du so? Es ist doch nur ein Lebendigmachen von dem, was du im Stillen aufschreibst. Das wirst du doch wohl hinbekommen, oder?«

»Ich soll *schauspielern*?«

»Erfasst!«

»Aber das habe ich noch nie gemacht« Alaine dachte an ihre zwei Jahre, wo sie auf einer Laien-Theater-Bühne gestanden und gespielt hatte. »Also, fast noch nie gemacht!«

»Wenn du gut bist, gibt es einen Vertrag. Deine Kontaktdaten kannst du bei Mrs Michaels abgeben. Über dein Budget sprechen wir, wenn wir dich nehmen. Es wird aber sicherlich kein Hinderungsgrund für dich sein, hier nicht mitzumachen. Denn wie gesagt: Eine gute Drehbuchautorin sollte unbedingt Erfahrungen am Set sammeln.«

»Aber, Mr Cole … Ich kann doch nicht einfach …«

»Hast du noch einen anderen Job?«

»Ich habe ein paar kleine Aushilfsjobs als Kellnerin, aber hauptsächlich arbeitete ich in letzter Zeit an meinem Drehbuch.«

»Schön. Wenn du gut bist, brauchst du keine Aushilfsjobs mehr. Heute Abend gibt es den ersten Dreh mit Kate, da kannst du dich beweisen. Und wie erwähnt: Wenn du deine Sache gut machst, bist du im Geschäft!«

Alaine war fassungslos. Das konnte nicht sein! Innerhalb von Minuten war sie zur Schauspielerin mutiert.

»Also, was ist? Willst du das machen?«

»Aber warum? Ich meine, wieso gerade *ich*?«

»Weil du zur rechten Zeit am rechten Ort bist. Ich brauche eine Frau um die dreißig, die nicht auf den Kopf gefallen ist und einigermaßen gut aussieht. Und ich brauche sie heute Abend! Also: entscheide dich! Aber schnell! Ich hab nicht ewig Zeit.«

Alaine überlegte nicht. »Also gut, ich mach's!«

Ein Lächeln glitt über seine Gesichtszüge, als wäre ein Sonnenstrahl über sein Gesicht gehuscht. Mr Cole war mit seinen etwa fünfzig Jahren, was auch die angegrauten Haare vermuten ließen, auf seine Art ein attraktiver Mann. Doch schon Sekunden später war sein Ausdruck wieder ernst und er wandte sich ab. »Dann lern deinen Text, am besten den von der Tanzbar zuerst, denn das werden wir heute Abend in Angriff nehmen.«

Alain nickte. »Meinen Sie, ich werde das schaffen?«, fragte sie und biss sich sofort auf die Zunge.

»Zwar werfe ich dich hiermit ins kalte Wasser, aber nach dem ersten Eindruck, den ich von dir bekommen habe, glaube ich, dass du es schaffen kannst.«

»Wie können Sie sich da so sicher sein?«

Er lächelte leicht. »Ich denke, wer ein Drehbuch schreibt und diese Art des Durchhaltevermögens aufzeigt, dann die Dreistigkeit besitzt, bis zum Studio vorzudringen, um den Produzenten zu sprechen, da gehört schon eine Menge Mut dazu ... Es ist ein Versuch, dich mit dieser Rolle zu besetzen, und auf den lasse ich es drauf ankommen.« Er zwinkerte. »So, und nun mach es dir irgendwo bequem, von mir aus auch zu Hause, aber komm wieder!«

Alaine nickte, unfähig, etwas zu sagen.

»Ach, und noch etwas: Bring bitte Mrs Michals deine Adressdaten und lass dir von ihr die Anschrift der Tanzbar geben.«

»Ja, Sir, danke! Vielen Dank!«

»Bedank dich nicht zu früh. Wenn du's nicht hinbekommst, müssen wir dich natürlich vor die Tür setzten. Das ist dir hoffentlich klar.«

Alaine schluckte und nickte. »Ich geb mein Bestes.«

Mr Cole lächelte. »Und denk dran: lern nicht zu viel. Heute ist nur die Szene in der Tanzbar dran. Wir haben keine chronologische Reihenfolge.«

Mit wackeligen Beinen verließ Alaine das Studio.

***

Mit einem Becher Kaffee in der Rechten und dem Drehbuch in der Linken setzte Alaine sich im Schneidersitz auf ihre Couch. Sie war gespannt, was sie erwartete. Alles war aufregend und neu und Alaine hatte große Mühe, zu realisieren, was ihr bisher passiert war. Auch, dass es ihr Leben schon jetzt völlig neu gestaltet hatte und sie einen Weg einschlug, von dem sie nie zu träumen gewagt hätte.

Nach einer Stunde war Alaine schlauer. Der Film handelte von einem Mann, der Chef in einer Physiotherapeutischen Praxis war. Er war introvertiert und verhärmt, doch die neue Kollegin hatte es ihm angetan. Sie schaffte es, dass er aus sich herauskam, was inmitten einer Tanzbar passierte, wo er sie mit einem ihm fremden Mann tanzen sah. Er wurde eifersüchtig und warb dem Fremden diese Frau ab. Damit nahm das Schicksal seinen Lauf. Er verliebte sich in sie und ging kaum noch konzentriert an die Arbeit, wenn sie ihm täglich in der

Praxis über den Weg lief. Auch sie fand ihn attraktiv und schließlich kam es, wie es kommen musste: Beide verliebten sich ineinander, landeten im Bett und wollten für immer zusammen glücklich sein.

Der Film war ein netter Liebesfilm, mit ein paar Hindernissen, der von einer Autorin stammte, die in den USA sehr beliebt war.

Alaine klopfte das Herz. Sie hatte insgeheim gehofft, dass es vielleicht eine Kuss-Szene geben würde, denn sie war schon längere Zeit Single und konnte mal wieder ein bisschen Liebeswärme, auch wenn sie nur aufgesetzt war, vertragen. Doch mit einer Bett-Szene hatte sie nicht gerechnet. Sie hatte ja kaum genug Erfahrung bei sich selbst. Wie sollte sie das glaubwürdig auf den Bildschirm bringen?! Sie hoffte, der Regisseur, oder auch ihr Spielpartner, würde sie da ein wenig unterstützen. Hoffentlich war er attraktiv oder wenigstens ein bisschen gut aussehend.

***

Nervös betrat Alaine die Tanzbar. Angestrengt wühlte sie sich durch die Leute, die entweder unsicher herumstanden – wohl die Statisten – oder die, die ihr hektisch entgegenkamen. Geschminkt und ungeschminkt. Leise Musik lief im Hintergrund.

Eine Frau um die vierzig kam auf Alaine zu und sagte: »Sie sind bestimmt Alaine, richtig?«

»Ja, stimmt.«

»Hallo, ich bin Anna und ich werde Sie schminken und die Haare machen. Kommen Sie bitte mit.«

***

Nach einer Stunde sah Alaine nicht mehr nach Alaine aus, sondern nach Kate. Unglaublich, wie die Dame aus der Maske es geschafft hatte, so einen anderen Typ aus ihr zu machen. Alaine fühlte sich wunderbar und hübsch.

Sie hielt Ausschau nach Mr Cole, dem Regisseur. In einiger Entfernung erblickte sie ihn. Er unterhielt sich gerade mit zwei Frauen. Als er sie sah, war sein Gesicht ausdruckslos, doch sie hatte das Gefühl, dass er sich nun beeilte, die beiden Frauen vor ihm loszuwerden. Er trat sogar einen Schritt auf Alaine zu.

»Schön, dass du da bist, Alaine. Und, hast du deinen Text gelernt?«

»Für die heutige Szene schon – war ja nicht allzu viel.«

»Gut, dann stelle ich dir deine Kollegen vor.« Er winkte sie zu einer Gruppe von vier Frauen herüber. »Hallo, Mädels. Darf ich vorstellen, dass ist Alaine Grant. Die neue Hauptdarstellerin.«

Die Frauen beäugten Alaine skeptisch, aber nicht unfreundlich. Nacheinander wurden ihre Namen von Mr Cole genannt und er sagte im Einzelnen, welche Rolle jeder verkörpern würde. Dann führte er Alaine weiter zu zwei älteren Herren, die sich mit einem jungen Mann unterhielten. Auch hier wurde reihum vorgestellt. Der jüngere Mann sollte der Mann von Kates bester Freundin Lydia sein. Diesen sollte Alain alias Kate in der Tanzbar auf der Tanzfläche verführen. Er sah nett aus und als er lächelte, zeigten sich Grübchen in seinen Wangen.

»Marty …«

Mr Cole drehte sich um.

»... wie hast du dir denn die Szene vorgestellt, wo Lydia mich anruft und verzweifelt nach Kate sucht? Soll das ein Mitschnitt werden?« Ein Mann, etwa Mitte dreißig, kam auf Mr Cole und Alaine zu. Ihr stockte für einen kurzen Moment der Atem. Konnte das wirklich sein? Nein, sie täuschte sich bestimmt …

Aber sie fühlte, wie der Boden unter ihren Füßen ins Wanken geriet. Es konnte doch wohl unmöglich sein, dass ausgerechnet ER in diesem Film mitspielte!

Marty Cole ignorierte seine Frage: »Parker, das ist Alaine Grant, sie wird sozusagen deine neue Gespielin sein.« Er lächelte milde.

Parker Preston! Es war tatsächlich der Weltstar Parker Preston! Er reichte Alaine die Hand. Als sie diese wie in Trance ergriff, hatte sie das Gefühl, sich daran festhalten zu müssen. Das Blut schoss ihr in den Kopf und ihr Herz raste im wilden Galopp. »Hallo«, brachte sie leise und mühsam hervor.

Parker Prestons Mundwinkel, die, seit er sie gesehen hatte, zuckten, zogen sich nun endlich nach oben und gaben den Blick auf ein umwerfendes Lächeln frei. »Hallo, Alaine«, sagte er locker, »ich bin Parker«, und setzte dem Ganzen noch die Krone auf, indem er zwinkerte.

Alaine hatte das Gefühl, er würde ihre Hand gar nicht mehr loslassen. Anscheinend kam er wohl vom Sport. Seine Haut roch dort, wo das Hemd am Hals noch offen stand, angenehm nach Duschgel und ihm selbst. Die Wärme, die er mitbrachte, verströmte sich. Alaine rang nach Fassung. Mit diesem Mann sollte sie spielen und ihn laut Drehbuch auf der Tanzfläche eifersüchtig machen? Und auch noch küssen UND mit ihm ins Bett gehen? Undenkbar! Unmöglich! Nicht zu schaffen! Alaine wurde schwindelig.

»So, dann kennt ihr euch jetzt. Wir wollen keine Zeit verlieren und gleich anfangen. Sheila, kommst du mal bitte?!« Marty Cole winkte eine Frau zu sich, die er Alaine als ihre beste Freundin im Film vorstellte und die das Gefühl hatte, Alaine wollte ihr den Mann wegschnappen, bis sie Parker Preston, ihren Chef und heimlichen Geliebten, in der Bar bemerkte.

Marty Cole zeigte jedem Schauspieler den Bewegungsablauf, so wie er ihn sich vorstellte. Er gab noch einige Besonderheiten zu bedenken und erteilte Alaine diverse Anweisungen, wie ihre

Figur einzuschätzen war.

Als die Musik loslegte, alle Statisten auf ihre Plätze stoben und Alaine an die Bar ging, spürte sie ihre Nervosität und ihren wummernden Herzschlag. Sie dachte an Parker Preston, der sich gerade in einen hinteren Winkel der Tanzbar zurückzog und sie fragte sich unwillkürlich, wie wohl so ein Star im Bett war. Ausdauernd und zärtlich oder eher wild und ungestüm, genau wissend, dass er an jeder Ecke sofort eine Neue bekam, die ihn anhimmelte? Gab er sich überhaupt Mühe? Dachte er auch an die Frau? Und wie sah wohl sein Schwanz aus?

Wie konnte sie, gerade jetzt, wo sie vor einer so wichtigen Aufgabe stand, an Parker Prestons Schwanz denken?!

Kaum erreichte Alaine die Bar, versetzte sie sich in ihre Rolle und fing an zu lachen und zu schäkern. Hemmungen vor ihren beiden Spielpartnern hatte sie erstaunlicherweise keine. Das hier war ja auch nichts im Vergleich zu dem, was noch kommen sollte ... Ihre angebliche Freundin stieß mit ihr an und der Mann ihrer Freundin zog sie nach ein paar lockeren Sätzen auf die Tanzfläche. Dort tanzten sie ausgelassen zusammen. Bald sollte sich ihr flockiger Tanzstil in einen erotischen verwandeln, damit sie den Blick von Parker Preston auf sich lenkte. Aber das konnte sie auf einmal nicht mehr, obwohl sie das so sehr geübt hatte. Ihr Augenmerk richtete sich auf die Kamera, die ihr Gesicht einzuzoomen schien. Ausgelassen drehte sie sich weg und tanzte weiter.

»Cut!«, rief Marty Cole und an Alaine gewandt: »Es ist an der Zeit, den Tanzstil zu ändern, Mädchen.«

Alaine blickte auf den Boden. »Ich weiß. Aber es fällt mir schwer.«

»Ach, Unsinn, das schaffst du schon. Denk an deine Konkurrenz.«

Dieser Satz jagte ihr allerdings einen Schauer über den Rücken und ihr wurde bewusst, dass sie nur für eine kranke Schauspielerin eingesprungen war.

»Denk an einen Mann, den du haben willst«, sagte er leichthin.

Alaine nickte. Ihr Herz klopfte. Dann ging sie auf ihre Position, die Klappe fiel und sie tanzte ausgelassen nach der Musik. Dann änderte sich das Lied. Sie blickte ihren Gegenüber an und konnte nichts bei ihm empfinden. Dem sollte sie sich nun an den Hals werfen? Aus dem Augenwinkel sah sie, wie sich eine Gestalt aus der hinteren Ecke löste. Schnell blickte sie hin und ihr Herz setzte für einen Schlag aus. Parker schritt mit ernster, fast böser Miene zum Ende der Tanzfläche, ohne sie aus den Augen zu lassen. Alaine hatte nun einen Grund, mit ihrem Gegenüber anzubändeln: Sie sollte Parker eifersüchtig machen! Und das wollte sie auf einmal tatsächlich! Ohne groß nachzudenken, handelte sie. Tief blickte sie ihrem Tanzpartner in die Augen, öffnete leicht ihren Mund, bewegte schwingend im sanften Takt der Musik ihr Becken und legte den Kopf verführerisch in den Nacken. Augenblicklich griff ihr Tanzpartner um ihre Hüfte und zog sie ran. Automatisch hob Alaine das Bein und legte das Knie an seine Hüfte. Sie bemerkte, wie er stoßweise atmete. Durch die leichte Drehung, die sie inzwischen gemacht hatten, konnte Alaine Parker sehen. Dieser stand am Rand, hatte die Arme vor der breiten Brust verschränkt und blickte mit leicht geschlossenen Augen auf die beiden. Alaine spürte, wie Feuchtigkeit aus ihrer Muschi sickerte und ihre Schamlippen immer empfindlicher wurden. Sie konnte die nächsten Szenen kaum erwarten. Plötzlich riss Sheila, ihre Film-Freundin, sie aus den feuchten Träumen, indem sie Alaine am Arm zurückzerrte. Das war ziemlich schroff für nur geschauspielert, dachte Alaine, und für einen kurzen Moment hatte sie das Gefühl, als wollte Sheila ihr damit wirklich etwas sagen.

»Lass die Finger von meinem Mann!«, fuhr sie Alaine an.

»Hey, Süße, was ist los mit dir? Wir wollten doch nur ein bisschen tanzen«, verteidigte sich ihr Mann.

»Tanzen ja, ranmachen nein!«

Alaine kam zu Wort: »Was heißt denn hier ranmachen?! Wir kennen uns nun schon so lange, da ist doch wohl ein Tänzchen drin.«

»Tänzchen? Du spinnst ja! Du wolltest mir meinen Mann ausspannen. Und das nach all den Jahren! So jemand wie du ist nicht mehr meine Freundin.«

»Wie kannst du das sagen? Aber wahrscheinlich ist es das, was er von dir nicht bekommen kann …«

Sheila holte aus und knallte Alaine eine. Erschrocken riss sie die Hand hoch, hielt sie auf die brennende Stelle und wich automatisch zurück. Dabei prallte sie an Parker. *So steht das aber nicht im Drehbuch,* schoss es ihr durch den Kopf. Mr Cole ließ alle weiterspielen, brach nicht ab. Wahrscheinlich gefiel ihm diese kleine Einzeleinlage von Sheila.

»Kann ich helfen?«, fragte Parker, blickte Sheila böse an und kam um Alaine herum. Dann legte er seine Hand auf Alaines, die noch immer auf ihrer Wange ruhte. Sofort durchflutete Alaine ein heißes Gefühl. Es flog zu ihren Brüsten, verursachte dort ein unbändigendes Ziehen und rauschte weiter in ihren Unterleib.

Wütend packte Sheila ihren Mann und verschwand von der Tanzfläche und aus dem Bühnenbild. Laut Drehbuch blickte Alaine ihr noch hinterher, wollte sie zurückhalten, doch Parker hielt ihren Blick so sehr gefangen, dass sie zu dieser Drehbuchanweisung nicht in der Lage war. Sanft begann Parker sich im

Takt der Musik zu bewegen. Nach einer Weile zog er sie ein Stück zu sich heran und drängte sie, es ihm gleichzutun. Erst da bemerkte Alaine, dass sie wie ein Stock auf der Tanzfläche stand, ohne sich auch nur einen Millimeter zu rühren.

Eine plötzliche Unsicherheit übermannte sie und Alain hatte das Gefühl, überhaupt nicht mehr zu wissen, was sie tun sollte, was im Drehbuch stand, was sie hier eigentlich machte. Parker schien das zu spüren. Er zog sie dicht an sich heran. Sofort begann ihr Herz wieder zu galoppieren. Es bekam keine Chance sich zu beruhigen, als sie auch noch die Erektion in seiner Hose bemerkte, die sich nun fest an ihre Scham presste. Geschickt ging Parker ein wenig in die Knie und ließ gekonnt sein Becken kreisen, was Alaine zu stoppen versuchte. Doch er war stärker und drückte ihr seinen festen Schwanz immer wieder grausam erregend an ihre Möse. Ihre Klitoris schwoll an und ihre Nippel stachen hart gegen seine Brust. Gut, dass es in diesem Raum düster und die Musik laut war, sonst hätte jeder wohl ihr hochrotes Gesicht gesehen und ihren unpassend keuchenden Atem gehört.

Parkers Hände glitten an ihrem Hinterkopf nach oben und durchfuhren mit gespreizten Fingern ihre Haare. Er zog am Haargummi und schon flossen die langen Strähnen über ihren Rücken. Blitzartig drehte er sie um und versenkte seine Nase darin. Nun spürte Alaine seine Hitze an ihrem Rücken und seine Erektion an ihrer Pospalte. Kaum zu glauben, aber diese erotische Tanzszene heizte ihr so sehr ein, dass Alain sich wünschte, er würde ihr die Kleider vom Leib reißen und hier und jetzt auf der Tanzfläche in sie eindringen. Dieser Gedanke ließ sie aufstöhnen und sie stellte sich auch vor, wie er ihre Brüste umfasste, mit den Warzen spielte, sie geradezu herausforderte, bis sie sich ihm in ihrer vollen Steifheit präsentierten.

Mit einem Ruck drehte Parker Alaine wieder zu sich um und blickte ihr schwer atmend in die Augen. Ohne sich gegen seine Handlung zu wehren, ließ sie sich von ihm küssen. Die Lust rauschte durch ihren Körper. Beide umschlangen sich und mussten auf Außenstehende wie Ertrinkende wirken. Noch während Alaine darauf wartete, dass seine Zunge in ihren willigen, hungrigen Mund tauchte, machte er sich von ihr los und sagte: »Los, komm mit!« Damit fasste er sie bei der Hand und lief von der Tanzfläche.

»Cut!«, rief Mr Cole. »Sehr schön. Ein wenig improvisiert, wie mir auffiel. Aber es war okay. Künstlerische Freiheit eben! Was ich bei dir feststelle, Alaine, ist, dass du gut spielst, aber noch etwas gehemmt wirkst, gerade, was den Part mit Parker angeht. Da musst du auf jeden Fall lockerer werden. Ich werde mir eure Szene morgen früh noch mal ansehen und dann entscheiden, ob ich sie noch einmal drehe. Doch für heute lauten deine ›Hausaufgaben‹: lerne lockerer im Umgang mit Parker zu werden. Vielleicht geht ihr beiden ja noch einen trinken und küsst euch.«

Mit geweiteten Augen blickte sie Cole an.

»Was hast du denn? So außergewöhnlich ist meine Aussage nun auch nicht. Viele Schauspieler müssen sich privat erst ein bisschen näher kommen, um dann ein gutes Ergebnis vor der Kamera abzuliefern. Denk daran, dass du mit Parker noch eine Bett-Szene drehen musst.«

Alaine schoss die Röte ins Gesicht und sie blickte auf den Boden, statt ihn anzusehen. Das traute sie sich einfach nicht. Obwohl es lächerlich und kindisch war, das wusste sie auch. Doch sie kam nicht gegen ihren inneren Schweinehund an. Schließlich nickte sie.

»Gut, dann wisst ihr ja, was ihr heute noch zu tun habt.

Schönen Abend und gute Nacht.« Cole drehte sich um und lachte im Weggehen.

»Er ist ganz okay«, sagte Parker Preston.

»Aha, super. Na dann, gute Nacht.«

»Hey, Alaine, warte mal.«

Sie blieb in der Bewegung stehen und starrte geradeaus, ohne sich zu ihm umzudrehen.

»Wir haben doch noch Hausaufgaben aufbekommen.«

»Ich mache heute keine, gehe lieber nach Hause«, entgegnete sie knapp.

»Widersetzt du dich immer dem Lehrer?«

Jetzt drehte Alaine sich zu ihm um. »Hausaufgaben braucht man doch nur dann zu machen, wenn man den Unterrichtsstoff nicht verstanden hat. Ich habe heute gut aufgepasst.«

Er lachte und schüttelte amüsiert den Kopf. »Na komm, ich lade dich noch auf einen Drink ein. Dann haben wir wenigstens in einem Fach etwas getan.«

Nun musste auch Alaine schmunzeln. Vielleicht wurde es ja lockerer als sie dachte. Und so willigte sie ein.

***

Kaum hatte Alaine einen »Sex on the beach«-Cocktail bestellt, da bemerkte sie das leichte Grinsen in Parkers Gesicht. Er klappte die Karte zu und bestellte sich einen Capuccino, ein Wasser und einen Chicken-Wrap, dazu einen Salat. Als er Alaines verwunderten Blick bemerkte, sagte er gelassen. »Ich habe Hunger.«

»Und mich lässt du einen Cocktail trinken?«

»Ist doch gut, dann wirst du vielleicht ein bisschen lockerer. Damit hätten wir dann schon den zweiten Teil unserer Hausaufgaben erledigt.«

»Wie viele Teile sind es denn?«

»Ich glaube vier.« Er grinste verschmitzt.

»Aha. Und worin bestehen die?«

Eine Weile blickte er Alaine an, ohne etwas zu sagen, dann fragte er. »Willst du mir nicht etwas über dich erzählen?«

»Äh, nein.«

»Und warum nicht?«

»Da kann ja jeder kommen …«

»Oh, das war jetzt aber nicht nett!«

»Ich habe nie behauptet, dass ich ein netter Mensch bin.« Er rieb sich über sein Kinn. »Ich gehe aber normalerweise nur mit netten Menschen ins Bett.«

Kurz stockte Alaine der Atem, dann sagte sie: »Morgen werde ich nett zu dir sein.«

»Wer redet von morgen?«

Alaines Herz setzte für einen kurzen Moment aus.

»Der Capuccino?«, fragte die Bardame.

»Ich«, sagte Parker, ohne Alaine aus den Augen zu lassen.

»Das Wasser?«

»Auch ich.«

»Der Salat?«

»Auch ich.«

»Er bekommt alles, bis auf den Cocktail«, kam Alaine ihr genervt zu Hilfe, wenn Parker es schon nicht tat. Doch er hatte anscheinend seinen Spaß daran. Dass er sie noch immer belustigt beobachtete, ließ Alaines Röte im Gesicht nicht verschwinden. Und dass es ihr wohlig warm in der unteren Region wurde, wollte sie nicht wahrhaben.

Endlich widmete sich Parker seiner Mahlzeit. Kaum hatte er einen Bissen im Mund, bot er ihr auch etwas an. Höflich schüttelte sie den Kopf und sah ihm zu, wie er eine Kirschtomate aufpiekte und ihr hinhielt. Wie hatte er das bloß geschafft? Sie liebte Tomaten. Warum sollte sie nicht Ja sagen? Das würde außerdem die Hausaufgaben-Nähe aufbauen. Er kam ihr entgegen mit der Gabel. Schließlich teilten sie sich den Salat. Er fütterte sie immer wieder. Sie konnte es nicht glauben, dass Parker Preston sie fütterte. DER Star unter den Schauspielern! Als der Wrap kam, schob er ihr den Teller hin. Lächelnd lehnte sie ab. Am liebsten hätte sie ihm den weggefressen, so einen Hunger verspürte sie plötzlich. Doch sie nahm lieber einen Schluck ihres Cocktails, von dem sie sicher war, der Barman wusste von ihrem Annäherungszwang, sonst hätte er mit Sicherheit auch noch ein bisschen mehr Cranberry Juice zum Alkohol gegeben. Trotz Salat schlug der Cocktail schnell an und machte sie redselig. Sie erzählte von ihrem Schreiben und ihrem neuen Drehbuch. Parker schien interessiert zuzuhören. Als er nur noch einen Happen Wrap auf der Hand hielt, fragte er sie, ob sie noch den Rest wollte. Sie nickte und streckte die Hand danach aus, doch er zuckte mit seiner Hand zurück und hielt ihr den Wrap vor den Mund. Er wollte sie also füttern. *Warum nicht,* dachte sie und spürte, dass der Alkohol sie tatsächlich locker gemacht hatte. Also beugte sie sich leicht nach vorn. Doch statt den Wrap zu bekommen, legte er seine Lippen auf ihre. Ihr Herz machte einen Satz. Sofort löste sie sich von ihm.

»Spinnst du?!«, fuhr sie ihn an.

Er lächelte nur.

Ihr war ganz schwindelig. Ob es vom Alkohol oder vom Kuss kam, wusste sie nicht. Doch sie wollte das noch mal probieren. Aber Parker rührte sich nicht. Sollte sie jetzt die Initiative ergreifen? Warum nicht! Selbst ist die Frau, dachte sie und beugte sich zu ihm vor. Sofort nahm er ihr Angebot an und seine Lippen senkten sich wieder auf ihre. Warm, sanft, weich und doch fest fühlten sie sich an. Obwohl Alaines Sinne leicht benebelt waren, so spürte sie doch die Intensität des Kusses und wäre am liebsten in seine Arme gesunken. Plötzlich wurde eine Kamera auf sie gerichtet. Erst war Alaine erschrocken, doch dann wurde ihr bewusst, dass es nicht ihretwegen, sondern wegen Parker war. Sie schloss die Augen und wollte den Paparazzi einfach nicht bemerken. Zu schön und zärtlich war sein Kuss. Doch der Tisch stand störend zwischen ihnen, was sich auch an Alaines Rippen bemerkbar machte, denn die Kante drückte sich brutal dagegen. Schließlich stoppte sie und er zog sich sofort zurück. Automatisch glitt ihr Blick wieder zu der Fotokamera, die klickend ihren Job verrichtete. Sofort blickte Parker sich im Raum um. Aber es war kein Prüfen, ob auch jeder zugesehen hätte, was Alaine jetzt vermutet hätte, sondern eher eine Suche nach dem Notausgang. Das irritierte sie.

»Alles okay?«, wollte sie wissen.

»Ja. Wir zahlen.«

Parker übernahm die Rechnung und ging mit Alaine zum Auto. »Ich bringe dich noch nach Hause.« So, wie er den Satz sagte, ließ er keine Widerrede zu.

Im Auto schwiegen sie sich an.

»Alles okay?«, fragte Alaine nach einer Weile.

»Ja.«

Dann schwieg er wieder.

»Seit wann bist du eigentlich Schauspieler?«, fragte Alaine.

Er blickte starr geradeaus auf die Straße. »Ist es schlimm, wenn wir jetzt nicht reden?«

Alaine kam sich wie vor den Kopf geschlagen vor. Sie konnte gar nicht anders, als schweigen. Er brachte sie bis zur Haustür und verabschiedete sich mit einem knappen Gruß. Dann brauste sein Auto davon. Sprachlos und verwirrt sah sie ihm hinterher. *Na, das kann ja morgen heiter werden,* dachte sie und schloss total verwirrt ihre Tür auf.

***

Am Set herrschte reger Betrieb. Es war laut und wuselig und wirkte unorganisiert.

»Guten Morgen. Und, habt ihr eure Hausaufgaben gemacht?«, fragte Cole Alaine.

Kurz zögerte, dann nickte sie. »Ja, es war ... nett.«

Er grinste. »Verstehe.«

»Ist denn Parker schon da?«, fragte Alaine zögerlich. Sie musste ihn, bevor sie diese eine Szene drehten, noch einmal sprechen. Es war ihr klar, dass sie die Sache vom gestrigen Abend, was auch immer da vorgefallen sein mag – sie verstand es einfach nicht – klären mussten.

Cole grinste. »Er ist in der Maske. Du musst sowieso hin, denn du bist auch gleich dran.«

Alaine machte sich auf den Weg. Als sie den Raum betrat, blickte Parker kurz im Spiegel auf, wendete sich dann wieder ab. Neben ihm saß auf einem Tisch Sheila. Sie hatte die Arme vor der Brust gekreuzt und sah Alaine prüfend an.

»Hallo«, brachte Alaine hervor.

»Hallo«, erwiderte Sheila gedehnt und nicht sehr freundlich.

Dass Parker nicht antwortete, ärgerte sie und dass Sheila nicht weichen wollte, auch. So nahm sich Alaine ein Herz und sprach Parker an. »Wie geht es dir?«

»Gut.«

»Noch gut nach Hause gekommen?«

»Was willst du, Alaine?«

»Dich fragen, warum du mir gegenüber so komisch bist. Habe ich dir etwas getan?«

Eine Weile blickte er sie wirklich an, doch die Dame, die

Parker schminkte, drehte seinen Kopf zurück. Er sollte die Augen schließen. So antwortete er ihr nicht und brauchte sie auch nicht anzusehen. Wer sie anstarrte, war Sheila. Selten hatte Alaine sich so unwohl gefühlt. Doch dann wurde Sheila von ihrem Handy in Anspruch genommen. Sie ging ran, als es klingelte. »Ja? ... Nein.« Sie erhob sich und ging ein paar Schritte aus dem Raum raus, doch Alaine konnte noch gut verstehen, wie sie sagte: »Nein, Sheila Preston. Ach so, ja verstehe. Das habe ich doch aber schon letzten Monat bestellt Kleinen Moment ...« Sie entfernte sich.

Alaine blieb geschockt stehen. Sheila Preston! Parker hatte sie geküsst und wollte ihr noch näher kommen, obwohl er verheiratet war?! Sollte ihre gestrige Annäherung wirklich nur für den Dreh sein? Alaine verstand die Welt nicht mehr. Deswegen war er so sonderbar zu ihr gewesen, weil er sich ins Gedächtnis gerufen hatte, dass zu Hause eine Frau auf ihn wartete ...

Ungläubig sah sie zu ihm rüber. Er hatte sie wohl im Spiegel beobachtet. Flinke Hände zogen gerade eine kleine Portion Gel durch seine Haare. Alaine verließ die Maske. Auf halben Weg hörte sie hinter sich sagen. »Sie können gleich hierbleiben, Alaine, denn Sie sind die nächste.«

***

Diese Szene, die heute gespielt werden sollte, behagte ihr eigentlich gar nicht, weil sie Parker anzicken sollte. Doch nun passte sie ihr außerordentlich gut in den Kram. Sie konnte sich so richtig damit austoben. Und wirklich, es klappte wunderbar! Beide waren in der richtigen Stimmung, um sich anzugiften. War das etwa von Parker geplant gewesen? Doch diese Szene sollte im Versöhnungskuss enden. Davor graute ihr.

An zwei Stellen musste gestoppt und neu eingestiegen werden, weil Alaine ihren Text vergessen hatte. Zwar war es allen Beteiligten erlaubt, zu improvisieren, aber wenn der Gegenspieler nicht mehr mitkam, dann wurde es schwierig.

Alaine steigerte sich in das Streitgespräch hinein und geriet richtig in Fahrt. Sie war sauer so auf Preston, weil er sie einfach so abgespeist hatte, ohne ihr Rede und Antwort zu stehen und dass er eine Frau hatte, die nicht von ihm erwähnt wurde.

Schließlich sagte er: »Ach Kate, komm, wollen wir uns wieder vertragen. Die Patienten warten. Mit Sicherheit haben wir ihnen genug Nahrung für ihre nächsten Gespräche mit den Freundinnen geliefert. Wollen wir ihnen nicht zu viel zumuten.« Er lächelte, wie es im Drehbuch stand. Guter Schauspieler, dachte Alaine.

Doch sie war noch nicht fertig mit ihrem Text und schimpfte weiter. Dann kam die Passage, wo sie langsam einlenken und sich von ihm küssen lassen sollte. Aber irgendwie bekam Alaine die Kurve nicht. Ihre Vorstellung, sich kussmäßig vor allen Leuten auf ihn einzulassen, löste Panik in ihr aus. Sie atmete schnell und keuchend. Sie hatte das Gefühl, dass sich ihre Atmung nicht mehr beruhigen wollte und das machte ihr erneut Angst. »Du, du …« Sie versuchte, das Ganze in den Dreh einzubauen. Doch es klappte alles nicht. Sie wusste nicht, was sie tun sollte. Alles drehte sich um sie, ihr Atem ging schnell und stoßweise. Alaine versuchte, sich irgendetwas zu greifen und streckte die Hand aus, bekam aber nichts zu fassen und strauchelte. Plötzlich hielten sie zwei Hände fest. »Kate«, versuchte Parker es, der anscheinend auch in der Rolle bleiben wollte. »Hey, ganz ruhig …«

Aber Alain konnte sich einfach nicht beruhigen, sie sackte gegen ihn und atmete noch immer hektisch ein und aus. Parker schnappte sich geistesgegenwärtig eine Plastiktüte, die am Rand lag und presste sie Alaine auf den Mund. Doch das wollte sie nicht und kämpfte plötzlich mit ihm. Panisch riss sie die Augen auf und drückte ihre Hände gegen seine Brust. Er umklammerte mit einem Arm ihren Oberkörper und ungewollt oder nicht, legte sich eine Hand auf eine ihrer Brüste. So rangen sie eine Weile, doch Parker war stärker. Er zog sie auf den Boden, wo er auf seinen Hintern geplumpst war und sie auf seinen Schoß gezogen hatte. Alaine keuchte in die alberne Tüte, Parker hielt sie eng umschlungen. Die Brustwarze ihrer Brust, auf der noch immer seine Hand ruhte, hatte sich spitz und hart aufgestellt und drängte verlangend gegen ihn. Langsam beruhigte sich ihr Atem. Parker nahm die Tüte weg, seine Hand glitt von ihrer Brust runter und verschränkte sich mit seiner anderen Hand um ihren Oberköper. Alaine blieb an ihn geschmiegt sitzen, völlig ermattet. Doch sie besaß noch so viel Zurechnungsfähigkeit, dass sie seine Wärme und Aura genoss. Sie bemerkte auf einmal, wie er seine Position veränderte. Sein Gesicht beugte sich zu ihrem hinunter und sie zögerte nicht, sich ihm zuzuwenden, um seine warmen, lusterweckenden Lippen auf ihren zu spüren. Heute waren sie nicht so zurückhaltend, sensibel, sondern fordernd und verlangend. Alaine schlang ohne zu überlegen die Arme um seinen Nacken und drehte sich weiter zu ihm um. Ihre Brüste pressten sich nun an seinen festen Oberkörper und er hielt sie eng gefangen. Augenblicklich schob sich seine Zunge in ihren Mund, was Alaine einen Seufzer entrang. Er spielte mit ihrer Zunge und sie antwortete ihm willig. Ihr Kuss wurde immer wilder und stürmischer, sodass Alaine sich bald darauf von ihm schwer atmend löste. Ihre Brüste schmerzten vor Verlangen und in ihrem Unterleib zogen sich sämtliche Muskeln zusammen in Erwartung, etwas zu umschließen, was sich noch nicht dort befand. Ohne zu überlegen küsste sie ihn wieder und ihre Münder verschmolzen.

»Cut!«, holte Cole beide aus der wilden Aktion. »Himmel, was war das denn?« Und an sein Kamerateam gewandt: »Leute, habt ihr das im Kasten?«

Die Männer nickten.

Cole wandte sich wieder Alaine und Parker zu. »Wunderbar! Das werden wir auf jeden Fall mit reinschneiden. Alaine, geht es dir gut? Oder war das vorhin nur gespielt?«

Sie schüttelte den Kopf. »Alles echt, aber es geht schon wieder.« Mühsam versuchte sie sich aufzurappeln. Parker half ihr. Sheila stand mit verschränkten Armen am Rand und blickte geringschätzig zu ihr. »Tut mir leid«, flüsterte Alaine.

»Wofür entschuldigst du dich?«, fragte Parker.

»Ich habe das nicht absichtlich getan.«

»Das Hyperventilieren oder das Küssen?« Er schmunzelte.

Sie ging nicht darauf ein und sagte: »Es ist nur ... ich habe mich so geärgert, dass du mich einfach so abgespeist hast und mir verheimlicht hast, dass du eine Frau hast.«

»Alaine ...«, versuchte Parker es, aber Cole unterbrach ihn.

»So, ihr zwei. Wie sieht es aus? Bereit für die nächste Runde? Oder wollt ihr eine Pause machen?«

Parker blickte Alaine fragend an. Sie wollte weitermachen. Es gab noch zwei kleine Kennenlern-Szenen und dann noch zwei, wo Alaine nicht mitspielte. Sie nutzte die Zeit, um an Parkers verlangenden Kuss zu denken. Das konnte unmöglich gespielt gewesen sein! Ihr Bauchgefühl sagte ihr, dass er echt gewesen war. Aber warum war Parker an einem Tag so aufgeschlossen und kurz danach derart introvertiert? Was ging in ihm vor? War es seine Frau Sheila, die ihm plötzlich wieder in den Sinn kam?

78

***

Der Drehtag neigte sich dem Ende zu. Obwohl Alaine heute nicht mehr dran war, blieb sie und sah den anderen Schauspielern beim Dreh zu. Sie fand es sehr interessant und konnte sich einfach nicht loseisen. Cole hatte recht gehabt: Sie lernte wirklich noch eine Menge dazu. Alaine packte ihre Sachen zusammen. Liebend gern wollte sie mit Parker noch zwei Worte reden, doch dazu musste sie ihn erst finden. Suchend blickte sie sich um und entschied sich, noch mal in der Cafeteria nachzusehen.

»Hey!«, sagte eine Stimme neben ihr. Sheila. »Suchst du Parker?«

Alaine zögerte. »Äh, ja.«

»Dann hast du Pech gehabt, er ist schon weg.«

»Oh. Das ist ja schade. Na, vielleicht sehe ich ihn draußen.«

»Vergiss es!« Da Sheila einen halben Kopf kleiner war, als Alaine, blickte sie Alaine von unten mit schief gelegtem Kopf an.

»Wie bitte?«

»Lass ihn in Ruhe!«, zischte Sheila.

»Ich mache doch gar nichts.« Alaine wollte raus, doch Sheila verstellte ihr den Weg.

»Doch, tust du. Langsam und gewissenhaft …«

»Und was, bitte schön?« Alaine verschränkte die Arme.

»Du brichst ihm das Herz!«

Ungläubig starrte sie Sheila an. Alaine fehlten die Worte. Entschlossen drängte sie sich an Sheila vorbei und lief auf den Ausgang zu. Kaum war sie draußen, erkannte sie in einiger Entfernung Parker. Er unterhielt sich gerade mit dem Produzenten. Alaine steuerte in eine andere Richtung und nahm gern einen kleinen Umweg zu ihrem Auto in kauf.

Gerade wollte sie einsteigen, da hörte sie ihn rufen. »Alaine, willst du schon los?« Mit langen Schritten kam er heran und stellte sich direkt in ihre geöffnete Autotür.

Alaine hatte sich auf ihren Sitz fallen lassen und blickte geradeaus durch die Scheibe, anstatt ihn anzusehen.

»Alaine!«, sagte Parker nun lauter.

Mit einem Ruck wandte sie sich ihm zu und blickte nach oben. Sie sah seine Muskeln von den Oberarmen, dort, wo sein T-Shirt hochgerutscht war. »Das kann ich einfach nicht glauben!«

»Was kannst du nicht glauben?«, fragte er.

»Was ist bloß mit euch allen los?«

Verwirrt blickte er auf sie hinunter. »Warum, was meinst du denn?«

»Warum zum Beispiel sprichst du jetzt wieder mit mir? Gestern wolltest du mich zum Teufel jagen. Dann irgendwelche Andeutungen von irgendwelchen Personen ... Ach, das geht mir gerade tierisch auf die Nerven. Gute Nacht, Parker!« Sie wollte die Tür zumachen, doch er wich nicht zur Seite. »Darf ich?!«

»Welche Andeutungen, welche Personen?«, fragte Parker, ohne auch nur einen Millimeter zur Seite zu rücken.

»Ach ...« Sie winkte ab. »Ich möchte jetzt los.«

»Wollen wir noch etwas trinken gehen?«

»Nein. Gestern hat mir gereicht.«

»Vielleicht ... habe ich einen Fehler gemacht ...«

Alaine seufzte. »Ja, vielleicht. Ach, was mir da gerade einfällt zu dem Thema: Was sagt eigentlich deine Frau dazu, wenn du mit anderen Frauen noch einen trinken gehst? Wahrscheinlich ist sie hocherfreut darüber, wenn du nach dem Dreh noch mit anderen Frauen flirtest.«

»Mein Privatleben geht niemanden etwas an.«

»Nicht einmal deine Frau?!«

»Lassen wir doch dieses leidige Thema. Lass uns lieber ...«

»Nein!«, unterbrach Alaine ihn scharf. »Gute Nacht!«

»Sie ist nicht meine Frau. Sie ist meine Schwester.«

Alaine klappte der Mund auf und für einen kurzen Moment war sie sprachlos. Dann fing sie sich wieder und fragte: »Warum hast du das nicht früher gesagt?«

»Warum? Wolltest du früher mit mir ins Bett gehen?«

»Gute Nacht, Parker!«

»Halt, warte! Tut mir leid, das war nicht nett.«

»Stimmt!«

Parker fuhr sich durch seine dunkelbraunen Haare. »Ich rede ungern auf einem Parkplatz über mein Privatleben. Wollen wir uns nicht irgendwo gemütlich hinsetzen?«

»Damit du mich auf dem Rückweg schweigend und angenervt nach Hause bringst, und ich unwissend neben dir sitze, in der Hoffnung, dass du doch noch mal das Wort an mich richtest? Nein, danke! Vielleicht in einem anderen Leben. Darf ich jetzt meine Tür zumachen.«

»Hey, ich bin ein berühmter Star. Jede Menge Frauen würden mit mir sofort ins Bett gehen, wenn sie nur in meine Nähe kommen und die Chance bekämen.«

»Dann versuch es doch mit denen!« Sie drückte die Tür gegen ihn.

Seine Augen leuchteten auf und mit einem Mal schwang er spontan ein Bein über ihren Schoß, sodass er auf ihr saß, ihren Kopf an seiner Brust. Dann schlug er die Tür zu.

»Spinnst du jetzt völlig?! Sofort runter von mir!«, giftete sie.

»Ich finde die Position gar nicht so schlecht.« Er beugte sich zu ihr hinunter.

Alaine versuchte ihn seitlich von sich zu stoßen. Er ließ ein leise glucksendes Lachen hören, während sein Gesicht sich ihr immer weiter näherte. Bei seiner betörenden Nähe fiel ihr das Denken und damit verbundene Handeln unglaublich schwer und sie wehrte ihn nicht mehr ab. Als seine warmen, weichen Lippen ihre berührten, war es um sie geschehen und sie konnte ihm einfach nicht widerstehen. Es war zu verführerisch. *Er* war zu verführerisch. Als seine Lippen sich zärtlich an ihre schmiegten, war Alaine nicht darauf vorbereitet, dass er alles wollte und seine Zuge augenblicklich in ihren Mund schob. Mit klopfendem Herzen antwortete sie und umkreise seine Zunge, spielte mit ihm und lockte ihn. Sie spürte, wie sein Schwanz gegen ihren Bauch zuckte. Genau an der Stelle brannte es dann in ihrem Inneren. Er verteilte sanfte Küsse auf ihrer Wange und glitt weiter zu ihrem Hals. Unwillkürlich öffnete sie die Beine ein wenig. Sofort, so als hätte er einen Freifahrtschein erhalten, griff er an ihren Busen. Sie zog scharf die Luft ein. Er knetete ihre Brüste und drückte mit Daumen und Zeigefinger ihre verhärteten Nippel zusammen. Mit Mühe unterdrückte Alaine ein Stöhnen.

»Halt«, sagte sie leise.

Er hörte sofort auf, nahm aber seine Hände nicht von ihren Brüsten. Ebenso leise fragte er: »Warum? Gefällt es dir nicht?«

»Doch, aber nicht hier. Außerdem musst du mir noch die eine oder andere Frage beantworten.«

»Na schön. Aber wir haben später ...«

»Nein, jetzt!«

»Das ist nicht dein ernst!«

»Mein voller Ernst! Bitte steig von mir runter.«

Mit einem Seufzer kam er ihrer Aufforderung nach und ließ sich auf dem Beifahrersitz plumpsen. »Dann lass uns zu mir fahren«, schlug er vor.

»Und wie kommst du an dein Auto, wenn du morgen zum Set musst?«

Er grinste breit. »Wieso, bleibst du heute Nacht denn nicht bei mir?«

»Geplant ist es nicht.«

»Denk dran, wir müssen noch üben! Morgen ist unsere offizielle Betteinweihung dran. Sollten wir da nicht ein paar Erfahrungen auf dem Gebiet sammeln?«

Alaine wurde es heiß und kalt. »Ich ... also, ich weiß nicht ...«

»Tu es dem Job zuliebe.« Verschmitzt blickte er sie an.

Das brachte Alaine zum Lächeln und sie startete den Motor.

***

»Wirst du mich wieder so sitzenlassen, wie gestern?«, fragte Alaine, als sie auf seiner Couch im Wohnzimmer saß und in ihr Sherry-Glas blickte.

»Bereitet dir das Sorgen?«

»Natürlich. Normalerweise passiert mir so etwas nur ein Mal im Leben. Aber anscheinend habe ich daraus nicht gelernt.«

»Hier gibt es keine Paparazzi und deswegen wird es auch keine Möglichkeit der Selbstdarstellung von deiner Seite geben.«

»Wie bitte? Selbstdarstellung?! Das liegt mir fern, lieber Mr Preston! Ich bin nämlich keine echte Schauspielerin, sondern Drehbuchautorin. Und diese Leute setzen sich verdammt selten in Szene! Wie kommst du nur darauf, dass ich das getan hätte?!«

Parker drückte die Augen zu Schlitzen zusammen und studierte ihr Gesicht. Dann nickte er. »Ja, vielleicht habe ich mich getäuscht. Gestern hatte ich den Eindruck, dass du dich bewusst zu dem Paparazzi gewandt hattest, nachdem du unseren wunderbaren Kuss so abrupt abgebrochen hattest, damit er dein Gesicht mit mir zusammen einfängt. Das machen viele Frauen. Sie werden berühmt, wenn sie mit jemand Berühmten gesehen werden.«

»Wahnsinn! Dass du mir das zugetraut hast!« Ich nahm einen

Schluck Sherry. »Wenn du wirklich wissen willst, warum ich den Kuss gestoppt habe, dann kann ich dir nur die klägliche und ehrliche Erklärung geben, dass die Tischkante sich sehr unschön in meine Eingeweide gebohrt hatte. Es tat verdammt weh! Noch immer!«

Seine Miene verdunkelte sich. »Wirklich? Lass mal sehen ...«

Nach einem kurzen Zögern zog Alaine schließlich ihr T-Shirt hoch und zeigte einen langen blauen Fleck an ihren unteren Rippen. Sofort beugte Parker sich zu ihren Rippen hinab und küsste die Stelle. Leise hörte sie, wie er sagte: »Es tut mir leid, dass ich dich falsch eingeschätzt hatte.«

Alaine kam Sheilas Bild vor Augen. Sie hatte Alaine ebenfalls falsch auf der Rolle gehabt. Alaine zog Parker zu sich hoch, um ihm in die Augen zu blicken. »Hast du jemand anderen?«

»Jemand anderen?«

»Ich meine, eine andere Frau, die dich ... liebt?«

»Mich lieben Tonnen von Frauen!«

»Angeber!« Sie boxte ihm verspielt in die Seite. »Ich meine, eine bestimmte Frau, die dich liebt?«

Er sah ihr in die Augen und sagte: »Vielleicht jetzt ja. Von mir kann ich es schon behaupten.« Er lächelte.

Sein Kuss war wild und fordernd.

»Hey, nicht so stürmisch«, versuchte Alaine ihn zu bremsen.

»Ich habe jetzt lange genug gewartet.« Damit presste er seine Lippen auf ihren Hals, und massierte ihre Brüste. Er fackelte nicht lange. Schnell schob er seine Hände unter ihr Shirt und legte ihre Brüste, verpackt in einem lachsfarbenen Spitzen-BH, frei. Die Nippel mussten ihm geradezu entgegenspringen, so heiß waren sie. Seine Daumen glitten darüber und Alaine seufzte. Seine Daumen wollten da einfach nicht weg, und rieben dauerhaft in kreisenden Bewegungen über die immer empfindlicher werdenden Brustspitzen. Alaines Atmung beschleunigte sich. Zeitgleich merkte sie, wie Feuchtigkeit aus ihr herauslief. Ihr Körper wurde immer verlangender nach Parker. Parker! Kaum zu glauben, dass gerade Parker Preston, DER Parker Preston, an ihr herumfummelte und sie in den siebten Himmel schweben ließ. Alle Frauen leckten sich die Finger nach diesem verdammt gut aussehenden, sympathischen Mann, und Alaine hatte ihn vor sich sitzen, während er den Anschein machte, nicht genug von ihr bekommen zu können.

»Warte«, sagte Alaine und hielt ihn zurück.

»Warum? Ausgerechnet jetzt?«

»Ich bin mir nicht sicher, ob das alles nicht ein bisschen schnell geht.«

»Wie wäre es, wenn wir den heutigen Abend unter dem Aspekt sehen, wir üben für morgen. Es ist rein geschäftlich.« Parker schmunzelte über seinen Vorschlag.

Auch Alaine konnte sich ein Lächeln nicht verkneifen. »Also schön. Machen wir es so. Allerdings wird ja wohl hoffentlich nicht so viel Nacktes morgen von uns zu sehen sein. Das wird doch ein ›anständiger‹ Film, oder?«

»Sicher. Wir haben eine Decke. Aber die Bewegungen, die sollte es schon geben, kann ich mir vorstellen.« Er zwinkerte.

»Dann zeig mir doch mal, welche Bewegungen du meinst«, sagte Alaine und legte sich auf der Couch lang.

»Kommt nicht in Frage«, meinte Parker und für einen kurzen Moment erschrak Alaine, ob sie sich ihm zu sehr angeboten hatte. Doch als er sie hochhob und an seine Brust drückte, flüsterte er ihr ins Ohr: »Das zeige ich dir lieber im richtigen Bett, als auf dieser Impro-Couch.«

Alaine lachte erleichtert und er verschloss ihren Mund mit einem Kuss.

Kaum hatte Parker sie auf sein großes, breites Bett gelegt, da öffneten seine geschickten Finger auch schon ihre Jeans und zogen sie ihr sofort von den Hüften. Ihr Slip hatte die gleiche Farbe, wie ihr BH. Sie liebte dieses Set. Augenblicklich befreite sie sich vom T-Shirt und streckte die Arme über dem Kopf aus, als sie auf sein Kissen zurücksank. Eine Weile betrachtete er sie. Sein Blick wurde immer verlangender. Mit leiser Stimme sagte er: »Du bist wunderschön!«

Alaine lächelte. Dann flüsterte sie zurück: »Zieh dich aus.«

Er kam der Aufforderung langsam nach, ohne ihren Körper aus den Augen zu lassen. Als er die Boxershorts auszog, ragte ein kräftiger, stehender Schwanz hervor. Alaines Unterleib vollführte einen Freudentanz. Tausend Schmetterlinge flogen dort wild umher und ihre Feuchtigkeit sprach Bände. Als Parker einen Schritt auf sie zumachte, fing ihr Herz laut an zu pochen. Ohne zu zögern legte er sich auf sie, als hätte sie nichts an. Das Erste, was sie spürte, war sein zuckender Schaft, der nicht länger draußen im Kalten bleiben wollte und dann seinen harten Oberkörper, wie er sich auf sie legte und ihr angenehm die Luft nahm. Die Schwere machte sie schwindelig.

»So könnte es vielleicht sein«, flüsterte er und bewegte seinen Unterleib, als pumpe er in sie hinein.

Alaine wurde sofort heiß. Lichtblitze schossen durch ihren Körper. Ihre Brüste verlangten nach Bearbeitung und die Nippel stachen fest hervor. Ihre Möse war willig und sehnte sich nach etwas Hartem, Festem, das sich unwiderstehlich in sie bohrte. Alaines Atem ging schwer, als würde Parkers Schwanz schon in ihr stecken.

»Vielleicht sollten wir es heute in deinem halb angezogenen Zustand so belassen, bevor wir noch etwas tun, von dem du nicht genau weißt, ob du das heute überhaupt schon willst, Alaine.«

»Was? Oh nein! Damit meine ich: doch! Ich weiß, was ich tue und was ich will.«

»Bist du sicher?«

»Ja. Ganz sicher.«

»Also, was willst du?«

»Dich. Jetzt. Sofort!«

Parker grinste. Dann schob er ihr die warmen Hände unter den Oberkörper auf den Rücken. Dort hakte er ihren BH auf und zog ihn weg. Schließlich drückte er sich von ihr hoch und schob den Slip hinab. Wieder genoss er einen kurzen Moment des Betrachtens. Sein Penis zuckte. Alains Herz klopfte.

»Komm zu mir«, hauchte sie.

Doch anstatt sich in sie zu schieben, beugte sich sein Kopf zwischen ihre leicht geöffneten Schenkel. Sanft glitt seine Zunge über ihre Innenseiten, dann weiter nach oben über ihren rasierten Schamhügel. Schließlich zog seine Zunge kleinere Kreise auf und dann unter ihren Schamlippen. Was für ein Gefühl! Alaine seufzte. Forschend fuhr die Zunge durch das vor ihr bereitwillig geöffnete Geschlecht und konnte nicht aufhören, permanent über den kleinen harten Knopf zu streichen, zu pressen und zu drücken. Völlig unerwartet tauchte die Zunge in das heiße, feuchte, enge Loch und stieß sich hart hinein. Alaine stöhnte laut auf. Die Gefühle tobten in ihrer Möse und ließen Alaine ihr Becken gegen seine stoßende Zunge drücken. Ein Blitz durchzuckte ihren Körper und sie schrie auf. Alles bäumte sich in ihr auf und sie konnte nicht aufhören, sich seiner fickenden Zunge entgegenzuwerfen. Er hörte einfach nicht auf und es tat so unglaublich gut ...

Langsam beruhigte sich ihre Atmung. Alaine öffnete die Augen und blickte zu Parker zwischen ihren Beinen hinunter. Sanft, aber nicht zu sanft, küsste er ihre Oberschenkel und ihren Bauch.

»Ich glaube, so können wir es morgen vor der Kamera wunderbar treiben«, sagte er gelassen.

Alaine lachte laut los. »Ja, du hast recht. So machen wir es!«

Mit einem gierigen Blick schob Parker sich nun näher an Alaine heran. Schließlich kniete er sich über ihre Brüste, ein Bein rechts und ein Bein links von ihrem Körper. Sofort nahm sie sein zuckendes Glied in den Mund. Hilfe leistend legte er ihr seine Hand in den Nacken und stützte sie. Der harte Schaft wurde von ihrer Zunge umschlungen und ihre Lippen glitten gleichmäßig daran entlang. Ein wohliges Brummen entfuhr ihm. Mal umfing ihre ganze Zunge, weich und wild leckend seinen Penis, dann wieder hart und erforschend, wobei der Schwanz immer wieder von Alaines Mund vor- und zurückgeschoben wurde.

Nach einer Weile, Parkers Brust hob und senkte sich schnell, zog Parker sich aus ihr zurück, um an anderer Stelle wieder in sie einzutauchen. Mit einem erstickten Schrei nahm sie zur Kenntnis, wie sein Schwanz sich mächtig in sie versenkte. Kurz verharrte er in ihr, genoss die Sekunden des Verlangens, dann bewegte er sich stark und kraftvoll in ihr. Die Reibung war wahnsinnig! Immer wieder wurde sie aufs Neue gereizt und ihr kam es so vor, als würde ihr Körper dauerhaft an Körpertemperatur zulegen. Keuchend nahm sie seine Stöße in sich auf und fieberte dem Augenblick der Befreiung entgegen. Zwar hatte sie die Augen die längste Zeit geschlossen, öffnete sie aber ab und an probeweise, um zu überprüfen, ob er seine Augen offen hielt. Er schien sie durchweg anzusehen. Seine Stöße kamen nun schneller und es war ihr auch ganz lieb, denn nach jedem Höhepunkt kam der nächste noch schneller. So auch jetzt. Mit halb geöffnetem Mund und keuchendem Atem blickte er ihr in die Augen. Bei Alaine verhielt es sich genauso.

Als sie sanft zu wimmern begann, stieß er schnell und hart zu. Die lustvolle Explosion beider Körper schaltete jegliches Denkvermögen aus. Es ging nur noch um den Genuss, um den nicht greifbaren Augenblick der Zufriedenheitserfüllung.

Alaine war dankbar, dass Parker sich irgendwann die Decke schnappte, sich neben sie legte und sie beide zudeckte. Vorsichtig schob er einen Arm unter ihrem Kopf durch und zog sie an seine warme Brust. Sie schloss die Augen und schlief bald darauf mit einem zufriedenen Lächeln auf den Lippen ein.

***

»Ich hab dir ja gesagt, dass ich keinen Wagen heute Morgen brauche«, sagte Parker und zwinkerte Alaine zu.

»Stimmt.« Sie lächelte ihn an und ihr wurde warm ums Herz.

Er kam um ihr Auto herum und hielt sie zurück, in Richtung Set zu gehen. Verwunderte sah sie ihn an.

»Ich wollte dir nur sagen, dass ... die letzte Nacht mir einiges bedeutet hat. Und ...« Er suchte nach Worten und blickte kurz auf den Boden, um dann leise zu sagen: »... du ... du hast mein Herz berührt.«

Alaine schluckte. Sie versuchte, jetzt nicht zu weinen. »Danke«, flüsterte sie und drückte sich an ihn. Sofort schloss er seine lange Arme um ihren Körper und spürte, wie er ihr einen Kuss aufs Haar drückte.

Beschwingt und mit klopfendem Herzen betrat Alaine mit Parker das Set. Es war wieder sehr wuselig, aber die Stimmung wirkte gedrückt. Alaine war so glücklich, dass sie heute nichts aus der Bahn werfen konnte, sie hatte Kraft für viele Tage.

Als sie näher herankamen, hörte sie jemanden schimpfen. Das war Cole. Dann eine Frauenstimme, die sehr sauer klang. Parker ließ Alaines Hand los und ging einen Schritt schneller. Kaum war er bei den beiden angekommen, fragte er: »Was ist denn los?«

Cole blickte ihn an und winkte ab. Dann bemerkte er Alaine und seufzte, schüttelte den Kopf.

»Was ist denn?«, fragte nun auch Alaine und blickte zwischen Cole und der Frau hin und her.

»Du hast mir meine Rolle geklaut!«, zischte die junge Frau.

»Was?« Alaine guckte irritiert, bis sie verstand. Das war wohl die Frau, deren Rolle sie übernommen hatte.

»Alaine …« Cole kratzte sich am Hinterkopf. »Ich muss dir leider sagen, dass du die Rolle der Kate nicht weiterspielen kannst.«

Kurz blickte sie Parker an, der mit gerunzelter Stirn dem Ganzen folgte. Dann sagte sie: »Aber warum, sie war doch krank und wir haben auch schon so viel gedreht.«

Cole seufzte erneut. »Ich weiß, es ist bereits einiges im Kasten und ich habe überhaupt keine Zeit, alle Szenen noch einmal zu drehen, doch mir bleibt leider keine andere Wahl.«

»Warum nicht, Marty?«, mischte sich nun Parker ein. »Du hast doch selbst gesagt, es gäbe eine Ausnahme, sofern der Schauspieler auf längere Sicht krank ist und am ersten Drehtag nicht erscheint. Aufgrund dessen könnte der Regisseur sich nach einem Ersatzschauspieler umsehen …«

»Tja, mein Lieber, ganz so einfach ist es dann doch nicht. Das mit der längeren Krankheit stimmt und dass ich mir daraufhin einen Ersatzschauspieler nehmen kann, auch, aber nicht beim Fehlen des Schauspielers bei zwei Drehtagen, die auch noch im Vorwege bekannt waren.«

Mrs Bowl verschränkte die Arme vor der Brust und spitze ihren Mund.

»Aha, verstehe.« Parkers Blick wanderte zu Alaine. »Verdammt schade. Sie hat das super gemacht!«

Cole lächelte. »Das stimmt. Aber ich habe da schon eine

super Rolle für dich, Alaine. Mein nächstes Projekt ist ein Thriller.« Er blickte geheimnisvoll.

Mit klopfenden Herzen nahm sie seine Aussage zur Kenntnis. »Wirklich? Aber ich habe doch gar keine schauspielerische Erfahrung!«

»Das macht nichts. Du wirst schon noch von uns geschliffen werden. Außerdem erlaube ich dir bei diesem Stück dauerhaft am Set zu sein.«

Alaine freute sich.

»Das ist gut, dass du das sagst. Damit greifst du mir vor. Sonst hätte ich nämlich diesen Antrag gestellt«, sagte Parker und zwinkerte Alaine zu.

»Oh, verstehe ... Gut, dann wollen wir keine Zeit verlieren. Mrs Bowl, wie sieht es aus, haben Sie ihren Text in der Zwischenzeit lernen können. Wir legen nämlich sofort los. Heute ist die Bett-Szene dran.«

Sie schluckte, nickte aber.

Alains Herz krampfte sich zusammen. Das wollte sie heute nun wirklich nicht sehen. »Ich warte dann solange draußen, okay?!«

»Tut mir leid, Alaine. Du hast das super gemacht. Bitte lass mir dein Drehbuch hier, da möchte ich diese Woche noch reinlesen.« Cole versuchte, ein entschuldigendes Lächeln zustande zu bringen.

Alaine nickte. »Das freut mich. Bis nachher.«

Parker lief ihr hinterher. Gerade als sie die Tür öffnen wollte, drehte er sie zu sich um und küsste sie. Lange und innig. Danach streichelte er ihr über die Wange und flüsterte: »Ich gehöre dir.«

Sie lächelte und gab ihm noch einen Kuss. »Beeil dich. Ich kann es nicht erwarten, deinen Körper zu streicheln.«

Er zwinkerte und lief zum Set.

Alaine kam nach draußen und atmete tief ein. Ihr Gesicht verfinsterte sich augenblicklich, als sie sah, wer ihr entgegenkam. Sheila. Diese guckte nicht sehr freundlich und Alaine machte sich auf einiges gefasst.

»Hallo, Alaine.«

»Hallo, Sheila.«

»Ich wollte dir sagen, dass ...« Sheila wollte nicht so recht raus mit der Sprache. Dann besann sie sich und blickte Alain gerade in die Augen. »Ich glaube, ich habe mich in dir getäuscht. Tut mir leid, dass ich so schroff war. Aber schon so viele Frauen haben Parker das Herz gebrochen, meinten es einfach nicht ernst mit ihm. Sie waren auf den Ruhm und die Öffentlichkeit aus. Ich denke, dass ich da einfach etwas vorsichtiger bin als er, und vor allem bin ich eine Außenstehende. Die sehen immer mehr als man selbst.« Sie machte eine kurze Pause, ehe sie noch erwähnte: »Ich weiß nun, dass er dich liebt und du ihn.« Langsam streckte sie ihre Hand aus. »Willkommen in der Familie.«

Nur zu gern ergriff Alaine ihre Hand und lächelte. »Danke!«

TEMPEL DER LUST

»Los, Mädchen, stellt euch in die Reihe vorn an die Linie. Macht schon«, schnaubte Reynolds, der Chef des Bordells »Tempel der Lust«. Er war heute wieder nicht gut drauf.

Ellen tat, was er sagte und hielt sich ein hauchdünnes Tuch vor den Körper, darunter war sie nackt, so wie alle anderen Mädchen auch. Seit zwei Wochen stellte sie ihren Körper nun schon den Männern zur Verfügung, was ihr wie eine Ewigkeit vorkam. Doch sie brauchte das Geld, wollte damit ihr Studium finanzieren, und es war die schnellste Art des Geldverdienens. Als Kellnerin bekam sie nicht sehr viel Grundgehalt, lebte nur vom Trinkgeld, und das war oft sehr wenig. Ellen hatte sich vorgenommen, mindestens einen Monat hier auszuhalten. Der »Tempel der Lust« genoss einen guten Ruf und es wurde auf Sicherheit Rücksicht genommen. Keine Frau sollte hier gegen ihren Willen etwas tun. Allerdings waren die Grenzen auch weit gesteckt. So war es nicht ungewöhnlich, von einem Kunden den Po versohlt zu bekommen. Da durfte man nicht zimperlich sein. Sämtliche Arten des Sexes, denen man sich nicht verweigern durfte, wurden vertraglich festgehalten. Ellen hatte alles unterschrieben.

Nach und nach kamen die Männer rein. Es waren nur so viele, wie auch Frauen vorhanden waren, sodass keiner leer ausging. Etwa zwei Meter Abstand lag zwischen der Männer-

und der Frauenreihe. Wenn einem Mann ein Mädchen gefiel, dann durfte er auf sie zutreten und sie mitnehmen.

Ellen gegenüber stand ein großer, gut aussehender Mann, der ihr bereits letzte Woche aufgefallen war. Eingehend betrachtete er sie. Ihr Herz begann schneller zu schlagen. Würde er sich heute für sie entscheiden?

»Sieh nach unten!«, rief Reynolds und trat auf Ellen zu.

Sofort senkte sie den Blick. Es war verboten, die Kunden anzusehen, sie könnten beeinflusst werden. Einige Frauen wurden bereits mitgenommen, doch die meisten standen noch in der Reihe. Diese Männer schienen heute sehr wählerisch zu sein. *Bitte, bitte, nimm mich*, betete Ellen im Stillen und hoffte auf ihren Favoriten-Mann. Und er trat zu ihr. Ihr Herz machte einen Hüpfer und sie konnte nicht widerstehen, ihn erneut anzublicken. Seine Augen waren grün und sein Blick lag ruhig auf ihrem Gesicht. Warum nahm er sie nicht einfach mit? Auf einmal holte er tief Luft, formte seine Lippen zu einem O und blies langsam, aber kräftig all die Luft auf ihr dünnes, seidiges Tuch. Wie eine zweite Haut schmiegte es sich um ihren Körper. Es verursachte ihr eine Gänsehaut und ihre Nippel stellten sich auf. Hart stachen sie durch den Stoff. Seine Augen senkten sich auf ihren Körper und ihre steifen Nippel. Sofort umspielte ein Lächeln seine Mundwinkel und er sah sie mit halb geschlossenen Augen an. Dann trat er einen Schritt zurück.

Ellen brauchte einige Sekunden, um zu begreifen, was er tat: Er wählte die Frau, die direkt neben Ellen stand, und ging mit ihr los. Mit offenem Mund starrte Ellen dem Paar hinterher. Was war hier gerade passiert? Ihr Herz klopfte langsam aus und sie hatte das Gefühl, dass es gleich stehenbleiben würde. Warum in Herrgotts Namen hatte er sie nicht gewählt?

»Na, musst wohl mit mir vorlieb nehmen!« Ein kleiner, draller Mann mit schiefen Zähnen stand vor ihr und griff nach ihrer Hand. Fast hätte Ellen ihm die Hand entrissen, besann sich aber auf ihren Job und ging widerstrebend mit ihm mit.

Im »Tempel der Lust« gab es verschiedene Räume. Bisher hatte Ellen immer Glück gehabt und war oft in der »Arena Vitalis« gelandet, wo sich viele Frauen gleichzeitig mit ihren Kunden im lauwarmen Wasser tummelten. Dort gab es drei große Becken mit türkisfarbenem Wasser, Säulen schmückten den Raum und viele gepolsterte Liegebänke. Dort konnten die Freier auch mit anderen Frauen spielen oder deren Spiel zusehen. Es war der beliebteste Erotikraum der Männer.

Doch der heutige Kunde steuerte auf das »Zimmer der Andacht« zu. Ein Grinsen überzog sein Gesicht. »Komm nur, Hübsche, hier drin wird es uns gefallen.«

Davon war Ellen nicht überzeugt. Zögerlich trat sie hinter ihm ein und blickte sich um. Hier war es schummrig beleuchtet mit einem rot-blauen Licht. In der Mitte stand ein quadratischer Klotz und viele Kissen lagen auf dem Boden drum herum. Auf der rechten Seite führte eine breite Treppe hoch zu einem dunkelroten Wandteppich, an dem ein Gestell befestigt war, das die Form eines X hatte. Handschellen baumelten daran.

Ellen war dieser Raum nicht geheuer. Was erwartete sie hier? Der kleine Mann deutete auf den Klotz in der Mitte. »Wenn wir schon im ›Zimmer der Andacht‹ sind, dann sollten wir die Zeit auch zum Beten nutzen.« Er lachte.

Ellen nicht.

»Komm her und beug dich über den Klotz, aber leg dieses blöde Tuch weg, das brauchen wir nicht.« Zögerlich kam Ellen seinem Wunsch nach. Da sie nicht wusste, was er hier mit ihr vorhatte, kam es ihr sehr schnell vor, dass er ihr Handschellen angelegt hatte. Jeweils ein Handgelenk war mit einer Fußfessel aneinandergeklickt. Nun lag sie mit dem Bauch auf dem Klotz und präsentierte sämtliche Öffnungen seinen gierigen Blicken. Obwohl der Klotz abgerundet war und mit einem Polsterstoff überzogen schien, drückte er in ihre Brüste, Oberschenkel und Arme. Sie versuchte sich nach ihm umzublicken, doch der Winkel war ungünstig. So konnte sie nicht sehen, was er tat. Plötzlich hörte sie ein leises Surren in der Luft, und ein stechender Schmerz bohrte sich in ihre Pobacken. Sie schrie auf.

Er lachte. »Das gefällt dir bestimmt!«

Ellen versuchte, den Schmerz zu verarbeiten, doch da traf sie schon der nächste Schlag. Diesmal unterdrückte sie den Schrei, was aber eher wie ein Stöhnen klang.

»Na siehst du, es gefällt dir, wusste ich's doch!« Seine Hand rieb über ihren Po und glitt zwischen ihre geöffneten Beine. Er untersuchte ihre Spalte und fuhr mit einem Finger hinein. »Ich werde dich noch ein wenig feuchter machen. So wird das mit uns beiden Hübschen noch nichts.«

Ellen spürte, wie der Stock über ihren Po wanderte und dann zwischen ihre Beine. Die Spitze stieß an ihre bloßgelegte Klitoris. Leicht stupste er sie dort immer wieder an. Bald entfuhr ihr ein Seufzer. Sofort biss sie sich auf die Unterlippe. Dieser zu klein geratene Widerling sollte sie auf keinen Fall scharf machen. Noch immer tippte er ihre Klitoris an, und Ellen unterdrückte ihre Lust. Prüfende Finger fuhren in ihren Spalt und erkundeten sie dort. Ellen konnte nicht an sich halten und stöhnte leise.

»Na bitte, mein Kätzchen ist nass geworden.« Der Mann hinter ihr lachte. Stoff raschelte. Hände streichelten über ihre Pobacken. Einige Zeit geschah nichts und dann durchzuckte sie erneut dieser brennende Schmerz. Sie schrie auf. Wieder ein Schlag, und noch einer ... Bei zwölf hörte sie auf zu zählen. Keuchend hing sie über dem Klotz. Dann spürte sie etwas Kaltes auf ihrem Po. Wollte er sie nun pflegen und salben? Mit einem Seufzer schloss sie die Augen und hoffte, dass es bald vorbei war. Konnte er sich nun an ihr aufgeilen, wie sie geschunden auf diesem Klotz lag?

Bitte lass ihn kommen und mich dann befreien, betete sie. Doch die kalte Salbe wurde zwischen ihren Pobacken verteilt. Noch ehe sie den Gedanken zu Ende gedacht hatte, bohrte sich etwas Hartes, Dickes in ihren After. Ellen schrie auf. So hatte sie sich das nicht vorgestellt. Zwar hatte sie auch Analsex im Vertrag unterschrieben, doch sie hatte es noch nie gemacht, und bisher auch mit den Kunden Glück gehabt. Keiner hatte je Verlangen danach gezeigt.

Ein heftiges Brennen ließ sie jammern. Wieder hoffte sie, dass es bald vorbei sein würde. Die Augen, die sie weit aufgerissen hielt, schloss sie nun aus Resignation. Ihre Hand- und Fußgelenke schmerzten von den Fesseln, genauso wie ihre Pobacken. Konnte es noch schlimmer werden? Ein Brummen lief plötzlich durch ihren Körper. Sie hatten also einen Vibrator in ihrem Hintern. Die Vibration wurde stärker und Ellen hatte das Gefühl, es würde ihr den Po zerreißen. »Bitte nicht«, wimmerte sie.

Der Mann lachte. »Ach, du wirst es mögen!«

Ellen wünschte sich nichts sehnlicher, als nach Hause zu kommen, sich in ihre Wanne und danach ins Bett zu legen. Kaum hatte sie diesen Wunsch zu Ende gedacht, wurde die Tür aufgerissen. Ellen konnte nicht zur Tür sehen. Das, was aber der Besucher von ihr zu sehen bekam, war ihre auf dem Klotz gespreizten Beine und all ihre intime Weiblichkeit. Wenn dieser Besucher nun auf den Geschmack kam und ihr Anblick ihn geil machte, dann war es um sie geschehen. Eine Träne löste sich und lief ihr über die Stirn in die Haare rein.

»Sicherheitscheck, Sexkontrolle«, hörte sie jemanden sagen.

»Wie bitte?«, bellte der kleine Mann.

»Sicherheitscheck und Sexkontrolle, Sir.«

»Hier ist alles in Ordnung«, versicherte der kleine Mann.

Ellen wimmerte. Dann lauschte sie in die Stille hinein und vernahm leise Schritte, die um den Klotz herumkamen und kurz vor ihrem Kopf verweilten. Ellen konnte ihn nicht heben.

»Alles okay, Lady?«, fragte der Aufseher.

Ellen schüttelte den Kopf. Ein Schluchzer löste sich aus ihrer Kehle.

»Binden sie diese Frau los«, befahl der Aufseher.

»Was? Wieso das denn? Diese Frau hat mich geradezu ange-bettelt, sie so zu behandeln. Das gehört doch alles zum Spiel.«

»Machen Sie sie los!«

»Natürlich will sie, dass ich ihre Fesseln löse, aber damit würde sie sich nur selber schaden, denn damit würde sie ihre Sklavinnen-Prüfung nicht bestehen.«

»Machen Sie sie los, sagte ich!« Die Anweisung war scharf geworden. »Sonst werde ich Sie wegen körperlicher Misshand-lung vor Gericht stellen.«

»Das ist ja wohl das Allerletzte! Ich werde mich beschweren und dafür sorgen, dass Sie ihren Job verlieren«, keifte der kleine Mann, schloss aber Ellens Handschellen von den Gelenken auf.

Doch Ellen konnte sich nicht rühren. Nur mit Mühe schob sie ihre Beine zusammen und hoffte, dass der Sicherheitsmann die Tür hinter sich geschlossen hatte, damit nicht noch mehr Leute einen Einblick zwischen ihre Beine bekämen.

Der Aufseher sah wohl ihre Not, denn er stellte sich schräg

hinter sie und packte ihre Oberarme und zog sie langsam nach oben. Ihre Beine sackten weg. Er fing sie auf. Ohne zu zögern nahm er sie auf seine Arme und trug sie nach draußen.

»Sie werden noch von mir hören«, sagte der Sicherheitsmann in ruhigem Ton.

»Und Sie auch, Sie … Sie …«

Wo brachte er sie jetzt hin? In ein Krankenzimmer?

Mit dem Fuß stieß der Mann eine Tür auf und sie befanden sich in einem angenehm roséfarbenen beleuchteten Raum, in dem es nach Lavendel duftete.

Hier war Ellen schon einige Male gewesen und hatte sich den Männern hingegeben. Sie nannte den Raum: das Lavendelzimmer. Der richtige Name war ihr nicht bekannt. Der Mann legte sie auf eine Liege. Ein erstickter Laut entkam ihr, als ihre geschundenen Pobacken die Liege berührten.

»Tut mir leid, Ma'am.« Sofort nahm er sie hoch und drehte sie auf den Bauch. »Bitte halten Sie still. Ich werde Ihnen jetzt den Vibrator herausziehen.«

Ellen nickte und hielt den Atem an. Leicht zog der Mann, doch der Schmerz durchzuckte sie. »Au! Stopp!« Sie berührte seine Hand, als sie ihn davon abhalten wollte.

»Tut mir leid. Aber wir müssen das Ding rausbekommen.«

Ellen schüttelte den Kopf. Tränen standen ihr in den Augen. »Das kann ich nicht. Ich habe keine Kraft mehr.«

»Also schön. Ich habe eine Idee. Ich werde Sie jetzt in die Wanne legen. Das wird Sie vielleicht ein wenig entspannen.«

Der Mann nahm Ellen ohne eine Antwort abzuwarten wieder auf die Arme und trug sie zu einer mit roséfarbener Flüssigkeit gefüllten Wanne, die unter einem Baldachin stand, der von vier verzierten Säulen gehalten wurde.

»Aber die Wanne ist nur für unsere Kunden«, flüsterte Ellen.

»Bin ich denn kein Kunde?«

»Nein, Sie sind einer der Sicherheitsmänner.«

»Falsch, meine Liebe. Jetzt und hier bin ich *Ihr* Kunde. Und ich befehle Ihnen, in diese Wanne zu steigen.«

Einen Augenblick starrte sie ihn an, dann verzog sich ihr Gesicht zu einem Lächeln.

Über eine kleine hölzerne Treppe konnte Ellen ins Wasser gelangen. Es war angenehm warm. Sie biss die Zähne zusammen, denn jeder Schritt, auch wenn der Sicherheitsmann sie stützte, tat ihrem Po weh. Vorsichtig ließ Ellen sich in das angenehme Nass gleiten und seufzte, als sie ankam.

Ellen hatte erwartet, dass die Badeessenz auf ihren geschundenen Pobacken brennen würde, doch sie spürte nichts. »Es ist sehr angenehm. Kein Brennen.«

»Das liegt am Öl. Ein Ölbad ist sanfter, als ein Schaumbad.«

»Sie kennen sich sogar mit dem Wasser aus?«

Er lächelte nur, statt einer Antwort.

Ellen, halb auf der Seite liegend, hatte nun die Möglichkeit, diesen Mann genauer zu betrachten. Er sah gut aus und er kam ihr bekannt vor. Wo hatte sie ihn bloß schon einmal gesehen?

Vorsichtig strich er unter Wasser über ihren Po.

»Dürfen Sie das überhaupt?«, fragte Ellen.

Intensiv blickte er sie an. »Eigentlich nicht. Es sei denn, Sie geben mir die Erlaubnis dazu.« Er lächelte.

Jetzt wusste sie, woher sie ihn kannte. Er war derjenige, der sie heute nicht genommen hatte. »Wollen Sie es wiedergutmachen, dass Sie mich verschmäht haben?«

Sein Blick wirkte ertappt, aber nur für einen Sekundenbruchteil. »Schon möglich.«

»Was ist mit dem Sicherheitsmann?«

»Welchem Sicherheitsmann?« Er grinste.

»Sie ... Sie haben ... Sie sind kein ...«

»Nein, nie gewesen. Eigentlich habe ich Sie nur gesucht.«

»Gesucht und sofort gefunden? Wie unwahrscheinlich!«

Er lachte kurz auf. »Ich habe Sie auch nicht gleich gefunden.
Was meinen Sie, in wie vielen Räumen ich mein Sicherheits-
sprüchlein aufgesagt habe. Das oft nicht sehr angenehm.«

»Was Sie an Antworten erhalten haben?«

»Genau. Aber auch, was ich zu sehen bekommen habe.«

Ellen lachte und sofort durchzuckte sie der Schmerz.

»Wollen wir es noch mal versuchen? Ich bin auch vorsichtig«,
bot er ihr an. »Wie ist eigentlich Ihr Name?«

»Warum?«, fragte sie.

Damit hatte er wohl nicht gerechnet. »Ähm, weil ... wenn
Sie in Ohnmacht fallen und daraufhin der echte Sicherheitsmann kommt, dann würde ich ihm gern erzählen, wen ich
denn da wiederbelebe.«

Sie lachte. »Ellen. Und Sie?«

»Gabriel.«

Kurz schwiegen beide und sahen sich nur an. Dann räusperte
sich Gabriel und tauchte mit seiner Hand wieder unter Wasser.
Ellen spürte, wie sie sich um den Vibrator legte, denn sein
Daumen und Zeigefinger berührten ihre Pobacken. Sie schloss
die Augen und zog tief Luft ein. Dann nickte sie kurz. Ohne
zu zögern zog er den Vibrator mit einem Ruck hinaus. Ellen
schrie auf, als das Brennen sich in ihren Därmen ausbreitete.
Langsam verebbte es.

»Grobian!«, schleuderte sie ihm entgegen.

Er lachte. »Das Ding ist draußen, Sie leben und sprechen,
haben sogar noch ein Schimpfwort für mich auf Lager. Das kann
nicht so schlecht gewesen sein.« Seine Hand glitt über ihren Busen. Sofort stellten sich die kleinen Nippel auf und wurden hart.

»Wo ist die Frau, die Sie gewählt haben?«, fragte Ellen.

»Bei meinem Chef«, sagte er tonlos.

»Bei Ihrem Chef? Warum?«

»Er brauchte eine Frau. Und ich habe sie ihm besorgt.«

»Haben Sie mich deshalb nicht genommen, weil die Wahl nicht für Sie selber bestimmt war?«

Er schwieg.

Sie deutete sein Schweigen als Zustimmung. »Aber warum kann Ihr Chef sich denn nicht selber eine Frau aussuchen?«

»Er hat Stress mit Reynolds, dem Chef von diesem Laden. Eigentlich hat er ›Hausverbot‹. Deshalb schickt er mich, die Frauen auszusuchen.«

Eine Weile starrte Ellen ihn an. »›Die Frauen‹? Heißt das, Sie und Ihr Chef sind hier Stammkunde?«

Gabriel kratzte sich am Kopf. »Ja, sozusagen. Aber das spielt doch jetzt keine Rolle.«

»Wieso geht er nicht in ein anderes Bordell?«

»Das hier ist das Schönste.«

Ellen nickte. Dann richtete sie den Blick wieder auf Gabriel. »Und was ist mit Ihnen? Fallen denn für Sie auch ein paar Frauen ab, oder sehen Sie nur zu?«

Gabriel lächelte. »Das wird nicht verraten. Heute zum Beispiel fällt ein ganz bezauberndes Exemplar an mich ab.« Seine Hände fuhren über ihren Busen und kneteten ihre strammen Brüste, die im Wasser die Eigenschaft besaßen, an die Wasseroberfläche zu streben. Sein Kopf beugte sich zu ihr herunter und sein Gesicht tauchte ins Wasser. Ellen quiekte erschrocken auf. Seine Lippen nahmen einen Nippel hart ran, saugten, knabberten und drückten ihn mit der Zunge. Ellen stöhnte. Nach einer Weile kam sein Gesicht aus dem Wasser, es lief herab und ließ Gabriel wie einen Modellmann aus der Werbung wirken. Ellen lächelte. Völlig unvermittelt küsste er sie.

»Gabriel!« Ellen stieß ihn weg. »Was tun Sie da! Sie müssten eigentlich wissen, dass Küsse auf den Mund mit Kunden nicht gestattet sind.«

Gabriel schwieg. Ein Tropfen löste sich von seinem Kinn und fiel mit einem »Plitsch« ins Wasser.

Dann beugte sich Ellen nach vorn zu ihm, und er nahm ihr Angebot sofort an. Seine Lippen senkten sich wieder auf ihre und seine Zunge erkundete ihren Mund. Willig ließ sie ihn ein und antwortete ihm mit ihrer Zunge. Währenddessen glitt seine Hand an ihrem Köper hinunter und befühlte ihre Scham. Kundig fuhren seine Finger durch ihre Spalte und schoben sich tief in sie. Ellen stieß einen Seufzer aus.

Seine Finger drangen immer wieder pumpend in sie ein, so-dass das Wasser über den Wannenrand schwappte. Ihre Nippel waren inzwischen so hart und lang, dass sie aus dem Wasser herausragten. Ellen ging ins Hohlkreuz und wand sich unter den erfahrenen Fingern. Seine Lippen hatten von ihr abgelassen. Nun öffnete Ellen ihre Augen zu einem Schlitz und sah, dass er sie beobachtete. Sofort schloss sie diese wieder und gab sich dem Gefühl der Lust hin. Seine Finger stießen unermüdlich in sie. Zur Unterstützung ihrer Lust nahm er wieder einen ihrer harten Nippel in den Mund und saugte daran. Ellen stöhnte unter der Doppelbehandlung und versuchte ihre Beine noch weiter für seine stoßende Hand zu öffnen. Er entließ ihren Nippel und seine zweite Hand tauchte unter Wasser. Sie strei-chelte über die harte Klitoris, die sich schon aus ihrem Schutz herausgeschoben hatte. Die Berührung an ihr, jagte wie ein Blitz durch Ellens Körper und ließ die Erregung so stark nach oben schießen, dass der Höhepunkt durch ihren Körper raste. Sich windend, am Wannenrand festhaltend und laut stöhnend kam

Ellen unter seinen nicht von ihr ablassenden, flinken Fingern.

Ellen sank ein Stückchen ins Wasser zurück, während er seine Hände von ihr zurückzog. Mit geschlossenen Augen genoss sie den Ausklang und flüsterte: »Zieh deine Hose aus und stell dich direkt vor mich.« Sie blickte ihn an.

Kurz zögerte er, dann tat er es. Sein Schwanz war bereits hart. Er war stark und männlich. Sofort schlossen sich Ellens Lippen um ihn. Vorsichtig, ihn nicht aus ihrem Mund entlassend, richtete Ellen sich auf und ging in der Wanne auf die Knie. Ihre Arme schlangen sich um seinen Körper und die Hände legten sich auf seine Pobacken. Sacht drückte sie ihn an sich. Er seufzte. Dann bewegte sie ihren Mund auf seinem Schwanz, glitt mit der Zungenspitze kurz in den Schlitz auf seiner Eichel und saugte dann weiter an ihm.

Die Tür wurde aufgestoßen.

Erschrocken blickten Ellen und Gabriel auf. Ein Mann um die sechzig stand dort, nur mit einem Handtuch um die Lenden geschlungen, und starrte auf die beiden.

»Gabriel! Was machen Sie da?! Ich habe Sie überall gesucht, verdammt!«

»Ich …«

»Los, kommen Sie … Und nehmen Sie Ihre Kleine gleich mit, dann wird's lustiger. Drüben kann sie Ihren Prügel weiterbearbeiten.« Damit verschwand er auf dem Gang.

»Mein Chef.«

»Ist er so schlimm?«, fragte Ellen.

»Nein, eigentlich ist er mir unterlegen, er weiß es nur nicht.« Gabriel grinste. Dann zog er seine Hosen hoch und half Ellen aus der Wanne. Sofort schlang er ein dickes, weiches Badetuch um ihren Körper und legte seine Arme um sie. »Ich freue mich schon auf unsere Fortsetzung«, flüsterte er ihr ins Ohr. »Ich bin wirklich scharf auf dich, und möchte noch jeden Zentimeter deines Körpers erkunden.«

Ellen lächelte, ließ den Bademantel fallen und schlang sich ihr hauchdünnes Tuch um.

Mit einem Ruck drehte er sie zu sich um und küsste sie. Lang und anhaltend. Schließlich löste er sich von ihr und fragte: »Wie geht es deinem Po?«

»Das lauwarme Öl-Wasser hat mir gut getan. Allerdings glaube ich, dass deine Behandlung dazu beigetragen hat.«

Er lächelte und sagte: »Komm, meine Süße, mal sehen, was mein Chef will. Keine Angst, er ist lammfromm. Aber geil, wie sonst was!«

Es war nicht weit, nur den schwach beleuchteten Säulengang ein Stück hinunter. »Liebes-Wasser« stand an der Tür. Der Aufseher, der normalerweise, wie im alten Rom die Wachen, an der Tür stand, war nicht dort. Kurz wunderte sich Ellen, verdrängte den Gedanken aber sofort wieder. Erst ein Mal war sie hier gewesen, allerdings ohne ihren »Job« zu verrichten. Nun sah sie sich staunend um, und eine große Faszination ging von diesem hellblau-hellgrün beleuchteten Raum aus. Die ganze rechte Seite war mit einer riesigen römischen Wandmalerei überzogen. In der Mitte auf einer Empore, die man über mit Mosaiksteinchen besetzen Treppenstufen erreichen konnte, stand ein ausladendes Bett mit einem Baldachin. Auf der linken Seite gab es ein großes, flaches Wasserbecken, das wie am Strand lang auslief. Man konnte sich also auf die leicht schräge Fläche mit ausgestreckten Beinen setzen, während das kristallklare Wasser die Füße umspielte. Der Clou des Zimmers waren zwei Wasserfälle. Sie rauschten von einer flachen, hochgesetzten Steinplatte, gehalten von Säulen, in dieses Becken. Eine runde, apricot beleuchtete Kuppel verlieh dem Ganzen etwas Majestätisches. An allen Wänden standen dicke, schwere Säulen, die beleuchtet waren.

Noch während Ellen dieses Schauspiel betrachtete, wurde Gabriel von ihrer Seite gerissen. Erschrocken blickte sie sich nach ihm um. Zwei Männer hatten ihn gepackt und zerrten ihn zu einem der beiden Wasserfälle, wo sie ihn an eine Vorrichtung fesselten. Er stand nun im fließenden Wasser.

»Verdammt, was soll das?!«, fluchte er und prustete. Musste er doch den Kopf so halten, dass er nicht allzu viel Wasser abbekam. Die beiden Männer, in denen Ellen die echten Sicherheitsmänner erkannte, verschwanden schweigend und schlossen die Tür.

Ein Lachen erklang vom riesigen Bett und Gabriels Chef wälzte sich hervor. »Ja, ja, mein Lieber. Es würde Ihnen guttun, nicht immer so selbstsicher daherzukommen. *Ich* habe hier die Hosen an. Nicht *Sie*! Damit das klar ist. So, nun werde ich mir mal Ihr Täubchen genauer betrachten. Hmmm ... sehr hübsch.«

Ellen zog das dünne Tuch enger um sich, von dem ihr Körper kaum verhüllt wurde, während der Chef die Stufen hinabkam.

Mit einem Ruck zog er das Tuch von ihr weg und betrachtete sie. »Sie ist hübsch und knackig. Warum haben Sie die Kleine nicht für mich ausgewählt?«

Gabriel antwortete nicht.

Der Chef drehte sich zu der Frau, die im seichten Wasser mit seitlich angewinkelten Beinen hockte. »Nicht, dass ich deine Hingabe nicht zu schätzen wüsste.« Er lachte. »Aber hier gibt es ebenfalls ein interessantes Exemplar. Oh, mir fällt da etwas ein. Kommt, meine Täubchen ... Ich würde euch gern zusammen sehen.« Er blickte Ellen an. »Wie heißt du?«

Sie nannte ihren Namen und sah zu der anderen Frau, die

ihr unter dem Namen Grena vorgestellt wurde. Ellen musste sich zu ihr ins Wasser begeben und beide sollten ein bisschen zärtlich zu einander sein. Ellen hatte wenig sexuelle Erfahrungen mit Frauen und es erst ein Mal in ihrem Leben mit einer anderen Frau getan. Von daher wurde sie unsicher.

Der Chef lachte und sagte: »Na, du musst wohl noch ein bisschen warm werden, was?! Grena, dann befrei doch so lange unseren guten Gabriel von seinen Kleidern. Wer duscht schon mit Klamotten.« Wieder lachte er.

Verdrossen dachte Ellen, dass er wirklich seinen Spaß zu haben schien. Und Grena zögerte keine Sekunde, sich an die Hose von Gabriel zu machen. Ein Blitz der Eifersucht durchfuhr Ellen.

Kurz zerrte Gabriel an den Handschellen, um festzustellen, dass sie bombenfest saßen. So ergab er sich in sein Schicksal. Als Grena ihm die beiden Hosen abstreifte, ragte sein Schwanz halb steif hervor. Das Wasser prasselte auf ihn nieder. Grena betrachtete Gabriel und leckte sich über ihre Lippen. Gabriels Schwanz zuckte. Der Chef lachte. »So, meine Liebe, eis dich von Gabriels Anblick los und treib es ein bisschen mit unserer Neuen. Ich will scharf werden.«

Sofort ließ sie sich ins Wasser fallen, robbte durch das klare Nass zu Ellen und erfasste ihre Fußgelenke. Ellen verstand. Erst ging sie in die Knie, ließ sich dann langsam auf ihren Po nieder und zuckte kurz von den Schmerzen der Stockstriemen zusammen. Grena schob Ellens Beine auseinander und legte sich dazwischen. Ellen schoss die Röte ins Gesicht. Wollte Grena etwa ohne Vorspiel gleich zur Sache kommen? Das ging ihr eindeutig zu schnell. Zwar versuchte Ellen, Grena zurück ins Wasser zu schieben, doch diese ließ sich nicht abwimmeln und murmelte etwas von einer »leckeren, saftigen Muschi«.

Schon war ihr Kopf zwischen Ellens Beinen verschwunden und sie spürte etwas Warmes, Feuchtes an ihrer Spalte. Mit langen Strichen leckte Grena von der Klitoris bis zum Anus. Ellen schnappte nach Luft, wollte sich vorbeugen, doch Grena drückte sie mit Entschiedenheit auf den Boden in das seichte Wasser. Bevor Ellen ihren Kopf ablegte, blickte sie noch schnell zu Gabriel. Dieser beobachtete sie mit zuckendem Schwanz. Ihre Beine waren in seine Richtung geöffnet und hätte Grena nicht dazwischengehockt, hätte Gabriel vollen Einblick gehabt. Wobei er sie ja aus einer sehr viel heftigeren Position kannte.

»Ja, gut so, weiter machen, Grena, zeig der Kleinen, wie gut Frauen miteinander spielen können«, feuerte der Chef Grena an.

Ellen spürte sofort, dass Grena sich noch mehr Mühe gab und versonnen in Ellens Schlitz leckte. Das machte Ellen fast verrückt, diese flinke Zunge, die sich wie eine kleine Schlange immer und immer wieder ihren Weg durch Ellens Lustzentrum bahnte. Mal an der Klitoris leckte, mal daran saugte und schließlich wieder zu ihrem Lusteingang glitt. Gegen Ellens Willen musste sie stöhnen und wie automatisch griff sie sich mit beiden Händen an ihre Brüste, um sie im Takt des Leckens zu kneten.

»Grena, lass die Kleine nicht kommen. Ich habe noch mehr mit euch vor«, rief der Chef.

Ellen blickte zu ihm. Er saß breitbeinig auf einer der Stufen und beobachtete die Frauen, dabei wichste er sich seinen dicken Schwanz. Ellen versuchte sich wieder auf sich zu konzentrieren und spürte die Lust durch ihren Körper fließen. Da nahm sie etwas am Rande ihres Blickwinkels wahr. Der Chef war aufgestanden. Er ging zu ihnen, an ihnen vorbei, und auf Gabriel zu. Dort machte er halt. Schnell hatte er sich Gabriels Schwanz gegriffen und rieb ihn. Gabriel schloss verkrampft die Augen. Anscheinend wollte er das nicht, doch er kam wohl gegen die Lust in seinem Körper nicht an. Noch immer prasselte das Wasser auf Gabriels Schultern und Brust nieder, und sein Schwanz schien das Wasser praktisch zu durchstechen. Aus Ellens Position konnte sie ihn gut beobachten. Immer wieder versuchte er, seinen Kopf ins Wasser zu ziehen, damit niemand seine Gefühlsregungen sehen konnte, die sein Chef in ihm auslöste. Schließlich ließ der Chef von ihm ab. Es sah aus, als wenn Gabriel sich in die Fesseln fallen ließ, denn er war so weit vorgebeugt, dass es schien, nur sie würden ihn halten.

»Steht auf, ihr Täubchen. Ellen, auf die Knie, du machst dort mit dem Mund weiter, wo ich bei Gabriel mit der Hand aufgehört habe. Und du, Grena, leckst ein bisschen weiter an deiner Gespielin. Aber vorher möchte ich, dass ihr euch küsst«, befahl der Chef.

Unsicher blickte Ellen Grena an. Doch diese zog sie hoch und küsste sie ohne Umschweife. Ellen spürte weiche Lippen und weiche Haut, eine sanfte Berührung und leichtes Eintauchen einer kleinen Zunge ihn ihren Mund. Es verursachte Ellen Herzklopfen. Dann bemerkte sie ihren eigenen Geschmack. Mild-säuerlich, weiblich, anregend. Zögerlich erwiderte Ellen den mädchenhaften, aber mutigen Kuss. Ihre Hände umfassten die Oberarme der jeweils anderen und legten sich dann auf den Rücken. Ellen riskierte einen kurzen Blick zu Gabriel und seinem Chef. Beide blickten gebannt auf die Frauen.

Dann riss sich Grena los und stupste Ellen leicht in Gabriels Richtung. Dort kniete Ellen sich vor ihn und tauchte bis zum Bauchnabel ins Wasser. Nun prasselte der Wasserfall auch auf sie nieder. Erwartungsvoll zuckte Gabriels Schwanz, dann nahm sie ihn in den Mund. Selten hatte sie so gern einen

Schwanz im Mund gehabt wie diesen. Er war groß und kräftig, aber nicht zu groß, als dass sie würgen musste. Er schmiegte sich in ihre Mundhöhle und sein Besitzer stöhnte ergeben. Das spornte Ellen noch mehr an, allerdings wurde sie nun selber unter Beschlag genommen, denn Grena machte sich von hinten an ihr zu schaffen. Ellen hatte sich auf alle viere gehockt und mit Leichtigkeit schob Grena nun Ellens Schenkel auseinander. Wieder spürte Ellen die kleine kundige Zunge in ihrem Geschlecht, die mal durch ihre Spalte strich und dann über die Klitoris flatterte. Das erschwerte Ellen ungemein die Arbeit bei Gabriel. Kurz zog sie seinen Schwanz aus dem Mund, um zu stöhnen. Ihr Becken schwang automatisch hin und her. Doch dann nahm sie seinen Schwanz wieder in den Mund und Gabriels Kopf verschwand stöhnend nach hinten sackend hinter dem Wasserfall.

Der Chef lachte. »Das ist wunderbar! Wenn ihr drei euch sehen könntet! Einfach zu scharf. Arg ...«

Ellen blickte zu ihm hinüber und sah gerade noch, wie weiße Strahlen durch die Luft flogen, während er sich seinen Schwanz in rasantem Tempo wichste.

Er seufzte genüsslich und sagte: »So, ihr drei Hübschen. Jetzt brauche ich noch eine Frau, in deren Pussy ich reinkann.«

Ellens Herz klopfte. Sie wollte sich auf gar keinen Fall von dem Chef vögeln lassen. Bittend sah sie zu Gabriel.

Dieser fing ihren Blick auf und zog an seinen Fesseln. »Wie lange wollen Sie mich noch hier festhalten, Sir?«

»Sie machen sich da unter dem Wasserfall doch ganz gut, mein Lieber«, lachte sein Chef. »Aber so langsam habe auch ich Mitleid mit Ihnen. Grena, der Schlüssel liegt hinter ihm auf der Steinbank, schließ seine Handschellen auf.«

Sie nickte und tat, was er sagte.

Gabriel rieb sich seine schmerzenden Handgelenke und zog sein Hemd aus, das noch an seinen Unterarmen hing.

»So, mein Lieber, nehmen Sie es mir nicht übel, wenn ich mir nun Ihre Kleine schnappe und sie mal ordentlich durchvögel! Darauf habe ich mich schon die ganze Zeit gefreut! Die Kleine hat mich regelrecht angemacht, ist richtig scharf. Das nächste Mal suchen Sie mir genau dieses Mädchen aus, okay?!« Der Chef rieb sich die Hände in Vorfreude.

»Es wird nächstes Mal geben, Sir«, sagte Gabriel gelassen.

Sein Chef richtete sich in dem breiten Bett auf. »Was meinen Sie?«

Während Gabriel sich noch immer die Handgelenke rieb, blickte er breitbeinig und ruhig zu seinem Chef auf. »Genau das, was ich sage, Sir. Unser Deal ist abgeschlossen.« Damit ging Gabriel zur Tür und rief etwas hinaus.

Verwirrt blickten ihm drei Augenpaare hinterher. Ellen befürchtete, er wollte sie hier mit dem Chef und Grena allein lassen, doch er war sofort wieder zurück und stellte sich an Ellens Seite. Schweigend wartete er. Sein Chef blickte verunsichert zwischen Gabriel und der Tür hin und her. »Was haben Sie vor?«

»Das zu Ende zu bringen, was Sie angefangen haben«, erwiderte Gabriel. In diesem Augenblick erschien einer der Wachleute mit einem Zettel und einem dicken Umschlag. Beides überreichte er Gabriel. Dieser nahm den Zettel, machte ein Zeichen darauf und ging zu seinem Chef. »Hier, Sir, ich habe Ihnen heute die hundertste Frau gebracht.« Gabriel ließ die Worte sacken, ehe er fortfuhr. »Wir haben einen Deal. Sie erinnern sich hoffentlich. Und heute ist der große Tag, wo ich den Deal einlösen werde.«

»Sie sind wahnsinnig, Gabriel!«, rief sein Chef.

»Nein, Sir, wenn ich mir die Bemerkung erlauben darf, dann sind *Sie* es! Nun ist es an Ihnen, mir mit einer Unterschrift Ihre Firma zu überschreiben.«

Ellen zog scharf die Luft ein. Was passierte hier?

»Das war kein richtiger Deal, das war ein Spaß, Gabriel.«

»Nein, war es nicht! Wir haben es damals vertraglich festgehalten. Hier ist der Vertrag, und hier ist Ihre Unterschrift.«

Der Chef las das Deckblatt aus dem Briefumschlag und blätterte dann in den DIN A4-Zetteln, die in einer Klarsichthülle lagen. Sorgenfalten bildeten sich auf seiner Stirn. Er schüttelte immer wieder den Kopf. Dann blickte er Gabriel geradeheraus an und sagte: »Das war nicht ernst gemeint. Ich war damals betrunken. Nur ein Idiot würde seinem Angestellten seine Firma überschreiben, nachdem er ihm hundert Frauen gebracht hat.«

»Sie haben es unterschrieben und ich habe es unterschrieben. Es ist ein legaler und gültiger Vertrag, den wir beide damit eingegangen sind.«

Abwehrend schüttelte der Chef den Kopf. »Ich hätte ja nie für möglich gehalten, dass es wirklich zutrifft.«

»Das ist nicht mein Problem.«

»Hören Sie schon auf, Gabriel! Viel haben Sie außerdem nicht dazu beigetragen.«

»Oh, doch, Sir! Ich habe meine Freizeit geopfert, ich habe Ihnen Frauen besorgt, die ich gern gehabt hätte und ich musste mitmachen, ob ich wollte oder nicht. Außerdem habe ich, wenn mich Kunden gesehen haben, meinem Ruf geschadet.«

»Gabriel, was reden Sie denn da!«

»Die Wahrheit, Sir, oder wenigstens so, wie ich es empfunden habe. Nun möchte ich, dass Sie den Vertrag unterschreiben und ich mich zurückziehen darf.«

Der Chef blickte seinen Angestellten mit halbgeöffnetem Mund an und schüttelte fassungslos den Kopf. Er überflog dann noch mal die Liste mit den Frauen. Entweder schien er sich die Daten anzusehen oder die Aufreihung der Frauennamen. »Das kann ich alles nicht nachvollziehen!«, rief der Chef.

»Das ist nicht mein Problem, Sir. Sie hatten jederzeit die Möglichkeit, sich genauso eine Liste zu machen, wie ich. Sogar der Sicherheitsdienst hat sie mir an jedem Tag quittiert und unterschrieben. Es ist also nicht nur meine Bestätigung, sondern auch die des Sicherheitsmanns.«

Der Chef ließ sich in das Bett sinken. »Oh Gott, ich glaube, ich habe keine Wahl ...«

»So sieht es aus«, bestätigte Gabriel.

»Aber Gabriel, Sie hatten doch auch immer viel Spaß, oder? Wollen wir nicht ...«

»Nein, Sir! Weder hatte ich immer viel Spaß noch möchte ich jetzt etwas ändern. Sie haben Ihre Firma verspielt und diese gehört nun mir.«

»Na schön ... es ist wohl, wie es ist! Aber wenigstens stellen Sie mich doch als Projektleiter ein, oder? Das ist das Mindeste, was Sie für mich tun können.«

»Für drei Monate. Dann werde ich Ihnen kündigen. Es ist die Zeit, in der Sie sich einen neuen Job suchen können.«

»Gabriel, ich bin erschüttert von Ihrer Herzlosigkeit«, rief der Chef.

Ellen blickte Gabriel ebenso ungläubig an. Er schien ihren Blick zu bemerken und drehte sich zu ihr. »Ellen, dieser Mann hätte seine Firma, wäre ich nicht gewesen und hätte die ganze Arbeit getan, in den Ruin getrieben. Es wird für mich kein großer Unterschied sein, vom Projektleiter zum Chef der Firma aufzusteigen, denn seit Jahren habe ich schon die ganze

113

Arbeit getan, habe mich um die Angestellten gekümmert und die Jahresabschlüsse vorbereitet. Mein ehemaliger Chef ist es nicht wert, Chef genannt zu werden.« Gabriel wandte sich ihm wieder zu und sagte: »So, und nun bitte ich Sie, den Vertrag zu unterschreiben. Ich habe noch etwas vor heute.«

Es schien eine Ewigkeit zu dauern, bis der Chef den Stift zückte und seine Unterschrift auf das Papier setzte. Immer wieder durchforstete er den Vertrag und immer wieder zog er die Stirn kraus, aber es schien nichts zu nützen, er hatte seine eigene Firma verspielt.

Kaum war die Unterschrift gesetzt, überprüfte Gabriel sie. Dann nickte er, reichte seinem ehemaligen Chef die Hand, nahm die Unterlagen an sich und rief nach dem Sicherheitsmann. Dieser kam mit einem weiteren Mann. Sie schritten auf den ehemaligen Chef zu und zogen ihn vom Bett.

»He, was soll das?«, rief er und blickte sich hilfesuchend nach Gabriel um.

Dieser lächelte nur milde und beobachtete, wie sein neuer Angestellter auf Zeit unter den Wasserfall gestellt und dort gefesselt wurde.

Der ehemalige Chef schnappte nach Luft und ließ einen Schwall von Schimpfwörtern über Gabriel ergehen. Doch Gabriel lachte nur aus voller Brust und breitete die Arme aus. »Endlich!«, rief er. »Und als kleinen Abschluss für diesen wundervollen Tag, auf den ich Jahr für Jahr hingearbeitet habe, möchte ich vor Ihren Augen die Nummer schieben, die Sie mir Jahr für Jahr weggenommen haben, als ich noch die Frauen anbrachte, die mir am Herzen gelegen haben. Ellen, wenn du mir die Ehre erweist ...« Gabriel streckte die Hand nach Ellen aus und lächelte sie an.

Ihr Herz schlug schneller. Er wollte jetzt mir ihr vor dem

ehemaligen Chef Sex haben? Sein hübsches Gesicht, seine nassen Haare, die wirr wie bei einem Jungen abstanden, sein männlicher Körper und sein vielversprechender, zuckender Schwanz ließen sie schwach werden. Sie ergriff seine Hand und lächelte zurück.

Mit einem Ruck zog er sie an sich und presste seine Lippen auf ihren Hals, seine Zunge hinterließ heiße, feuchte Spuren und wanderte tiefer auf ihre Brüste zu. Ihre Hände durchfuhren seine struppigen, weichen Haare und folgten seinen Bewegungen. Als er an ihren Nippel saugte, fester als erwartet, schienen ihre Beine nachgeben zu wollen. Er bemerkte es und drückte sie auf eine breite, auf dem Boden liegende Matte, die mit einem elfenbeinfarbenen Laken überzogen war. Kurz blickte Ellen zu Grena. Sie hatte sich auf den Stufen niedergelassen, eine Hand zwischen ihren gespreizten Beinen gefangen, und beobachtete sie beide mit geöffnetem Mund.

Gabriel warf ihr einen kurzen Blick zu, dann grinste er und fragte Ellen: »Lust auf einen flotten Dreier, Süße?«

Ellen schnappte nach Luft. »Das ist ... das wäre ... ich habe das noch nicht gemacht.«

»Dann wird es heute dein erstes Mal.« Er winkte Grena.

Sofort war sie bei ihnen und sah erwartungsvoll auf Ellen hinunter. Doch nur kurz, denn schon machte sie sich zärtlich und vorsichtig über Ellens Nippel her, saugte mal den einen, dann den anderen in ihren Mund, stupste ihn mit der Zunge an und verbiss sich darin. Ellen seufzte tief auf. Gabriel hatte die beiden Frauen eine Weile beobachtet, dann senkte sich sein Kopf zwischen Ellens Beine. Seine Zunge suchte sich einen Weg zwischen ihren Schamlippen und kreiste auf dem Kitzler, dann fuhr sie weiter hinunter und stieß in den heißen Schlitz. Ellen stöhnte. Und noch jemand stöhnte. Der Chef, der unter dem Wasserfall gefesselt stand und sich so weit wie möglich vorgebeugt hatte, um möglichst alles sehen zu können, was sich ihm da bot. Sein Schwanz ragte, genau wie Gabriels vorhin, aus dem Wasser hervor. Nur, dass dieser hier nicht ganz so groß und lang war.

Zu lange hatte Ellen zu dem Gefesselten geblickt, sodass sie nicht gesehen hatte, dass Gabriel sich in Position gebracht hatte. Mit Leichtigkeit schob er seinen harten Schwanz in ihre nasse Möse. Ellen stöhnte laut, als der Schwanz die tiefste Tiefe in ihr erreicht hatte und dort kurz verharrte.

Grena hatte nun stärker an Ellens Nippel gesaugt und auch fester hineingebissen, sodass Ellen aufschrie. Doch der Anblick von Gabriels in Ellen verschwindendem Schwanz, der sich nun herauszog, um wieder tief in sie zu tauchen, verursachte in Grena wohl so heftige Gefühle, dass sie sich kurzerhand auf Ellens Gesicht setzte.

Ein Duft von erotischer Weiblichkeit und Lust stieg Ellen in die Nase. Sie war unfähig, sich zu rühren. Doch als Grena ihr Becken auf dem Gesicht von Ellen rotieren ließ, streckte Ellen vorsichtig die Zunge heraus und tauchte zwischen die sich über ihr geöffneten Schamlippen. Ganz weich war es dort und machte Lust auf mehr, besonders, als Grena zu stöhnen und zu wimmern begann, nachdem sie Ellens Zunge in sich spürte. Sofort leckte und stieß Ellen ihre Zunge fester und schneller durch die weibliche Lustspalte.

Gabriel hatte für einen Augenblick aufgehört, sich zu bewegen. Wahrscheinlich hatte er den Frauen zugesehen, doch nun kam er mit Schwung seinen Bewegungen nach. Noch kräftiger, noch heftiger. Ellen war wie fasziniert von der Erotik, von dem Sex, von den Düften, von den Stößen ... Ihr Körper reagierte mit einem herannahenden Orgasmus.

Gabriel stieß sie weiter, er keuchte. Grena bewegte ihr Becken schneller auf Ellens Gesicht, sie war ebenfalls am Keuchen. Doch als erste war Ellen da, der Höhepunkt durchflutete sie wie eine rauschende Welle und ließ ihren Körper zucken und sich unter Gabriels hart stoßendem Schwanz aufbäumen. Mit einem lauten Stöhnen kam nun auch Gabriel, wobei seine Hände, die sich rechts und links von Ellens Körper abgestützt hatten, sich nun in ihre Brüste verkrallten.

Ellen schloss die Augen und genoss den Augenblick. Doch einige Sekunden später ruderte das Becken über ihr. »Bitte«, flüsterte Grena, »mach weiter, Ellen, ich brauche nur noch den letzten Kick.«

Ellen streckte die Zunge heraus und tauchte wieder in das inzwischen nasse Geschlecht über ihr. Sofort stöhnte Grena und wand sich hin und her. Als Ellen ihre Zungenstöße beschleunigte, kam Grena mit einem wilden Aufschrei. Ihr Becken rotierte nun so stark auf Ellen, dass Ellens Nase immer wieder an Grenas Kitzler stieß. Schließlich sank Grena erschöpft zur Seite.

Gabriel hatte sich aus Ellen zurückgezogen, sich neben ihr auf die Matte gelegt und sie in den Arm genommen. So ließen alle ihre Höhepunkte ausklingen und lauschten dem leichten Rauschen des Wasserfalles.

»He, und was ist mit mir?«, hörten sie den ehemaligen Chef rufen. Es klang verzweifelt.

Ellen blickte zu Gabriel. Dieser grinste. »Soll ich?«

»Du? Als Mann?«

»Warum nicht ... Er hat mich auch des öfteren gequält.«

»Gabriel ... Also, ich weiß nicht. Wenn du dich damit wohl fühlst ...«

Gabriel lächelte. »Vielleicht ist es einfach ein guter Abschluss für mich, um mich bei meinem Chef noch mal zu bedanken.« Mit einem Grinsen erhob sich Gabriel und trat auf seinen Chef zu.

»Gabriel, nein, bitte. So war das nicht gemeint. Hab doch ein bisschen Mitleid mit deinem armen Chef.«

»Ex-Chef, meinen Sie wohl.«

LIEBESLEHRE

Seine Zunge schob sich in ihren Mund. Bereitwillig erwiderte Linda seinen Kuss und ließ sich noch mehr in seine Arme sinken.

»Oh, Elliott«, seufzte sie, als sie sich von seinem Kuss löste. Er lächelte sie an und seine braunen Augen versanken in ihren. Eine Hand von ihm tastete sich langsam nach oben unter ihr Hemdchen. Darüber trug sie einen dicken Pulli. Er fand ihre Brüste, schob sich unter ihren BH und knetete eine Brust. Sofort stellte sich der Nippel auf, den Elliott sanft presste und drückte. Linda stöhnte und rollte den Kopf von seiner Schulter an die Rückenlehne ihres Sitzes. Seine Hand wanderte zur anderen Brust und suchte dort den kleinen steifen Nippel. Sein Gesicht tauchte nach unten und saugte den Nippel in den Mund. Seine Lippen bewegten sich und drehten so die harte Brustwarze hin und her. Wieder entfuhr Linda ein Seufzer. Das war ein unglaublich schönes Gefühl! Sie hatte das in der Form noch nicht erlebt. Zwar wurde sie schon mit den Händen an ihren Brüsten berührt, aber noch nie hatte jemand ihre Nippel in den Mund gesaugt.

Elliott schob ihren BH zur Seite und nahm sich die andere Brust vor. Die Gefühle schossen auf ihren Schoß zu und Linda merkte, wie sie feucht wurde. »Oh, Elliott ...« Zu mehr Worten war sie nicht in der Lage.

Er wurde forscher und schob, während er an ihren Nippeln lutschte und knabberte, eine Hand zwischen ihre Beine. Sie trug einen schwarzen, knielangen Rock, darunter eine Strumpfhose. Doch als er mit der Hand höher wanderte, schlug das berauschende Gefühl ins Gegenteil um. Alles versteifte sich in ihr. Noch nie war ein Mann so weit bei ihr gegangen. Es war schön, aber es machte ihr auch Angst. Sofort dachte sie darüber nach, wie es wäre, wenn er sich die größte Mühe gäbe und sie nicht auf ihn reagierte. Vielleicht wäre er von ihr enttäuscht, auch dass sie noch keine Erfahrung mitbrachte, was Männer anbelangte. Mit ihren vierundzwanzig Jahren konnte man ja schon erwarten, dass sie Erfahrungen mit dem einen oder anderen Mann gesammelt hatte. Doch dem war nicht so. Linda wollte das erste Mal mit dem »richtigen« Mann erleben. Darauf hatte sie lange warten müssen, denn keiner genügte ihren Ansprüchen. Selbst ihr bester Freund Howard war nicht der Richtige dafür. Sie mochte ihn sehr und dennoch war sie davon überzeugt, dass er nicht der Richtige war. Nun hatte sie den Richtigen kennengelernt: Elliott! Doch die Vorstellung, es mit ihm zu treiben, machte ihr Angst.

»Warte!« Linda stoppte seine Hand, bevor sie ihre Muschi erreichen konnte.

»Was ist?« Fragend blickte er sie an, auch ein wenig schuldbewusst. »War ich zu schnell?«

Das wollte Linda auf keinen Fall zugeben. Nachher ließ er sie noch fallen, weil sie nicht mal das Grundsätzliche gab, was sie zu geben bereit war.

»Ich ... dafür finde es hier im Auto zu kalt«, sagte sie vorsichtig, »und auch etwas unbequem.«

Er lachte kurz auf. »Du hast recht. Im Auto finde ich es auch nicht so toll.« Damit ließ er von ihr ab und warf den Motor an.

»Was hast du jetzt vor?«

»Na, wir fahren zu mir. Ich habe ein wunderbar großes Bett und meine Wohnung ist schön warm.«

»Ah ja, das ist gut«, sagte Linda matt. Wenn sie erst einmal bei ihm in der Wohnung war, gab es kein Entrinnen. Dann musste sie ihm die Wahrheit sagen. Wahrscheinlich wäre er total erstaunt, wie eine Frau mit vierundzwanzig noch Jungfrau sein konnte. Aber vielleicht fand er es ja auch gut. Männer standen doch auf Jungfrauen. Oder war das nur eine allgemeine Binsenweisheit, die nicht auf echten Tatsachen beruhte? Linda war unsicher. So hatte sie sich ihr erstes Mal nicht vorgestellt. Hätte sie doch wenigstens schon einmal Sex gehabt!

Der Wagen schlingerte kurz, um aus der vereisten Parklücke zu kommen, aber Elliott schaffte es. Er war eben ein Mann! Sofort blickte er zu ihr herüber und zwinkerte ihr lächelnd zu. Linda lächelte kurz zurück und sah dann aus dem Fenster auf die verschneiten Häuser. Obwohl sie Januar hatten, waren überall noch Lichterketten und Weihnachtsbeleuchtung zu sehen. Bald kamen sie an den Stadtrand und fuhren auf eine Landstraße. Die Bäume waren unter einer dicken Schneedecke bedeckt und die Felder auch. Als hätte jemand eine Packung Puderzucker über die Welt gestreut. Für einen Moment vergaß Linda ihre Sorgen und genoss die weiße Landschaft. Doch als Elliott seine Hand über ihren Oberschenkel gleiten ließ, kamen die Erinnerungen sofort zurück.

»Ist es noch weit?«, fragte Linda.

»Nein, noch fünf Minuten etwa. Warum fragst du? Kannst du es nicht erwarten, meine Süße?«

Wenn du wüsstest, dachte Linda und lächelte ihn an.

Er grinste wissend und blickte nach vorn durch die Scheibe.

Okay, mahnte sie sich, es war ihre Schuld! Sie hatte die

Einladung für heute ausgesprochen und ihn gefragt, ob sie nicht ins Kino wollten. Schlicht und klassisch. Er hatte sofort Ja gesagt und nicht gezögert, sie abzuholen und zum Essen hinterher einzuladen. Nach dem Essen waren sie bei ihm im Auto gelandet. Linda mochte Elliott sehr. Er war nett, witzig und charmant. Dennoch behagte es ihr gar nicht, mit ihm gleich im Bett zu landen. Was konnte sie sich nur für eine Ausrede einfallen lassen?

»Hey, Linda, träumst du? Wir sind da.«

Erst jetzt bemerkte sie, dass das Auto stillstand. Schnell blickte Linda sich um und nahm ihre Umwelt wahr. Sie hatten vor einem dreistöckigen Wohnungskomplex gehalten, der sehr edel aussah. Weiße Fassade, ausladende Balkone, elegante Eingangstür mit teuer aussehenden Briefkästen.

»Hier wohnst du?«

Er nickte. »Oben im dritten Stock. Penthouse-Wohnung mit Blick in den Park.«

»Wow, klingt toll.«

»Ist es auch. Komm, ich zeige sie dir. Sie ist schön warm und das Bett bequem.« Er grinste und stieg aus.

Linda war unfähig, sich zu rühren. Da war Elliott schon um den Wagen rumgekommen und öffnete ihr die Tür. »Mylady, wenn ich bitten darf ...« Er reichte ihr die Hand.

»Ich, äh, danke. Aber ich denke, ich muss so langsam nach Hause ...«

Einen Augenblick sah er sie verwirrt an. »Aber der Abend hat doch gerade erst begonnen!«

Sie schwieg beklommen.

»Und ich wollte dir gerade meine Wohnung zeigen.«

»Na schön, ich kann ja kurz mit raufkommen.«

Wenn Elliott einen Dämpfer mit ihrer Äußerung bekommen

hatte, so ließ er sich das nicht anmerken, nahm ihre Hand und legte sie sich auf den Arm. Dann gingen sie los.

Als sie seine Wohnung erreichten, staunte Linda nicht schlecht. Sie war großzügig eingerichtet, besaß große abstrakte Bilder und wirkte nach einem wohlhabenden Besitzer.

»Wow, die Wohnung ist super. Hast *du* das so eingerichtet?«

»Nein, ich hatte eine Architektin.«

War er mit ihr im Bett gewesen?

»Nein, war ich nicht. Hätte ich aber gern, denn sie hatte einen fast so schönen Arsch wie du!«

Erschrocken blickte sie ihn an. Hatte sie etwa den Satz laut gedacht? »Ich … dachte nicht … eigentlich wollte ich sagen …«

Er lachte. »Sorry, ich wollte dich nicht verunsichern. Es passte bloß gerade so gut rein. Aber anscheinend hast du genau das gedacht, was ich gedacht habe.« Er lachte wieder. »Komm, ich zeige dir mein Schlafzimmer.«

»Oh ja«, kam Linda zaghaft über die Lippen.

Kaum hatten sie den Raum betreten, und Linda hatte anerkennend über das große Bett und den passenden Einrichtungsgegenständen genickt, drückte Elliott sie gegen die Wand und presste seine Lippen auf ihre. Seine Zunge drang wieder in ihren Mund und sie ließ es nach anfänglichem Widerstand geschehen. Seine Hände landeten auf ihren Brüsten. Ein Knurren seinerseits war zu hören, dann ließ er von ihr ab und zog ihr ruck zuck den dicken Pulli aus. Auch ihr Hemdchen folgte, ohne dass Linda etwas einfiel, was sie dagegen hätte sagen können. Geschickt hakte er ihren BH auf und bewunderte ihre weibliche Pracht. Neckisch reckten die kleinen Nippel sich ihm entgegen, und er ließ keine drei Sekunden verstreichen, sie in den Mund zu saugen. Linda seufzte und legte beide Hände auf seinen Kopf. Das Gefühl war einfach wunderbar. Sie ließ ihn gewähren, überlegte aber schon nach einer Ausrede, gleich aufbrechen zu können. Und wenn sie es weiter geschehen ließ und sich ihm einfach hingab? Irgendwann musste doch mal ein Mann den Bann brechen und sie entjungfern. Aber es sollte nicht Elliott sein. Wenn sie sich dumm anstellte, würde er das zarte Pflänzchen der Beziehung bestimmt sofort beenden und sich lieber eine andere suchen, vielleicht eine Architektin.

Langsam schob Elliott sie zum Bett. Ihre Befürchtungen wurden schneller von ihm umgesetzt, als ihr lieb war. Sie musste handeln, bevor sie mit ihm auf dem großen Bett landete. Deswegen stemmte sie plötzlich beide Hände gegen seine Brust. »Warte!«

Verwirrt blickte er sie an. »Was ist denn?«

»Ich ... mir geht das eine Spur zu schnell. Wir können ja erst mal einen Tee trinken, oder so.«

Eine Weile blickte er sie mit halb geöffnetem Mund an und fragte dann nach: »Tee trinken?«

»Ja, also, oder Kaffee, was dir lieber ist.«

Kurz zog er die Augenbrauen hoch und seufzte. »Äm ...« Als wenn er sich besann, fragte er: »Was ist passiert? Habe ich was falsch gemacht?«

»Nein, hast du nicht. Aber ich möchte das einfach noch nicht so schnell.«

»Aha, okay. Tja dann ... trinken wir doch einfach mal etwas.«

»Tut mir leid. Ich bin wohl ein Spielverderber ...«

»Nein, alles okay. Komm, zieh deinen Pulli wieder an, wir gehen in die Küche.«

***

»Ich glaub, ich hab's versaut.« Linda seufzte und rührte in ihrem Kaffeebecher.

»Was hast du versaut?« Verwundert sah Howard sie an.

Linda schwieg und nahm einen Schluck Kaffee. Sie blickte aus dem Fenster des Cafés und sah einigen geschäftig hin und her rennenden Leuten zu, die ihre Mützen tief in die Stirn gezogen hatten, um von dem Schneetreiben verschont zu bleiben.

»Hey, warum bist du so merkwürdig? Ich habe mich mit dir nicht getroffen, damit wir uns anschweigen. Oder dass du einen Satz hinwirfst und dann schweigst«, sagte Howard.

»Sorry, tut mir leid. Wie geht es Erica?«

»Ach ...« Er winkte ab. »Wie kommst du denn jetzt auf *Erica*? Wir sind seit vier Wochen getrennt, und jetzt fragst du mich nach ihr! Reden wir lieber über dich, was dich bedrückt.«

»Ich glaube, ich kann da nicht drüber reden.«

»Aha, und wieso nicht? Ich denke, wir sind befreundet. Freunden kann man alles erzählen. Wir kennen uns nun schon so lange, Kleines. Mir kannst du es anvertrauen.«

Linda blickte zu Howard. Sie sah immer noch ihren Schulkameraden in ihm, mit den verstrubbelten Haaren und den löcherigen Jeans und dem losen T-Shirt darüber. Seine schmutzigen Wangen, wenn er sich mit anderen Jungs geprügelt hatte und aus denen seine hellgrünen Augen wie Smaragde hervorstachen. Diese Augen betrachteten sie auch jetzt, allerdings mit Ruhe und Geduld.

»Ich habe einen Freund.« Sie erforschte eingehend seine Reaktion. Hatte sie ein Zucken um seine Mundwinkel bemerkt?

»Das ist super! Wer ist der Glückliche?«

»Du kennst ihn nicht. Elliott heißt er.«

»Aha. Und weswegen machst du ein Gesicht wie sieben Tage Regenwetter?«

»Da ist noch was anderes. Aber darüber kann ich nicht sprechen.«

»Es geht um die Sache, die du versaut hast«, bohrte er weiter.

»Woher weißt du das?« Entsetzt blicke Linda ihn an.

Howard lachte herzhaft. »Weil du es vor fünf Minuten vor dich hingebrummelt hast!«

»Ach so, ja richtig …«

»Also: schweigen oder erzählen?«

Linda schwieg. Sie konnte ihrem Freund, auch wenn er der beste Freund war, unmöglich erzählen, dass sie kein Sex mit Elliott haben wollte, weil sie sich fürchtete. Manchmal wünschte Linda sich lieber eine beste Freundin, mit der sie alles bequatschen konnte. Da konnte man sich noch ein Stück freier fühlen. Aber wenn Howard es ihr immer wieder anbot, warum sollte sie nicht die Wahrheit sagen?

»Dann gehe ich jetzt!« Howard stand auf.

»Nein!« Panisch packte sie seinen Hemdsärmel und zog ihn wieder zurück auf seinen Stuhl. »Bitte geh nicht. Ich brauche jetzt jemanden.«

Howard blickte sie ernst an. Er war anscheinend noch nicht überzeugt.

»Ich habe … also … Es geht um Elliott.«

»Weiter.«

»Er wollte …! Aber ich …«

»Du wolltest nicht!«

»Ja, so ähnlich …«

»Warum? Wo ist dein Problem?«

»Ach, das kann ich nicht so einfach sagen … Es ist ja nicht so, als wenn man einen Fernseher repariert.«

»Was hat der Fernseher mit Sex zu tun? Es geht doch hier um Sex, oder?«

»Pst, nicht so laut.« Schnell blickte sich Linda um. Ein junger Mann vom Nachbartisch mit seiner Freundin blickte herüber. »Ja«, flüsterte sie, »es geht um Sex.«

»Und?«

»Ich hab's noch nicht getan.« Mit angehaltenem Atem blickte sie Howard an. Sie beobachtete sein Gesicht genau. Ein minimaler Ausdruck des Unglaubens huschte über sein Gesicht, dann sah er sie eine Weile an und senkte den Blick, anscheinend um sich zu sammeln.

Dann sah er ihr gerade in die Augen und sagte: »Das macht doch nichts. Irgendwann ist immer das erste Mal.«

»Ich hätte es bestimmt versaut.«

»Glaube ich nicht. Ich glaube, *jetzt* hast du es versaut.«

Sauer blickte sie ihn an. »Wie bitte?«

»Komm, Linda, es waren deine Worte, und du wolltest eine Meinung von mir.«

»Ich habe dich nicht explizit darum gebeten.«

»Nein, aber du hast es impliziert.«

Linda schüttelte den Kopf. »Das führt doch alles zu nichts.«

»Hör mir mal zu, Süße!« Howard beugte sich nach vorn. »Ich bin ein Mann. Wenn ich eine Freundin habe, die mir, während wir im Bett sind und ich ihren Körper erkunde, sagt, sie hätte noch nie mit einem Kerl Sex gehabt, dann würde ich das Ganze langsam angehen lassen und sie in den Liebesakt Stück für Stück einweihen. Und zwar so, dass ich sie zum Stöhnen und Jammern bringe, sodass sie nie wieder aufhören möchte.«

Linda spürte, wie sich in ihrem Schoß die Feuchtigkeit sammelte. Ihr Herz beschleunigte sich, ihr Atem ging schneller. Solche Worte hatte sie noch nie zuvor von ihm gehört. Hatte Howard sie etwa gerade nur mit seinen Worten scharf gemacht? »Und was würdest du mit der Frau tun?«, rutschte ihr heraus. Sie merkte, dass es zu spät war, um es zurückzunehmen.

Howard lächelte. »Ich würde mit meiner Hand zwischen ihre Beine gleiten und ihre Muschi berühren. Sanft darin herumstreichen und leicht über den Kitzler streicheln. Dann würde ich ihr Zentrum erkunden und langsam mit einem Finger in ihre Spalte tauchen.«

Linda zog scharf die Luft ein und wurde feuerrot. »Okay, das reicht. Das ist interessant. Aber ich muss jetzt los.«

»Linda, warte. Hey, du wolltest es wissen.«

»Ja, ja, schon gut, es war eine schöne Reise. Wir sehen uns.« Sie beugte sich schnell zu ihm und gab ihm einen flüchtigen Kuss. Er hielt sie an den Schultern fest. »Linda ...«

»Nein, Howard, bitte. Ich habe für heute genug gehört. Es ist meine Schuld, dass ich dich gefragt habe.« Ich Herz klopfte zum Zerspringen. Sie wusste, wenn er sie noch länger mit seinen kräftigen Händen festhalten würde, dann würde sie ihn küssen. Noch mehr Röte schoss in ihr Gesicht. Augenblicklich machte sie sich von ihm los und sagte: »Ich ruf dich an. Mach's gut.«

Er nickte. »Ja, du auch.«

***

Linda lief durch die verschneiten Felder. Normalerweise war das immer ihre Joggingstrecke. Doch im Winter schwang sie sich lieber auf ihren Hometrainer, da es so früh dunkel wurde. Nun brauchte sie diese Strecke, um nachzudenken. Was war da im Café mit ihr passiert? Was hatte Howard in ihr ausgelöst? Noch nie hatte er so anzügliche Sachen gesagt. Sie kannte ihn schon so lange und er war ihr so vertraut, dass sie mit solch einer Reaktion ihres Körpers auf seine Worte nicht gerechnet hatte. Wahrscheinlich war das nur eine Überreaktion, weil sie an Elliott gedacht hatte. Wie konnte sie nur mit Elliott weiterkommen, wenn sie sich nicht beim Sex mit ihm blamieren wollte?

An dem Abend hatten sie tatsächlich nichts weiter getan, als Tee zu trinken. Irgendwann hatte Elliott sie gefragt, ob sie darüber reden mochte, doch sie hatte nur den Kopf geschüttelt. Es war eine sehr schweigsame Küchenrunde gewesen. Dann war Elliott mit den Worten, er müsse am nächsten Tag früh raus, aufgestanden. Er hatte sie gefragt, ob sie bei ihm bleiben wollte, doch sie hatte nur den Kopf geschüttelt, sich entschuldigt und war gegangen.

Bisher hatten sie nicht telefoniert. Das war jetzt zwei Tage her. Was sollte sie nur tun?

Sie war an einem Spielplatz angekommen und beobachtete die Kinder, die schaukelten oder mit ihren Laufrädern um den Spielplatz sausten. Ein Pärchen saß auf einer Bank und fütterte sich gegenseitig mit Keksen. Sie lachten. Linda hörte die Frau sagen: »Ich bin so froh, dass ich dich habe ...«

Dieser Satz hallte noch lange in ihrem Kopf nach, auch, als sie schon längst wieder die Tür zu ihrer Wohnung aufschloss. Sie war auch froh, Howard zu haben. Ihn würde sie auch mit Keksen füttern. Aber noch prickelnder wäre es natürlich, wenn sie Elliott füttern würde. Sie könnte ja bei Howard üben ...

Darüber lachte Linda laut, doch dann verebbte ihr Lachen nach und nach. Siedendheiß durchlief dieser Gedanke ihren Körper. Nein, das konnte sie nicht tun! Aber es wäre eine Möglichkeit ... Es war die einzige Möglichkeit! Es war ihre einzige Möglichkeit aus dieser Situation herauszukommen. Sie hatte keine Wahl – und sie würde es tun!

***

Linda drückte den Klingelknopf. Was, wenn er nicht da wäre? Was, wenn er sie auslachen würde? Was, wenn er ihr die Tür wieder vor der Nase zuschlug?

Die Wohnungstür öffnete sich. Howards Kopf erschien.

Erstaunt blickte er sie an. »Linda!«

»Hallo, Howard. Störe ich dich?«

»Nein, komm rein.«

Sie bedankte sich leise und ging an ihm vorbei.

Noch während er die Tür schloss, fragte er: »Ist was passiert?«

Linda zog die dicke Jacke, den Schal und die Stiefel aus. »Nein, nicht direkt. Ich brauche deine Hilfe.« Sie ging ins Wohnzimmer, setzte sich auf die Couch. Ihre Hände schob sie unter ihre Oberschenkel.

Howard war ihr gefolgt. »Aha. Möchtest du einen Kaffee?«

Sie nickte. »Gern.«

Er verschwand in der Küche und hantierte mit Bechern herum. Der Kaffeeautomat brühte ruck zuck zwei Kaffees. Als Howard ihr den Becher reichte, war schon Milch drin.

»Danke.«

»Also?« Howard ließ sich in einen Sessel sinken, führte seinen Becher zum Mund, nahm einen vorsichtigen Schluck und fragte: »Wobei soll ich dir helfen?«

Schnell führte auch Linda ihren Kaffee zu den Lippen und nahm einen Schluck. »Es ist etwas prekär«, sagte sie langsam.

»Soll ich etwa Elliott für dich umbringen?« Er lachte über seinen eigenen Witz.

»Nein, es hat nur indirekt mit ihm zu tun. Eher mit dir und mir.«

Howard wurde hellhörig. »Mir mir und dir? Was meinst du?«

»Schlaf mit mir!«

Howard klappte der Mund auf. Er war sprachlos. »WAS?«, stieß er schließlich hervor.

»Ich weiß, es ist eine sehr große Bitte. Aber ich möchte einfach mit dem Wissen, was beim Sex passiert, zu Elliott zurückkehren. Wenn wir dann miteinander schlafen, dann weiß ich wenigstens, worauf es ankommt.«

»Und ich bin das Versuchskaninchen?«

»Nein, du bist mein Lehrer.«

Howard stellte seinen Kaffeebecher weg und schüttelte vehement den Kopf. »Das kommt überhaupt nicht in Frage!!!«

»Bitte.«

»NEIN, Linda!« Er sprang auf. Eine Weile blickte er sie an, als hätte sie den Verstand verloren. Dann lief er wie ein Panther im Zimmer auf und ab.

»Es soll ja auch keine große Sache werden«, versuchte Linda es. »Es soll nur ein ... eine Art Erfahrung oder Gebrauchsanweisung werden.«

»Gebrauchsanweisung?!« Er starrte sie an.

Linda senkte den Kopf. »Tut mir leid. Ist wohl doch ein bisschen viel verlangt, oder?!«

»Ja, weiß Gott, das ist es!« Er schüttelte den Kopf, dann sagte er etwas ruhiger. »Linda, man kann doch nur mit jemandem Sex haben, den man auch liebt. Ansonsten ist es Prostitution.«

»Aber ich liebe dich doch.«

Stille.

Lindas Herz begann wild zu schlagen. Was hatte sie da gesagt?

Howard blickte sie wie erstarrt an.

»Ich meine ...«, versuchte Linda die Sache ins rechte Licht zu rücken. »Wir ... sind ... schon so lange befreundet und kennen uns so gut .... Natürlich mag ich dich, und ich hab dich lieb als besten Freund. Verstehst du, was ich meine?«

Langsam nickte er. »Ja, verstehe.« Mit einem Seufzer ließ er sich in einen Sessel fallen. Dann schüttelte er den Kopf. »Es ist trotzdem nicht umzusetzen, was du dir vorstellst.«

Linda sah ihre Felle wegschwimmen. Wenn sie jetzt nicht

am Ball blieb, würde sie sich nach fünf Minuten von ihm verabschieden müssen, ohne dass ihr Problem gelöst wurde. Sie dachte an Elliott und wagte noch einen Versuch, indem sie über den Couchtisch langte und seine Hand ergriff. »Howard, du bist meine einzige Chance. Ich bitte dich. Wir müssen uns ja nicht lange damit aufhalten. Es muss ja auch zu keinem großen Finale kommen. Ich möchte nur wissen, wie es funktioniert und was ich zu bedenken habe, und was ein Mann von einer Frau beim Sex erwartet.«

Er entzog ihr die Hand. »Das findet sich doch alles. Warum machst du eine so große Sache daraus?«

»Es *ist* eine große Sache und ich möchte es einfach von Anfang an richtig machen. Bitte, Howard! Bitte!«

Er blickte sie an. Sie sah, wie seine Kiefer mahlten. Jetzt würde es sich entscheiden. Howard erhob sich. Mit klopfendem Herzen verfolgte sie seine Bewegungen. Langsam kam er um den Couchtisch herum und streckte die Hand nach ihr aus. »Dann komm mal mit.«

Zögerlich ergriff sie seine Hand. Er hatte angebissen. Sie hatte auf einmal Hemmungen. Bisher war sie nur von dem Wunsch besessen, Sexerfahrungen von ihm zu sammeln, doch dass sie sich jetzt vor ihm ausziehen müsste und er ihren Körper erforschte, darüber hatte sie sich keine Gedanken gemacht. Doch nun konnte sie unmöglich Nein sagen. Sie dachte an Elliott und erhob sich.

Eine leichte Röte hatte sich auf Howards Wangen gebildet. Das brachte Lindas Körper in Aufruhr. Es war ihm also nicht so ganz egal, was hier passierte.

Schweigend gingen sie zum Schlafzimmer. Sie kannte sich in seiner Wohnung aus. Hier im Schlafzimmer hatte sie ihn schon mal gesund gepflegt, als er Grippe gehabt und gezittert und geschwitzt hatte. Drei Tage lang. Nun würden sie das erste Mal das Bett miteinander teilen. Linda ermahnte sich, keine große Sache daraus zu machen, es diente ja einem bestimmten Zweck.

Howard stellte sich ihr gegenüber hin. Würde er sie jetzt küssen? »Dann zieh dich mal aus.«

»Äh ...«

»Angezogen geht es schlecht.«

Ich will es, ich will es, ich will es ..., sagte sich Linda immer wieder. Mit zittrigen Fingern öffnete sie ihre Jeans und zog sie, samt den Socken aus. Als sie hochkam, zog er ihr den Pulli über den Kopf, dann ihr Hemdchen. So stand sie nur in Slip und BH vor ihm. Sie schämte sich. Er hatte sein T-Shirt ausgezogen, so war er nur noch mit der hellblauen Jeans bekleidet. Socken trug er nicht. Lange hatte sie seinen Oberkörper nicht mehr gesehen. Er war kräftig und muskulös, aber nicht zu viel. Es war genau im richtigen Maße nach ihrem Geschmack. Unterhalb seines Bauchnabels verlief eine dunkle Haarlinie, die in seiner Jeans verschwand. Seine Leistenknochen waren rechts und links zu erkennen. Lindas Herz begann heftig zu klopfen, als er einen Schritt auf sie zuging und geschickt ihren BH öffnete, indem er einfach vor ihr stand und um ihren Körper herumgriff. Der BH fiel zu Boden. Sofort bedeckte sie ihre Brüste mit den Händen.

»Du brauchst dich ihrer nicht zu schämen. Sie sind sehr hübsch. Außerdem möchte jeder Mann da ran, also, lass ihn.« Sanft schob er ihre Hände beiseite und beugte sich zu ihren bereits steifen Nippeln hinab. Sanft umkreiste er sie mit der Zunge. Ein Seufzer entfuhr Linda. Sie biss die Zähne aufeinander. Sie wollte ja keinen Liebesakt mit ihm machen, nur die Erfahrung mitnehmen. Warum zog er sich nicht aus? Sie stand hier fast splitternackt vor ihm und er ließ einfach seine Jeans an. Doch seine Zunge lenkte sie ab und eine kräftige Hand legte sich auf ihren Rücken, um sie zu halten. Gerade als Linda die Augen geschlossen hatte, um sich dem Gefühl hinzugeben, hörte Howard auf. »Das war ein kleiner Vorgeschmack, wie Männer es tun könnten. Ich denke, die Meisten fahren erst mal auf deine Brüste ab.«

Linda war dankbar, dass er sachlich redete, das lenkte sie von ihren tobenden Gefühlen ab. Schließlich nahm er ihre Hand und zog sie zum Bett. »Komm«, flüsterte er.

Sanft drückte er sie nach unten, sodass sie nun auf der Bettkante saß. Dann zog er sich von ihr zurück und öffnete seine Jeans. Er trug eine Boxershorts, die recht ausgebeult war. Selbstbewusst zog er sie auch mit runter und stand nackt vor ihr. Der große, steife Schwanz nahm Linda fast den Atem. Howard sah unglaublich gut aus. Die Vorstellung, dass er gleich mit ihr Sex haben würde, brachte ihren Körper in Aufruhr.

»Viele Männer mögen es, einen geblasen zu bekommen.«

Linda nickte. Sie kannte das natürlich. Aber getan hatte sie es noch nie.

»Willst du?«

Linda nickte erneut.

Er kam auf sie zu und hielt ihr seinen Schwanz hin. »Ganz vorsichtig, benutze keine Zähne, nur die Lippen und die Zunge.«

Linda schluckte, dann öffnete sie den Mund und er schob seinen Schwanz hinein. Sie schloss die Lippen und erspürte die samtene, feste Haut. Ihre Zunge kreiste um den heißen Stab und nach und nach wurde Linda mutiger, bewegte ihre Lippen vor und zurück, wobei sie eine Hand zu Hilfe nahm. Sie spürte und hörte, wie Howard sich zu beherrschen versuchte. Doch er schaffte es nicht, ein tiefes Stöhnen kam ihm über die

Lippen, und noch eins. »Stopp!«, presste er hervor und entzog ihr seinen Schwanz. »Das war ziemlich gut für den Anfang.« Er kontrollierte seine Atmung. Dann beugte er sich zu Linda und zog ihren Slip aus.

»Leg dich lang, Süße«, flüstert er.

Linda tat es. Er legte sich neben sie und betrachtete erst ihren Körper, ehe er anfing sie überall zu streicheln. Als er über ihre Brüste strich, richteten sich die kleinen Nippel auf. Er zwirbelte und presste sie. Dann fuhr seine Hand tiefer über ihren Bauch auf ihre Muschi zu. Er wollte ihre Beine ein Stückchen auseinanderdrücken, doch Linda wusste nicht, ob das hier alles noch richtig war.

»Entspann dich«, raunte er ihr zu, und schaffte es, ihre Beine für seine Hand zu öffnen. »Denk daran, was ich dir am Tisch im Café gesagt habe. Erst berühre ich deine Muschi ...« Er tat es. Linda zog die Luft ein. Sie hatte sich schon oft gestreichelt. Aber wenn ein Mann es tat, war es etwas ganz anderes. Es fühlte sich fantastisch an. »Dann gleite ich zu deinem Kitzler und streichel und reibe darüber ...« Linda stöhnte auf. Ihre Hände krallten sich in die Bettdecke, auf der sie lag. Howard war ihr sehr nahe und sie nahm seinen ihr so vertrauten männlichen Duft in sich auf. Bisher hatte sie diesen Duft gut gefunden, doch nun bekam er eine völlig andere Bedeutung für sie. Er wirkte betörend, stimulierend und machte sie verlangend. Ihr Atem beschleunigte sich. Automatisch öffnete sie die Beine. Sie wollte ihn. Es war ihr egal, was sie wollte, was sie vorhatte, es zählten nur Howard und sie. Sie wollte seinen Schwanz, jetzt, sofort!

»Komm, mach's mir. Ich will's mit dir erfahren.«

Howard zögerte. »Bist du dir ganz sicher, Linda?«

Sie nickte schnell.

»Es wird alles verändern. Auch unsere Beziehung wird sich verändern. Nichts wird so sein, wie es war. Unsere Freundschaft kann damit zerstört werden.«

»Bitte, Howard, mal es nicht so schwarz. Ich will dich jetzt! Bitte!« Sie griff nach seinen Schultern und zog ihn ein Stück zu sich heran.

»Okay, wie du willst.« Langsam schob er seinen Körper auf ihren. Sie fühlte die Schwere, die ihr einen Blitz durch den Unterleib jagte. Sein Duft war ihr so nahe, als wäre er schon in ihr. Am liebsten hätte sie Howard geküsst. Doch das war gegen ihre Vereinbarung, und sie liebte ja auch Elliott. Das hier war nur ein Übungszweck, sagte sie sich immer wieder.

Howards Kopf ging nach unten und er küsste ihre Schulter, dann ihren Hals. Linda schloss die Augen. Es war so schön Dann drückte er mit seinen Knien ihre Beine noch ein Stück auseinander und lenkte mit seiner Hand seinen Schwanz. Fest presste er sich an ihr Loch. Lindas Herz beschleunigte sich, ihre Arme schlossen sich um seinen Oberkörper. Langsam schob er sich tiefer. Linda atmete schneller. Sie blickte in Howards Gesicht. Ein leichter Schweißfilm hatte sich auf seiner Stirn gebildet. Es schien ihn einige Anstrengung zu kosten. Sie liebte ihn in diesem Augenblick so sehr, dass er das für sie tat. Und sie wollte noch mehr, wollte ihn tiefer. Leicht bewegte sie ihre Hüften. Er schien es zu verstehen und presste sich mit einem Ruck in sie. Ein scharfer Schmerz durchfuhr ihren Unterleib, sodass sie aufschrie, ohne es zu wollen. Howard blickte sie mit halbgeschlossenen Augen an, schien sie zu studieren. »Alles okay?«, flüstere er.

Langsam verebbte der Schmerz und Linda nickte. »Hab mich nur so erschrocken.«

Er lächelte. »Weitermachen?«

Sie nickte.

Dann bewegte er sich vorsichtig in ihr. Linda stöhnte auf, als die Reibungen ihr Lustblitze durch den Körper sanden. Immer wieder stieß er in sie, presste sein Becken auf ihres, drückte seinen Schwanz tief in sie. Linda krallte sich in seinen Rücken. Howard atmete schneller, stöhnte inzwischen auch bei jedem Stoß. »Ich kann nicht mehr lange durchhalten«, presste er hervor.

»Okay …«

»Spürst du, wie lange du noch brauchst?«, fragte er leise.

»Nein«, stöhnte sie. »Ich kann es nicht einschätzen …«

»Macht nichts. Schließ die Augen, gib dich dem Gefühl hin.« Sie tat es. Genoss den Augenblick und seine tiefe Nähe. Doch sie öffnete wieder die Augen, um ihn anzusehen. Dann verkrampfte er sich und stöhnte laut und lange aus, wie ein Tier, das man zu bändigen versucht. Es war ein wahnsinniges Schauspiel, ihm dabei zuzusehen. Als sein Höhepunkt abklang, blickte er ihr in die Augen. Sie spürte noch immer die Röte in ihrem Gesicht und ein Verlangen in ihrem Körper. Doch es war da noch etwas, es lag in seinen Augen. Obwohl er sein Verlangen ja gestillt hatte, gab es noch etwas anderes, was er wollte. Linda konnte es nicht einschätzen, bis sie verstand, was er wollte, als er seinen Kopf zu ihr herabsenkte und seine Lippen auf ihre legte. Diese Geste war so intim und so tief, dass Linda sie nicht abweisen wollte, sie aufnahm und erwiderte. Howards Lippen auf ihren. Howard küsste sie. Sie umschlang ihn so fest und ihre Münder gingen immer wilder miteinander um, dass Linda glaubte, sie würde verrückt werden. Wie zwei Wahnsinnige umschlangen sich ihre Zungen, glitten durch den Mund des anderen, ihre Lippen pressten sich wild aufeinander und ab und an biss er in ihre Lippe. Währenddessen fing

Howard wieder an, sich in ihr zu bewegen. Sein Schwanz war wieder hart geworden und nahm eine zweite Runde auf sich. Linda war so gefangen von den wilden Küssen, dass sie die Stöße erst bemerkte, als sie genauso heftig und wild waren, wie ihre Küsse. Die Sanftheit war verschwunden, zurück blieb ein tierischer Trieb, der befriedigt werden wollte. Linda keuchte und drückte Howard ihr Becken entgegen. »Oh ja, vögel mich, mach mit mir, was du willst, oh, Howard, ja, nimm mich!«

Howard stieß schnell und gnadenlos in sie. Und da passierte es: wie eine Welle rollte der Orgasmus auf sie zu, drohte sie zu überschwemmen. Linda krallte sich in seine Schultern und schrie ihre Lust heraus, als sie, noch immer durch seine Stöße malträtiert, ihren ersten Höhepunkt durch einen Mann erfuhr. Alles in ihrem Köper war hochsensibilisiert. Es war ein gigantisches Gefühl und sie dachte nur an die Lust und Howard.

Nach und nach klang ihr Orgasmus ab und ihr Körper erschlaffte. Auch Howard sackte auf sie und blieb so liegen. Er hatte wahrscheinlich noch einen Höhepunkt erfahren.

Lange lagen sie so, eng umschlungen und schweigend. Irgendwann fing Linda an, Howards Haare zu streicheln, und er küsste sie auf den Hals. Sie wollte nie wieder aufstehen, wollte immer so eng verbunden mit Howard zusammenliegen. Sie schloss die Augen und genoss dieses Gefühl des unendlichen Glücks, der Schwerelosigkeit und tiefen Geborgenheit.

Doch irgendwann erhob sich Howard von ihr. Eine Weile blickte er ihr in die Augen. Fast schien es, als würde er weinen wollen. Warum, fragte sich Linda. Vor Glück? Hatte er das Gleiche wie sie dabei empfunden? Gerade wollte sie ihm über die Wange streicheln, da zog er sich aus ihr zurück und ging ins Bad.

Verwirrt blieb Linda auf seinem Bett liegen. Was hatte er?

Hatte es ihm nicht so gut gefallen, wie ihr?

»Howard?«, rief sie.

»Bin gleich da.« Keine Minute später kam er aus dem Bad. Er trug seine Jeans, warf einen schnellen Blick über ihren Körper, kratzte sich am Kopf und sagte: »Du, ich habe heute Abend noch eine Verabredung.«

»Eine Verabredung?« Verwirrt blickte sie ihn an und kam mit ihrem Körper nach oben.

»Ja … mit einer Frau.«

»Und … und du wirst mit ihr das Gleiche machen, wie mit mir?«

Er lachte leicht. »Vielleicht. Das weiß ich noch nicht. Wird sich im Laufe des Abends entwickeln.«

Sprachlos starrte sie ihn an.

»Du wirst bestimmt zu Elliott fahren und anwenden, was du bereits wusstest.«

»Was ich bereits wusste?«

»Ja, wie ich es mir gedacht habe, brauchte ich dir nichts beizubringen. Du hast es schon rein intuitiv gewusst.«

Beide schwiegen.

»Es war schön.« Lindas Worte kamen nur leise über ihre Lippen, und sie wagte nicht, ihn dabei anzusehen.

»Ja«, hauchte er.

»Ich … ich werd' mich dann mal anziehen.«

Howards Kiefer mahlten. Er nickte. »Ja, tu das. Ich bin in der Küche, mach mir einen Kaffee. Willst du auch einen?«

Linda schüttelte den Kopf. Sie stand auf, nahm ihre Klamotten und ging ins Bad. Lange blickte sie ihr Spiegelbild an. Dann kamen die Tränen, Linda konnte sie nicht zurückhalten, sie liefen einfach aus ihr heraus. Doch sie wollte Howard auf gar keinen Fall verheult gegenübertreten, und so zwang sie sich zur Vernunft. Ihre Klamotten waren schnell angezogen und schon bald stand sie Howard gegenüber im Türrahmen der Küche. Er blickte aus dem Fenster, während er seinen Kaffee trank.

Linda räusperte sich und sofort drehte er sich um. Er lächelte leicht. Sie erwiderte unsicher das Lächeln.

»Also dann ...«, sagte er. Er stieß Luft durch die Nase. »Ich hab's dir ja gesagt: nichts wird sein, wie es war.«

»Das liegt nur an dir«, versuchte Linda klar heraus zu sagen.

Er schüttelte den Kopf. »Nein, Süße, es liegt an uns und was wir getan haben.«

»Es war schön.«

»Stimmt. Aber es hat alles verändert. Momentan können wir uns nicht mal in die Augen sehen.« Er blickte wieder aus dem Fenster, um seine Aussage zu bekräftigen.

»Tut mir leid, dass ich das von dir verlangt habe.«

Er schwieg und nahm einen Schluck Kaffee.

»Ich gehe jetzt«, sagte Linda leise.

Er nickte und starrte nach draußen.

»Mach's gut, Howard. Und ... danke!«

»Bitte.«

***

Nie hätte Linda geglaubt, dass es so schwer wäre, sich mal von Howard zu lösen. Es war ein furchtbarer Abschied. Howard hatte sie nicht mal zur Tür begleitet. Das hatte er sonst immer gemacht, oder ihr auch in die Jacke geholfen. Heute war alles anders. Sie blickte auf die Uhr. Es war halb acht. Sie könnte noch zu Elliott fahren und mit ihm schlafen. Vielleicht würde sie dann schneller vergessen, was geschehen war. Doch sie wollte Elliott jetzt nicht sehen und schon gar nicht mit ihm schlafen. Nicht jetzt, nicht heute. Ihre Gedanken kreisten nur um Howard. Um seinen Körper, um die Gefühle, die er in ihr ausgelöst hatte, seinen Kuss, sein Gesicht, als er sich vom Küchenfenster abgewandt hatte. Es war voller Schmerz. Kam der Schmerz daher, dass er sie nun als Freundin verloren hatte?

Wenn sie ihre Gedanken erforschte, woher kam ihr Schmerz? Sie konnte ihn nicht einordnen. Es gab nur ein unglaubliches Verlangen und ein Sehnen, jetzt bei ihm zu sein, in seinen Armen eingebettet zu sein und seinen Kuss auf ihrem Mund zu spüren.

Lindas Handy vibrierte in ihrer Jackentasche. Mit Herzklopfen zog sie es hervor und blickte gebannt auf das Display. Es war Elliott. Sie ging ran.

»Hallo, Linda. Na, wie wäre es heute mit uns beiden? Lust auf einen Tee?«

»Hallo, Elliott. Ich fühle mich heute nicht wohl. Schön, dass du anrufst, darüber freue ich mich wirklich sehr, aber ich habe heute solche Kopfschmerzen.«

»Soll ich zu dir kommen und deine Schläfen massieren?«

»Nein, ich glaube, das ist keine gute Idee. Ich muss bei Kopfschmerzen immer meine Ruhe haben. Lass uns morgen wieder telefonieren, okay?«

Elliott seufzte durchs Handy. »Na schön. Dann gute Besserung.«

»Danke.«

»Und Linda …«

»Ja?«

»Vergiss nicht: Ich liebe dich.«

Mit so einem Satz hatte sie nicht gerechnet. Die gleichen Worte kamen ihr nicht über die Lippen. Stattdessen sagte sie nur: »Ja. Bis morgen.« Schnell legte sie auf und verstaute das Handy in ihrer Jackentasche. Sie wischte sich durchs Gesicht.

Der Schnee war dort geschmolzen und kühlte ihre ohnehin schon kalte Haut. Sie fror. Außerdem hatte sie das Gefühl, dass es die nächsten zwei Wochen ohne Unterlass schneien würde. Es hörte einfach nicht auf. An den Wegesrändern lag der Schnee schon kniehoch. Sie drehte um und stapfte zu ihrem Wagen. Sie war genug spazieren gegangen. Jetzt wollte sie nach Hause.

Als sie bei Howards Haus angekommen war, wo sie einen Parkplatz gefunden hatte, wollte sie gerade in ihren Wagen steigen, als die Haustür aufschwang und Howard mit einer Frau herauskam. Schnell setzte Linda sich ins Auto, um nicht entdeckt zu werden. Es stimmte also: Howard war noch mit einer anderen Frau verabredet. Doch es war ein merkwürdiges Paar. Sie hatte sich bei ihm eingehakt, redete und fuchtelte mit den Armen, während er nur ab und an einen Mundwinkel verzog und abwesend wirkte. Sie gingen zu einem dunkelblauen Chevy, den Howard per Zentralverriegelung öffnete und auf dem Fahrersitz einstieg. Die Frau nahm schüchtern lächelnd auf dem Beifahrersitz Platz.

Als er anfuhr, schlidderte er leicht, doch er ließ sich davon nicht beirren und fuhr weiter. Kaum war er auf der geräumten Straße, fiel sein Blick auf Lindas Auto und dann auf sie. Sekundenlang sahen sie sich an, Lindas Herz klopfte zum Zerspringen. Dann war er an ihr vorbeigefahren. Den Bruchteil einer Sekunde später brachen Tränen aus ihr hervor und hinterließen brennende Spuren auf ihren kalten Wangen.

***

»Linda, was machst du denn hier, ich dachte, du hast Kopfschmerzen!« Elliott starrte sie an.

»Hab ich auch. Aber ich wollte heute nicht allein sein.«

»Aha, verstehe.«

Sie blickten sich an und keiner rührte sich.

»Äh ... willst du mir nicht die Tür öffnen, oder wollen wir auf deiner Fußmatte weiterklönen?«

»Ach so, ja sicher. Also ... ich habe jetzt gerade Besuch. Vielleicht sollten wir uns wirklich morgen ...«

»Ell, wer ist denn das?«, rief eine Frauenstimme, und schon stand sie hinter ihm. Groß, elegant, brünette lange Locken, ein Sektglas in der Hand.

»Ähm ... das ist Carrie. Äh ... Carrie, das ist Linda.«

»Oh!«, sagten beide Frauen, wie aus einem Mund.

»Nun bin ich gespannt, wen du als Freundin vorstellst«, sagte Carrie. »Denn wie deine Schwester sieht sie nicht gerade aus.«

»Linda, das ist meine Freundin Carrie«, stellte der die Brünette vor.

»Aha. Und wer bin ich?«, fragte Linda ruhig, fast tonlos.

»Nun ja, wir beide hatten ja eine Meinungsverschiedenheit und da du heute wieder mit Kopfschmerzen abgesagt hattest, dachte ich, du hättest einen anderen.«

Mit offenem Mund starrte Linda ihn an. »Einen anderen?«

»Ja.«

»Einen anderen?« Linda war fassungslos.

»Linda, bitte, jetzt mach keinen Aufstand hier im Treppenhaus. Hier wohnen alles gut situierte Leute, die ein Anrecht auf ihren Feierabend haben.«

»Was?!«

»Ell, nun bitte sie doch wenigstens rein. Wir können das doch auch drin klären, ohne Zuhörer!«

Er nickte. »Gut. Linda, möchtest du ...«

»Nein! Du bist ein Mistkerl. Unsensibel und dumm! Du hast nichts gemerkt. Gar nichts!«

»Wie wäre es, wenn wir noch mal telefonieren?«

»Nein, es gibt nichts mehr zu telefonieren. Es ist aus. Du bist meiner nicht wert. Durch dich habe ich einen Freund verloren. Meinen Besten. Du Mistkerl!« Wütend hatte Linda die Worte hervorgepresst. Nun drehte sie sich um und verließ das Haus. Abschnitt beendet. Noch einer an diesem Tag.

Auf dem Weg nach Hause verschleierten die Tränen ihre Sicht. Sie weinte nicht um Elliott. Er war es nicht wert. Sie weinte um Howard, der ihr nicht aus dem Körper ging. Heute Morgen hatte sie noch zwei Männer. Nun hatte sie niemanden.

***

Die schlimmsten zwei Tage lagen hinter Linda, in denen sie geglaubt hatte, nicht mehr weiterleben zu können. Sie überlegte, ob sie für das Klingeln an ihrer Haustür aufstehen sollte oder einfach so tun sollte, als ob sie nicht da wäre.

Schließlich raffte sie sich hoch. Es war Sonntag und sie konnte da unmöglich zum Einkaufen unterwegs sein. Sie blickte durch den Spion und wollte wieder nicht öffnen.

»Linda, ich weiß, dass du da bist. Bitte öffne mir. Ich muss mit dir reden.«

Sie machte die Tür für Elliott auf und ließ ihn eintreten. Er trampelte seine schneebesetzten Schuhe am Vorleger ab und zog sie gleich aus. »Danke.«

Linda ging zurück zum Bett, ließ sich reinfallen und zog die Decke über die Brust. Das war nicht nötig, da sie einen Pyjama trug, der nichts sehen ließ.

Elliott setzte sich auf ihre Bettkante.

»Warum bist du hier? Ich denke, es ist alles gesagt.« Wütend blickte Linda auf ihr Bücherbord.

»Ich wollte noch mal mir dir reden. Über uns. Du hast gesagt, ich sei unsensibel gewesen. Und ich möchte einfach wissen, was ich falsch gemacht habe.«

»Alles.«

»Kannst du das genauer sagen?«

»Als wir das erste Mal bei dir waren, habe ich an einer bestimmten Stelle abgebrochen. Kannst du dir vorstellen, warum?«

»Diese Frage habe ich mir sehr oft gestellt. Diese Tee-Nummer, ich weiß. Das einzige, was ich mir denken könnte ist: Dir ist mal etwas Schlimmes passiert, sodass du kein Sex mehr machen wolltest oder du hattest noch nie welchen.«

Linda wurde rot.

»Oh, verstehe. – Aber was ich nicht verstehe, wieso du mir das nicht gesagt hast. Wir hätten das alles ganz in Ruhe angehen können.«

»Das wusste ich aber nicht. Ich hatte Angst, dich zu verlieren, wenn ich sage, dass ich noch Jungfrau bin.«

»Oh, Linda-Herzchen. Du bist mir vielleicht eine. Um Gottes Willen. Das hätte ich nie gesagt.« Sein Kopf kam zu ihrem und er küsste sie.

Linda reagierte abweisend und wollte ihn von sich fortdrücken, doch er ließ nicht von ihr ab, legte sogar noch seine Hand um ihren Hinterkopf, sodass sie sich ihm nicht entwinden konnte. Doch dann ließ sie es zu. Sein Kuss fühlte sich gut an. Sie hatte ihn schon damals gemocht. Widerstandslos ließ sie sich von ihm aufs Bett drücken und merkte, wie er seine Jacke von den Schultern streifte.

Linda drückte ihn von sich weg. »Was ist mit Carrie?«

»Eintagsfliege. Ich wollte nur dich. Und ich will dich noch immer!« Damit zog er sich seinen Norwegerpulli über den Kopf und sein Hemd gleich mit. Seine Hand glitt an ihren Busen und fand die Knospen. Seufzend ließ Linda sich auf ihn ein und genoss die Berührungen. Seine beiden Hände

145

kneteten ihre Brüste. Sie schloss die Augen und sah Howard vor sich. Seine grünen funkelnden Augen und wie er sagte: *Du brauchst sie nicht zu verdecken, sie sind hübsch.* Das entrang Linda ein Lächeln und ihr wurde warm ums Herz. Sie hörte, wie Elliott sich auszog. Sofort öffnete sie die Augen und sah, dass er nackt vor ihr stand. Sein Schwanz war hart und ragte hervor. Er war kleiner als Howards, doch dafür noch dicker. Erwartungsvoll zuckte er. Linda wusste nicht, was sie tun sollte. Wollte er, dass sie ihm einen blies? Sollte sie ihn fragen? Denn so erwartungsvoll sein Schwanz war, so erwartungsvoll guckte auch Elliott sie an.

»Was soll ich tun? Dir einen blasen?«

Er lachte laut auf. »Kannst du gern! Aber eigentlich wollte ich, dass du dich ausziehst. Auch wenn du noch keinen Sex hattest, das wirst du doch wohl wissen, oder?«

Linda schämte sich. Er war so locker und sie so verkrampft. Es kostete sie einige Überwindung, sich unter seinen prüfenden Blicken das Oberteil auszuziehen. Als sie es geschafft hatte, sah er sie unverwandt an. Der Satz von Howard gab ihr Kraft, sich stolz vor Elliott zu präsentieren. Doch gut, dass sie »geübt« hatte.

Doch Elliott sagte nichts über ihren Busen, das einzige, was ihm über die Lippen kam, war: »Na los, weiter Herzchen. Da fehlt doch noch was.«

Linda hatte fast gänzlich der Mut verlassen. Ihr Gesicht fühlte sich heiß an und sie schämte sich. Vielleicht fand er die große Brünette in seiner Wohnung viel besser? Langsam zog sie ihre Pyjamahose aus und präsentierte ihm ihre Nacktheit.

Er grinste. »Ich mache mal was, was du bestimmt super klasse finden wirst. Alle Frauen, die ich hatte, mochten das.« Damit kniete er sich zu ihr aufs Bett und schob ihre Beine auseinander. Linda hielt die Luft an. Ihr Herz klopfte wild, nicht aus Lust, sondern aus Angst, was er mit ihr vorhatte. Sein Kopf senkte sich zwischen ihre Beine und seine Zunge begann wild in ihrer Spalte zu lecken. Linda war geschockt. Das war zu viel, das ging zu schnell. »Stopp! Halt!«

Sein Kopf kam nach oben. »Was ist denn? War's nicht geil?«

»Doch, schon, irgendwie ... Aber mir geht das zu schnell, Elliott.«

»Verstehe, sorry. Dann machen wir es ganz normal. Vorsicht, das kann ein bisschen wehtun, aber es ist nicht schlimm, vergeht gleich wieder. Am besten ist es, wenn es schnell passiert.« Damit schob er sich auf sie und drückte seinen Schwanz mit einem einzigen Ruck in ihre Muschi.

Linda schrie auf. Es tat weh!

»Geht gleich weg, Herzi, das ist normal beim ersten Mal. Mach dir keine Gedanken. Warte, jetzt wird es besser.« Kraftvoll bewegte er sich rein und raus. Aber es tat bei jedem Stoß weh. Linda biss sich auf die Unterlippe. »Warte!«

Elliott stöhnte. »Linda, was ist denn nun schon wieder?«

»Es tut mir weh.«

»Ach, du stellst dich aber auch an. Es ist nur das erste Mal so. Gleich wird es schön. Komm, lass uns weitermachen.«

»Aber nicht, wenn es so unangenehm ist.«

»Das kommt, weil du so eng bist. Und ich glaube, dass du auch nicht richtig feucht bist. Hast du Gleitgel oder Vaseline?«

»Nein! Elliott, ich möchte das so nicht. Es macht keinen Spaß.«

Er zog sich aus ihr zurück und seufzte. »Ausgerechnet jetzt, wo ich kurz davor war.«

»Tut mir leid. Aber ich habe es beim ersten Mal auch ohne Gleitgel hinbekommen, ohne dass es wehgetan hat.«

»Beim ersten Mal? Ich denke, du bist Jungfrau!«

Mist! Sie hatte sich versprochen. »Ja, das war ich auch. Aber ich habe zwischenzeitlich mit jemandem geübt.«

»Was?!« Elliott sprang vom Bett auf. »Du hast *was*?! Du hast dir einfach einen Kerl geschnappt und mit ihm geübt?«

»Ja«, gestand Linda. »Ich habe es für uns, besser gesagt, für dich getan. Ich hatte Angst, ich würde mich zu dämlich anstellen bim ersten Sex.«

»Und jetzt hast du den zweiten Sex und es ist auch nicht besser!«

»Wie bitte?« Linda wurde sauer. Erst gestand sie ihm die Wahrheit und nun gab er ihr eine verbale Ohrfeige. »Ich glaube eher, dass es an *dir* liegt.«

»Das ist ja wohl das Letzte. Das hat mir noch keine Frau gesagt, und ich hatte schon verdammt viele!« Elliotts Handy klingelte. Er sprang auf und suchte es in seiner Hosentasche.

»Elliott, du willst doch jetzt nicht rangehen, wo wir hier gerade …«

»Sei still, Linda, es könnte was wichtiges sein. Hallo?« Er hörte in sein Handy. »Hallo Carrie-Maus. Nein, heute nicht, aber morgen. Ja, ganz bestimmt. Okay, bis dann. Ja, ich dich auch.«

Linda blieb der Mund offen stehen. »Was war das denn?«

»Es war Carrie. Ich arbeite seit Jahren mit ihr zusammen, da ist ein bisschen Nettigkeit wohl angesagt, oder?!«

»Und was sagte sie, als du geantwortet hast: Ich dich auch?«

»Dass sie mich vermisst. Linda, nun guck doch nicht so. Du bist ehrlich, als du sagtest, du hättest mit einem Kerl geschlafen, und ich bin ehrlich, wenn ich dir jetzt sage, dass ich Carrie liebe.«

»Wie bitte?! Und warum hast du *mir* einen Vorwurf gemacht?

Und warum hast du mit *mir* eben geschlafen?«

»Wir haben ja gar nicht richtig mit einander geschlafen, es war ja eher der Versuch.«

»Du Schwein!«

»Linda, was soll das? Wir sind junge Leute, da probiert man sich eben aus.«

»Raus hier!«

»Jetzt mach doch nicht so eine Panik!«

»Verschwinde aus meinen Augen!«

»Ist ja gut, komm wieder runter « Er nahm seine Sachen, zog sich den Slip und Unterhemd an, dann die Hose, Hemd und Pulli. Gemächlich ging er in den Flur und zog seine Schuhe an. Als er die Jacke überwarf, sagte er: »Gehe ich recht in der Annahme, dass ich dich nicht mehr anrufen darf?«

»Solltest du je meine Nummer wählen, werde ich die Kampfhunde meiner Nachbarin auf dich hetzen!«

Damit verschwand er und knallte lachend die Tür.

Tränen hatte Linda keine. Es war ein Abschluss, der ihr nicht missfiel. Mistkerl!

***

Der Schnee knirschte unter Lindas Stiefeln, als sie wieder ihren geliebten Feldweg entlanglief, um einen klaren Kopf zu bekommen. So hatte sie sich das alles nicht vorgestellt. Wie konnte sie nur so dumm sein, sich auf Elliott wieder einzulassen? Diese Carrie-Geschichte an seiner Haustür hatte doch eigentlich schon längst gereicht! Wieso hatte sie sich ihm nur wieder hingegeben? Dumm war sie. Gut, dass morgen die Woche anfing, da würde sie wieder auf andere Gedanken kommen. Doch im Augenblick war sie von einer inneren Leere erfüllt, von der sie glaubte, dass sie nie wieder genommen werden könnte.

Linda hauchte ihre Hände an. Sie steckten zwar in der Jackentasche, aber trotzdem waren sie kalt. Für den Winter schien sie einfach nicht geboren zu sein. Sie kam am Spielplatz vorbei und setzte sich auf ihren Lieblingsplatz, um den Kindern zuzusehen. Zwar war ihr kalt, aber einen Augenblick genoss sie diese ganz andere Welt mit den Kindern. Ihre Gedanken schweiften ab zu Howard. Was machte er jetzt? Lag er mit der Frau von neulich zusammen im Bett? Wärmte sie sich an seiner warmen Brust und schlang den Arm um seinen Bauch? Hatte sie auch so einen wunderbaren Sex mit ihm gehabt, wie Linda? Nur mit Mühe konnte Linda ihre Tränen zurückhalten. Sie verschleierten ihr schon den Blick. Plötzlich erklang lautes Kindergeschrei und ein darauffolgendes Weinen. Ein Mädchen saß im Schnee und vergoss Tränen. Sofort waren Lindas Tränen vergessen. Sie blickte sich nach der Mutter um, aber niemand schien das Mädchen zu beachten. Da lief Linda schnell hin und half ihr erst mal hoch, doch das brachte das Mädchen nicht zur Ruhe. Leise redete Linda auf das Mädchen ein, dass ihre Mutter bestimmt gleich kommen würde. Hinter ihr stand ein Junge, der schuldbewusst mit den Füssen scharrte. Das Mädchen weinte und weinte, bis Linda den Mut fasste und sie in den Arm nahm. Langsam wurde das Weinen weniger, und da kam auch schon eine Frau angelaufen. »Ach, das ist sehr lieb von Ihnen. Ich musste mit meinen Sohn pipimachen gehen. Vielen Dank. Ach, Linda, beruhige dich doch, meine Süße«, redete die Mutter auf ihr Kind ein und nahm es auf den Arm.

»Ich heiße auch Linda«, sagte Linda mit einem Lächeln. Diese Situation riss sie tatsächlich aus ihren düsteren Gedanken und sie stellte sich vor, wenn sie so ein süßes Mädchen hätte.

»Haben Sie auch Kinder?«, fragte die Mutter.

Linda schluckte und versuchte, die Tränen zurückzudrängen.

»Nein«, sagte eine männliche Stimme. »Noch nicht. Aber sie arbeitet daran.«

Mit einem Ruck drehten sich Linda und die Mutter um. Hinter ihnen stand Howard. Sofort schoss Linda die Röte ins Gesicht und ihr Herz begann in rasendem Galopp zu schlagen. »Howard«, flüsterte sie. Denn zu lauteren Worten war sie nicht in der Lage.

»Na, dann wünsche ich euch viel Erfolg dabei. Es gibt nichts Schöneres, als Kinder zu haben.« Das kleine Mädchen Linda strahlte Linda an und winkte. Linda winkte ihrer Namensvetterin zurück. Dann widmete sie ihre Aufmerksamkeit Howard. »Was machst du hier?«

»Steht dir wirklich gut, so eine Kleine.«

»Howard!«

Für einen Moment wirkte er unsicher. Dann blickte er sie geradeheraus an. »Ich wollte dich sehen.«

Lindas Herz machte einen Hüpfer. »Aha. Und zufällig wusstest du, dass ich hier auf dem Spielplatz bin.«

»Ich weiß, dass du hier ab und zu bist. Und da ich mir vorstellen konnte, dass du heute allein bist, oder es zumindest gehofft hatte, bin ich hierhergekommen.«

»Bis vor zwei Stunden war ich noch nicht allein.«

»Oh, hat der gute Elliott es geschafft? Und, hast du ihm gezeigt, wie man's macht?« Er lachte. Doch es klang gezwungen. »Im Grunde genommen, wollte ich dir nur Hallo sagen und dir mitteilen, dass von meiner Seite alles okay ist. Weil … weil wir ja so einen schnellen Abschied genommen hatten, als du bei mir warst.«

»Das ist nett, dass du das sagst.« Linda dachte an die Frau in seinem Wagen. Wenn man glücklich war, dann kann man auch leichter über seinen Schatten springen. Wahrscheinlich war er jetzt mit ihr zusammen. Das versetzte ihrem Herz einen Stich. Sie spürte, wie ihr die Tränen kamen, doch auch diesmal schaffte sie es, sie zurückzuhalten. »Also sind wir noch Freunde.«

Howard nickte. »Ja, wenn du möchtest. Ich würde mich darüber freuen.«

Linda nickte ebenfalls. Sie konnte nicht sprechen.

Eine Weile standen sie sich schweigend gegenüber. Linda versuchte ihre Hände in den Taschen warmzubekommen. Zwecklos.

»Wo ist Elliott?«, fragte Howard.

»Zu Hause, glaub ich.«

»Wieso ist er nicht bei dir? Spazierengehen macht doch zu zweit viel mehr Spaß, oder?«

»Stimmt. Aber ich …« Sollte sie ihm sagen, dass sie ihn rausgeworfen hatte? Damit Howard ein schlechtes Gewissen hatte, wenn er zu seiner Freundin fuhr?

»Ja?«

»Ich wollte heute lieber allein sein.«

»Hast du denn angewendet, was du gelernt hast?«

»Du bist wirklich neugierig!«

»Sicher, und?«

Linda dachte an Howards und ihren gemeinsamen Nachmittag und im Vergleich an den schrecklichen Morgen mit Elliott. Ihre Tränen bahnten sich wieder einen Weg. Sie blickte schnell auf den Boden und wendete sich ab. Als sie seine Hand auf ihrer Schulter fühlte, kämpfte sie noch mehr gegen den Drang zu weinen an.

»Linda?«, fragte er leise und drehte sie zu sich.

Nur ungern wollte sie ihm ihr Gesicht zeigen. Doch er ließ sich nicht abwimmeln und hob ihr Kinn mit einer Hand.

»Ach, Howard, lass, das führt zu nichts.«

»Hat er dir was getan?« Sein Gesichtsausdruck wurde hart.

»Nein, es war einfach nur nicht so, wie ich es mir vorgestellt hatte, oder besser, wie wir uns das vorgestellt hatten.«

»Was meinst du damit?«

»Ich kann dir das nicht sagen ... Auf jeden Fall war es lange nicht so schön, wie mit dir«, flüsterte Linda und ihre Stimme brach, als ihre ersten Tränen sich lösten.

Das nächste, was sie spürte, waren seine warmen Lippen auf ihren. Sofort antwortete sie ihm. Er schlang seine Arme um ihren Körper und sie ihre um seinen Nacken. Zwischen Traurigkeits- und Glückstränen verschmolzen ihre Münder miteinander.

Als Howard sich von ihr löste, blickte er sie ungläubig an. »Und ich dachte, du liebst diesen Kerl?!«

Sie schüttelte den Kopf. »Nicht so sehr wie dich.«

Er bekam glasige Augen. Doch bevor er sich zu sehr gehen lassen konnte, zog er sie mit einem »Komm!« mit sich fort. Sein Chevy parkte ganz in der Nähe.

»Was ist mit dieser Frau von neulich?«, fragte Linda, als Howard sich durch den matschigen Straßenverkehr kämpfte.

»Ach, das war nur eine Patientin. Dem Sohn ihrer Nachbarin ging es nicht gut, er hatte Atemnot. Sie war mit der Metro gekommen und so nahm ich sie in meinem Auto mit.«

»Aber du warst doch mit einer Frau verabredet an dem Abend.«

»Nein, war ich nicht. Ich konnte bloß nicht länger in deiner Nähe sein mit dem Wissen, dass du abends oder am nächsten Morgen wieder zu Elliott zurückkehren würdest. Das mit der Patientin war reiner Zufall.«

Linda lachte und schüttelte den Kopf. Howard war Kinderarzt, und machte in einigen wichtigen Fällen auch Hausbesuche, das wusste sie. Doch nie wäre sie auf den Gedanken gekommen, dass er an dem Abend rein beruflich unterwegs sein könnte.

Als Howard die Wohnungstür aufgeschlossen hatte, bekamen beide es kaum hin, sich die Jacken auszuziehen, so sehr fielen sie über einander her. Aber als sie beim Bett ankamen, hatten beide es geschafft, sich die Klamotten vom Leib zu reißen. Diesmal ignorierte Howard ihre Brüste, sein Mund konnte sich dafür nicht von ihrem lösen. Linda war innerlich aufgeheizt, trotz ihres kalten Körpers und hatte nur einen Wunsch, sich von Howard ausfüllen zu lassen. Sie wollte ihn wieder in sich spüren, ihm nahe sein, seine Härte in sich aufnehmen und nie wieder loslassen.

Howard schien das Gleiche zu wollen, doch er hielt auf einmal inne und fragte besorgt: »Geht es dir zu schnell, Kleines?«

»Nein, es kann mir nicht schnell genug gehen, komm endlich zu mir, ich kann es nicht mehr erwarten.«

Mit einem gekonnten, kräftigen Stoß war er in ihr. Linda entfuhr ein Schrei und sie stöhnte seinen Namen. Sofort bewegte er sich weiter. Immer wieder stieß er tief in sie. Es war fantastisch. Die Lust rauschte durch ihren Körper und sie spürte, wie es ihr gleich kommen würde.

»Oh, Howard, es … du bist … unglaublich! Und ich komme gleich …«

»Oh, Baby …«

Es klingelte. Jäh schreckten beide hoch und sahen sich an.

»Die Haustür!«, sagte Howard.

»Lass!«

Howard bewegte sich weiter. Dann stoppte er. Es klingelte wieder.

»Lass, Howard.«

»Das kann ich nicht. Ich bin Kinderarzt. Wenn ein Kind meine Hilfe dringend benötigt ...«

»Aber heute ist Sonntag.«

»Das ist den Krankheiten egal.« Er löste sich von ihr.

»Howard, bitte ...«

»Bin gleich wieder da, Süße, sorry.« Damit warf er sich einen Bademantel über und band ihn im Gehen zu.

Linda hörte, wie er an der Haustür mit jemandem sprach. Dann kam er zur Linda zurück ins Schlafzimmer. Dort ließ er seinen Bademantel fallen und zog sich seine Boxershorts an. Sein Schwanz war noch immer halb steif. »Tut mir leid, Kleines. Ich muss kurz zu einem Kind. Ich bin aber schnell wieder da, versprochen! Und dann machen wir da weiter, wo wir aufgehört haben, okay?!«

Linda wollte sauer auf ihn sein, doch sie konnte es nicht. Dass er diesen Einsatz für seine kleinen kranken Patienten zeigte, ließ ihn nur noch mehr in ihrem Ansehen steigen. »Es ist kein Problem. Ich werde in deinem Bett gekuschelt bleiben und es für uns warmhalten, wenn es dir nichts ausmacht.«

»Ich bitte darum!« Dann beugte er sich zu ihr hinunter und gab ihr einen langen Kuss. Sein Blick in ihre Augen sagte: Ich liebe dich! Und ihr wurde warm ums Herz.

»Ich liebe dich«, flüsterte er.

Dann erhob er sich und ging mit großen Schritten in den Flur, wo er anscheinend mit der Mutter des Kindes redete und dann verschwand, die Haustür klickte ins Schloss.

Linda seufzte und freute sich auf sein Wiederkommen. Das Schöne war: Diesmal würde er auf jeden Fall wiederkommen und das zu ihr. Linda lächelte glücklich!

DIE KLAVIERLEHRERIN

»Sie haben sich also entschieden, meinem kleinen Sohn Klavier-Unterricht zu geben?«, fragte Jeffrey McIntyre.

Julie nickte nervös. Sie war nun zum zweiten Mal auf diesem riesigen Anwesen der Adelsfamilie McIntyre. So ein hohes Angebot hatte sie noch nie von jemandem erhalten. Sie wäre schön dumm, wenn sie es ablehnen würde. Außerdem war Jeffrey McIntyre Witwer und besaß sehr viel Geld. Jeder wusste das, keiner sprach es laut aus. Er war ein gut aussehender Mann Mitte vierzig und in weiblichen Single-Kreisen sehr beliebt.

Nun kam auch Julie in den Genuss seiner ungeheuren Ausstrahlung. Zwar war sie mit ihren dreißig Jahren kein unerfahrenes Mädchen mehr und hatte auch einige Freunde gehabt, aber so ein Mann mit solch einer Aura war ihr bisher noch nicht dazwischen gekommen.

Ruhig betrachtete er sie hinter seinem großen, schweren Mahagoni-Schreibtisch.

Julies Herzklopfen nahm zu. Doch sie wollte auch mutig sein und begegnete seinem Blick mit einem koketten Lächeln.

Schließlich nickte er. »Gut.« Seine Hand schob einen Vertrag über den Tisch.

Julie nahm ihn entgegen und las ihn sich durch. Sie spürte seinen Blick auf ihr ruhen und freute sich darüber. Sie würde ihn rumbekommen und ihre Zukunft wäre gesichert. Wer sagte zu so einem Mann, der so gut aussah und Geld wie Heu hatte, nicht nein?! Schließlich blickte sie hoch und ihm in die Augen. Während sie ihn ansah, öffnete sie den Füller und unterschrieb den Vertrag.

»Wunderbar.« Mr McIntyre erhob sich und streckte Julie die Hand hin. »Dann sehen wir uns morgen und ab dann alle drei Tage.«

»Danke, Sir.« Sie blickte ihn von unten leicht schräg an, setzte auf ihre weiblichen Reize. Würde er sie hier gleich noch vernaschen, wenn sie ihm signalisierte, dass sie Interesse hatte?

»Bis morgen, Julie«, sagte er ruhig und blickte sie gerade heraus an.

Julie wollte nicht enttäuscht sein. Sie straffte sich und sagte: »Bis morgen, Sir.«

***

Julie konnte einfach nicht glauben, dass sie diesen lukrativen Job bekommen hatte. Bestimmt gab es zig Klavierlehrerinnen, die auf die Internet-Annonce geantwortet und sich vorgestellt hatten. Doch sie war diejenige, die den Vertrag unterschreiben konnte.

Immer wieder dachte sie an den gut aussehenden Mr McIntyre. Er schien sie attraktiv zu finden, und beinahe hörte sie schon die Hochzeitsglocken. Julie frohlockte. Doch nun musste sie sich sein Herz erst mal über seinen Sohn erschleichen. Das würde nicht schwer werden. Sie konnte gut mit Kindern umgehen.

Aufgeregt klingelte Julie an der schweren Holztür des prunkvollen Anwesens. Ein Butler öffnete ihr in weißer Livree. Er nickte tief und begrüßte Sie. Dann ging er voraus und ließ Julie in einer Halle Platz nehmen, nicht, ohne ihr vorher den Mantel abgenommen zu haben. »Der junge Herr wird sogleich zugegen sein. Bitte haben Sie einen Moment Geduld, Madame.«

»Danke, Sir.« Julie lächelte. Sie fragte sich gerade, wie ein Junge sich mit so einem Diener wohlfühlen konnte. Mit der hochgestochenen Sprache. Er musste sich doch in der Schule oder dem Internat als etwas Besonderes vorkommen.

»Okay, Dad!«, hörte Julie eine Stimme und schon kam der Körper dazu in ihr Sichtfeld. Ein Junge, oder eher ein junger Mann, kam eine der beiden geschwungenen Treppen hinuntergesprungen. Er war älter, als sie angenommen hatte. Sie schätzte ihn auf siebzehn Jahre. Nun ja, das ist eben auch noch ein Kind.

»Hallo, Mrs Rowlands. Ich bin Brick.« Er reichte ihr höflich die Hand, als er etwas außer Atem bei ihr ankam. Seine Augen gruben sich in ihre, als er ihr einen Handkuss gab, ohne seinen Blick abzuwenden. Dann glitten seine Augen über ihr Dekolleté.

Julie konnte es nicht glauben, dass dieser Junge, mit Mühe und Not Volljährig, schon so dreist war. Das musste an seinem reifen Vater liegen. Der hatte mit Sicherheit schon sehr viele Damen durch sein Schlafzimmer geschleust. Und sie wollte auch eine davon sein. Aber doch nicht mit diesem Jungen! »Hallo, Brick. Du kannst mich Julie nennen«, sagte sie deshalb betont lässig und wollte ihm eher Mutterersatz sein.

Er richtete sich auf. Trotzdem er so jung war, überragte er sie um einen halben Kopf. Das hatte er von seinem Vater geerbt. Süffisant lächelte er. »Kommen Sie. Wir fangen am besten gleich an, dann habe ich es hinter mir.« Mit großen Schritten lief er voraus und führte sie durch einige Gänge, bis sie in einem Zimmer landeten, in dessen Mitte ein großer Flügel ruhte. *Steinway – New York*, stand dezent an der Seite.

159

Julie nickte anerkennend. Das Zimmer war in hellen Tönen gehalten, mit vielen Stuckelementen verziert. Elegante kleine Stühle waren an den Wänden aufgereiht, als würde sogleich ein mittelalterlicher Tanz stattfinden. Der Raum versetzte Julie ins sechzehnte Jahrhundert.

Brick steuerte auf die Gardinen zu und zog zwei von mehreren auf. Sonnenlicht flutete herein, ohne dass es das Klavier erreichte. Er drehte sich noch am Fenster stehend zu Julie um. Die Sonne schien ihm auf die Rückfront und wirkte, als stünde er in Flammen, als käme er direkt aus dem Himmel.

Schließlich kam er auf sie zu, setzte sich auf den Klavierstuhl und klappte den Deckel des Flügels auf. Einladend deutete seine Hand neben sich. Julie erwachte wie aus einer Trance. Sie errötete und setzte zu ihm. Wie sollte sie diesem selbstbewussten jungen Mann nur Klavierunterricht geben? Es wirkte, als dass *er* sie unterrichten wollte. Oder empfand er nicht so wie sie? War er ein anständiger Junge, der weiß, wie man sich benimmt?

Julie fing an, Grundsätzliches zum Klavier zu erzählen: Dass das Jahr 1709 allgemein als Gründungsjahr festgehalten wurde. Und zwar aus dem Grund, weil einem italienischen Cembalobauer aus Florenz die Konstruktion einer Hammermechanik gelungen war, die den Bau eines Klaviers ermöglicht. Er nannte es dann *Gravicembalo col Piano e forte.*

Anfänglich erzählte Julie noch stockend, wurde aber nach und nach sicherer. Sie befand sich in ihrem Element und ihre Worte sprudelten hervor. Brick hörte zu. Doch irgendwann schien er abzuschalten und sich ihrem Körper zu widmen. Das brachte Julie wieder etwas aus dem Konzept. Sie drehte sich zum Klavier und sagte: »Ich werde dir nun drei verschiedene Stücke vorspielen, eins von den Söhnen Bachs, eins von Joseph

Haydn und eins, mein Lieblingsstück, von Wolfgang Amadeus Mozart. Diese drei Komponisten sind in ihrer Art sehr unterschiedlich. Das Klavier, früher wurde es Schlüsselbrett genannt, wobei das Keybord ihm heutzutage am nahesten kommt ...«

»Bitte, machen Sie einfach, reden Sie nicht so viel«, unterbrach Brick sie ein wenig ungeduldig.

Julie kam sich überrannt vor. Sollte sie dagegenhalten? Sie entschied sich dafür, tief durchzuatmen und einfach ihre drei Musikstücke zu spielen. Und schon klangen satte Töne durch den Raum. Er hatte eine unglaubliche Akustik! Was natürlich auch an dem guten Klavier lag. Während Julie ihre Finger über die Tasten fliegen ließ, hatte sie wirklich das Gefühl, sich in einem der vorigen Jahrhunderte zu befinden und sie nahm sich vor, alle Lieder auszuspielen, um möglichst lange im Genuss zu bleiben.

Bricks Hand holte sie in Sekundenschnelle in die Wirklichkeit zurück. Sie ruhte auf ihrem Oberschenkel. Sofort hörte Julie auf zu spielen.

»Machen Sie weiter, Julie. Lassen Sie sich nicht stören.«

Hatte sie das nicht erwartet? Hatte sie das nicht herbeigesehnt? Nein, von so einem Jungen nicht! Er ging noch zur Schule, er baggerte normalerweise kichernde Mädchen an, die sich unsicher von ihm küssen ließen. Sein Körper war noch unreif und wirkte wie der eines gerade herangewachsenen Füllens. Julie blickte auf seine Hand. Sie war jung und feingliedrig; neugierig.

»Spielen Sie weiter, Julie«, wiederholte er mit tiefer Stimme.

Sie blickte ihn an und war sich sicher, ein Grinsen in seinem Gesicht zu sehen. Doch sie las nur Ernsthaftigkeit darin. Er wollte sie wohl wirklich erkunden. Seine Neugier gepaart mit seinem Ernst und seiner Jugend ließen ihr Herz schneller schlagen.

Ihre Finger bewegten sich wie von selbst über die Klaviertastatur und sie blickte nach unten, um ihren Fingern zuzusehen. Zeitgleich spürte sie Bricks Hand, wie sie sich unter ihren Rocksaum schob und auf ihrem Oberschenkel immer weiter nach oben glitt. Julie versuchte, ruhig weiterzuatmen. Doch es fiel ihr sehr schwer. Seine neugierigen Finger machten vor nichts halt, auch nicht vor ihren zusammengepressten Oberschenkeln. Sanft drückten seine Hände diese auseinander, um an ihre weiblichen Tiefen zu gelangen. Julie gab ihm nach und öffnete ihre Beine. Sofort strich seine Hand über ihren Slip. Ein Schauer überlief ihren Körper und sie versuchte, weiterzuspielen. Geschickt glitten seine Finger an den Innenseiten ihrer Oberschenkel entlang und fuhren dann unter ihr Höschen. Gott ging das schnell! Julie fiepte auf. Als zwei seiner Finger sich auf ihre Schamlippen legten, verharrten sie dort.

»Warum hören Sie auf zu spielen?«, fragte Brick.

»Weil das Lied zu Ende ist ...«

»Dann spielen Sie ein neues.«

Julie mochte seinen sanften Befehlston und stimmte augenblicklich das nächste Stück von Joseph Haydn an. Und auch seine Finger bewegten sich sofort wieder. Sacht strichen sie über ihre Schamlippen und streichelten wie unabsichtlich in dem Spalt dazwischen. Mit Herzklopfen und einem Klopfen zwischen ihren Schenkeln spielte Julie unermüdlich weiter, auch wenn es ihr nun schwer fiel, sich zu konzentrieren. Ein sachtes Seufzen glitt über ihre Lippen, als Brick mit seinen feuchten Fingern in ihrer Spalte hin und her fuhr. Automatisch öffnete Julie ihre Beine noch ein Stück weiter. »Oh Brick, das dürfen wir nicht. Was ist, wenn dein Vater hereinkommt ...«

»Das wird er nicht.«

»Wie kannst du dir da so sicher sein?«

»Wenn er hört, dass du spielst, so wird er den Unterricht nicht unterbrechen wollen.«

»Ja, ich spiele. Aber nicht *du*! Du bist derjenige, der etwas lernen soll.«

Brick lachte leise. »Am Anfang muss man sich eben anhören, wie die Klavierlehrerin es macht. Davon kann ich nur lernen. Also, mach schön weiter, sonst kommt Daddy.« Kaum hatte er diese Worte ausgesprochen, da rutschte er von der Klavierbank und schlängelte sich zwischen Julies Beine. Sein Kopf verschwand zwischen ihren Schenkeln. Als seine Zunge auf ihre Spalte traf, seufzte Julie und grub ihre Finger in seine struppigen Haare, die mit Gel zurechtgemacht waren. »Nicht aufhören zu spielen«, nuschelte er an ihren Innenschenkeln und leckte sie dort.

Julie zuckte kurz zusammen, dann besann sie sich und drückte die Tasten mit ihren langen Fingern wieder hinunter. Obwohl sie schon seit etwa fünf Jahren Klavierlehrerin war, war ihr so etwas noch nie passiert. Noch nie hatte sich jemand an ihr sexuell vergangen, während sie spielte. Wieso schloss sie nicht einfach ihre Beine und ...

»Komm hoch, Brick!«, sagte Julie energisch. »So geht das nicht! Ich bin deine Lehrerin!«

Brick hörte tatsächlich auf, sie zu lecken und kam ein kleines Stück mit dem Kopf hoch, sodass er sie anblicken konnte. »Was ist plötzlich los? Gefällt es dir nicht mehr?«

»Doch, ich meine ... so geht das nicht!«

Brick schob sich zwischen ihren geöffneten Schenkeln langsam nach oben, während seine Hände sich rechts und links auf der Klavierbank neben ihren Hüften abstützten. Seine Armmuskeln traten deutlich hervor. Ein Lausbubengrinsen erhellte sein Gesicht. Eine Weile beobachtete er sie. Vaters

Sohn! Dann flüsterte er: »Was ist denn los, Süße? Wenn es dir gefallen hat, warum soll ich dann aufhören, hm?« Seine Augen verschlangen sie.

»Ich … es ist nur … ich bin doch deine Klavierlehrerin.«

Er lächelte. »Oh ja. Ich weiß. Hübsch und reif. Lass mich ein bisschen deinen Körper erforschen. So etwas Reifes und Hübsches habe ich sonst nie. Bitte … Du machst mich neugierig. Ich mag deine kräftigen Schenkel und deine vollen Brüste. Sonst habe ich nur die mageren Hühnchen aus meiner Schule. Bitte, lass mich dich noch ein wenig lecken und erforschen. Meine Zunge ist auch ganz behutsam und wird nur vorsichtig in dich eindringen.«

Als Julie diese Worte vernahm, spürte sie, wie Feuchtigkeit aus ihr herauslief. Wie in Zeitlupe stahl der Tropfen ihrer weiblichen Lust sich aus ihrer Möse. Julie öffnete langsam ihren Mund und blickte dabei wie in Trance zu ihrer geöffneten Spalte. Brick folgte ihrem Blick und sah bestimmt, genau wie sie, wie der Tropfen sich löste und auf den Parkett-Boden fiel. Julie sah wieder auf und ihr Blick blieb an einer beachtlichen Beule in seiner Jeans hängen. Als Julie ihm ins Gesicht sah, hatte sein ernster Ausdruck wieder von ihm Besitz ergriffen. Es lag noch etwas anderes darin. Ja, jetzt wusste sie es: Lüsternheit!

Mit einem einzigen Stoß schob Brick seinen Mittelfinger tief in Julies Möse. Julie schrie auf, indem sie die Luft einzog.

Bricks Gesicht überzog sich mit einem lüsternen Grinsen. »Oh Gott, bist du reif, du Luder! Ich werde dich gleich ficken!«

Julie stand nicht auf Bubis, doch dieser junge Kerl war in seinem Inneren viel älter als achtzehn, er war ein Mann, und er war wild, wild nach ihr und der Lust, die sie gleich gemeinsam durchleben würden. Er machte sie an und er sollte in sie eindringen mit seinem jugendlichen Schwanz. Sie wollte es. Sie wollte ihn. Sie sah, wie er an den Knöpfen seiner Jeans fingerte.

Da wurde die Flügeltür aufgestoßen. Jeffrey McIntyre.

»Brick!«, bellte er.

»Dad!«, rief Brick. »Verdammt, Dad! Was soll das, du störst!«

Die Miene seines Vaters verfinsterte sich. »Das sehe ich! Aber dafür bezahle ich deine Klavierlehrerin nicht. Nicht für *diesen* Job!«

»Dad, bitte!«

»Nein! Mrs Rowlands, Sie sind entlassen! Da ist die Tür. Ich möchte Sie hier nicht noch einmal sehen! Brick, in mein Arbeitszimmer. Sofort!«

***

Ich schüttelte den Kopf. Diese Geschichte konnte unmöglich wahr sein. »Julie, was hast du nur getan?! Wie konntest du diesen Jungen verführen?!«

Julie beugte sich über den Tisch nach vorn. »Ich habe ihn nicht verführt, Kath! *Er* hat *mich* verführt! Damit das klar ist!«

»Egal wie. Fakt ist, sein Vater hat euch dabei erwischt.«

»Nein, hat er nicht wirklich. Brick hatte sich nur zwischen meinen Beinen hochgedrückt, um mir in die Augen zu sehen. Er hatte seine Jeans noch an.«

»Und du?«

»Ich hatte meinen Rock auch noch an. Gut, meinen Slip hatte ich zur Seite über eine Pobacke geschoben. Aber das war unwichtig. Wir beide haben es nicht miteinander getan!«

»Puh, das ist eine heftige Geschichte.« Ich nahm einen Schluck Rotwein. »Ich kann dich ja irgendwie verstehen. Wir sind beide schon ziemlich lange Singles und da könnten wir mal wieder einen kräftigen Mann zwischen den Schenkeln vertragen. Aber Brick ... der ist doch noch ein Kind! Dem hättest du lieber einen Lolli zum Lutschen geben sollen. Cola darf der bestimmt auch noch nicht trinken, oder?«

Julie machte eine wegwerfende Handbewegung. »Jetzt hör aber auf! Der Typ ist älter und weiter in seinem Innersten als wir beide zusammen.«

»Na, das wäre mir dann zu alt ...«

»Damit will ich sagen, dass Brick ein Mann ist. Faszinierend, neugierig, männlich und mutig.«

»Julie, weißt du, was du da gerade tust?«

»Ich rede ihn schön? Nein, das tue ich nicht, er ist so.«

Ich schüttelte den Kopf. »Du schwärmst.«

Julie legte die Stirn in Falten und ich hatte Zeit, meine Aussage zu wiederholen. »Du schwärmst und bist ganz hin und weg. Dabei ist doch laut deiner Schilderung nichts zwischen euch gelaufen. Diesen Typen wirst du nie wieder sehen. Also vergiss ihn.«

Julie grinste. »Wer sagt, dass wir uns nicht wiedersehen?«

»Was meinst du damit?«

»Wir werden uns wieder treffen. Und zwar morgen. In seiner Villa. Willst du mitkommen?« Julie sah mich eine Weile an, warf den Kopf in den Nacken und lachte.

»Du spinnst!«, stieß ich hervor.

»Nein«, sagte sie glucksend, »es stimmt. Kaum war sein Vater draußen, hat er mich gefragt, ob ich wiederkommen wollte.«

»Und du hast Ja gesagt?!« Fassungslos starrte ich sie an.

»Es kommt noch besser: Er schlug vor, seinen Freund zu fragen, der ein bisschen jünger ist. Er sei noch Jungfrau und wollte sich mal eine richtige Frau anschauen. Das fand ich sehr reizvoll. Den jungen Burschen mal zu zeigen, was eine echte, reife Frau alles zu bieten hat und wie sich das anfühlt, wenn man mal ordentlich rangenommen wird.« Julie strahlte mit roten Wangen.

Ich schüttelte nur den Kopf und versuchte mir die Bruchstücke der Unterhaltung wieder zurückzurufen: »Ein Freund, noch jünger, Jungfrau, ordentlich rannehmen? Julie, denk doch daran, wer du bist und vor allem, wo du das tust! Hat dich Mr McIntyre nicht hochkant hinausgeworfen? Außerdem dachte ich, du hättest ein Auge auf *ihn* geworfen … Ich verstehe dich wirklich nicht. Ich verstehe das alles nicht …«

»Sei doch nicht so spießig, Kath. Wenn Jeffrey McIntyre sieht, wie ich seinem Sohn einen blase, dann wird er schon Verständnis haben.«

»Gute Nacht, Julie. Ich wünsche dir viel Spaß.«

Julie kam um den Tisch auf mich zu und hielt mich am Arm. »Oh nein, Kath. Du kannst jetzt nicht gehen! Ich wollte dir noch etwas mitteilen. Etwas sehr Wichtiges.«

»Ich glaube, ich habe kein Interesse.«

»Bitte, Kathy. Nicht gehen. Es ist doch nur, weil ich dich das nächste Mal dabeihaben wollte, sozusagen als Zuschauerin.«

Ich drehte mich langsam zu ihr um und sagte tonlos: »Ich soll als Zuschauerin eurem Debakel frönen? Zusehen, wie du zwei Kinder verführst?«

»Unsinn, Kath! Das sind keine Jungs mehr, das sind Männer! Ich wollte dich eigentlich auch als Schutz dabeihaben, damit alles mit rechten Dingen zugeht. Nicht, dass die Typen mich fesseln und Sachen mit mir machen, die ich nicht möchte.«

»Ach, dafür bin ich dann gut genug!«

»Bitte, Kathy. Es ist auch nur dieses eine Mal. Ich verspreche es. Bitte komm doch mit. Du versteckst dich irgendwo und siehst zu. Keiner wird dich bemerken. Außerdem ist es doch geil auch für dich. So etwas sieht man nicht alle Tage.«

Ich atmete tief durch. »Ich bin ein Spanner. Und was ist, wenn Mr McIntyre mich erwischt?«

»Brick hat gesagt, dass sein Vater geschäftlich unterwegs sein wird. Blöd ist Brick auch nicht. Er hat ja selber keine Lust, dass sein Vater ihn erwischt. Also, was ist?«

»Hm …«

»Du kannst auch mitmachen, wenn du willst.« Julie grinste.

»Auf keinen Fall!«

»Okay, beruhige dich. Und, was sagst du?«

Ich biss mir auf die Unterlippe. »Also schön, ich mach's. Aber nur, um dein Anstands-Wauwau zu sein. Wehe, du ziehst mich da mit rein oder sagst den Jungs Bescheid, dass ich hinter einer Gardine stehe.«

»Nein, keine Sorge! Oh, Kathy, ich danke dir. Dann fühle ich mich nicht ganz so allein. Und dir wird es bestimmt auch gefallen.«

»Na, wir werden sehen …«

***

Als Julie und ich durch die Gänge des großen Anwesens huschten, war ich mir noch immer nicht sicher, ob das eine so gute Idee war. Diese Villa war wunderschön, doch sie flößte mir Respekt ein. Ich stellte mir vor, was passieren würde, wenn man uns erwischte.

»Du wartest hier«, flüsterte Julie mir zu und hielt vor einer großen Tür auf der rechten Seite. Hier befanden sich eine Tür neben der anderen. Auf der linken Seite war ein schweres hellbeige lackiertes Holzgeländer. Ich blickte hinab. Unten waren grau-schwarze Bodenfliesen, die mit schweren bunten Teppichen belegt waren. Bilder in goldenen Rahmen unter stuckverzierten Decken prunkten an den Wänden. Riesige Bodenvasen standen zwischen fast jedem Bild.

»Julie, das hier ist doch wirklich eine Nummer zu groß für uns. Lass uns lieber gehen.«

»Quatsch! Nun sind wir endlich hier. Warte fünf Minuten und dann folgst du. Dieses Zimmer ist nur ein Zwischenzimmer. Du musst, wenn du drin bist, nach links gehen.«

»Woher weißt du eigentlich, dass das die richtige Tür ist? Hast du sie abgezählt?«

Julie gluckste. »Du wirst lachen: Ja, hab ich. Die siebte Tür auf dieser Galerie. Also, ich geh jetzt. Bis gleich.«

Ich atmete tief durch und nickte. »Okay, bis gleich.«

Julie öffnete die Tür und verschwand. Nicht ganz lautlos fiel sie ins Schloss. Ich zuckte zusammen und blickte mich sofort um. Das war wirklich eine super Idee, hier so ungeschützt mitten auf der Galerie zu stehen! Ich blickte auf die Uhr. Schritte. Mit klopfendem Herzen duckte ich mich hinter eine Fächerpalme, die in einer schweren Bodenvase stand. Das war einer der Diener, der unten entlangging. Wahrscheinlich suchte er uns. Denn wir sollten ja in einer der Vorhallen warten. Das hatten wir natürlich laut Anweisungen Bricks nicht getan, weil Julie ja nicht wollte, dass er sah, dass wir zu zweit hier waren. Was für eine blöde Idee! Ich blickte auf die Uhr. Noch zwei Minuten. Ich sah mich wieder um. Niemand war zu sehen. Irgendwo war ein dumpfer Knall zu hören. Mein Herzschlag beschleunigte sich wieder. Hoffentlich war das nicht Julie. Ich blickte auf die Uhr. Noch eine Minute. Ich erhob mich aus meiner Deckung, hatte keine Lust und vor allem keine Nerven, noch länger zu warten.

Vorsichtig öffnete ich die schwere Tür, deren Griff ungewöhnlich hoch war und schlüpfte hinein. Leise schloss ich sie wieder und sah mich um. Alles war sehr prunkvoll, aber auch spartanisch eingerichtet. Hier befand sich eine Sitzgruppe mit schweren Sesseln und einem Couchtisch. In einem der Sessel saß ein Mann, der die langen Beine ausgestreckt hatte und die Arme verschränkt hielt. Mit schräg gelegtem Kopf blickte er mich an.

Ich schrie auf und trat automatisch einen Schritt zurück. Mein Herz hämmerte.

»So so ... Noch ein Vögelchen, das sich hierher verirrt hat.« Er stand mit Schwung auf und kam zügigen Schrittes auf mich zu. Ich glaubte zu kollabieren. Sofort drehte ich mich um und riss die Tür auf. Schnell war ich hindurchgetaucht. Doch er war schon bei mir und packte mich am Arm. Mit einem Ruck holte er mich zurück, drückte mit Kraft die Tür zu und warf mich dagegen. Seine Hände stützten sich rechts und links neben meinem Kopf auf die Tür.

Mein Atem raste, mein Herz hämmerte. Sein männlicher Duft umhüllte mich. Seine Gesichtszüge wirkten hart und er schien ernsthaft sauer. Ohne Zweifel sah dieser Mann verdammt gut aus für sein Alter. Ich schätzte ihn auf Mitte Vierzig. Er war umgeben von einer ungeheuer faszinierenden Aura. Die Mischung aus seiner Ausstrahlung und Angst vor ihm, ließ mich fast in Ohnmacht fallen.

»Was machst du hier?«, trafen mich seine Worte.

»Ich ... ich bin ...« Es war ein Fehler herzukommen, ich wusste es. Nun würde er ... Mir wurde schwarz vor den Augen. Ich spürte, wie seine Hände mich packten. Stimmen, Kühle ...

***

»Wann darf ich die Augenbinde wieder abnehmen«, fragte Julie ungeduldig und aufgeregt.

»Gleich, Süße. Erst wollen wir dich ein bisschen erforschen«, hörte sie Brick sagen.

Sie spürte, wie sie hochgehoben und auf etwas Kaltes, Glattes gesetzt wurde. »Oh«, quietschte sie auf, »was ist das?« Doch sie bekam keine Antwort. Stattdessen wurden ihre Oberschenkel gestreichelt und ihr kurzer schwarzer Rock hochgeschoben. Sie hatte heute extra auf ein Höschen verzichtet. Auch an ihrem Oberkörper blieben Hände nicht untätig. Ihr Bauch wurde befühlt und gestreichelt, ihre Brüste wurden geknetet und aus den Körbchen befreit. Das fühlte sich noch etwas ungeschickt an und Julie musste lächeln. Doch dann waren ihre Brüste frei und die Nippel reckten sich in die Kühle. Sofort waren Finger an ihnen, die sie berührten, streiften, drückten und rollten. Julie seufzte wohlig und versuchte, sich den intensiven Liebkosungen zu entziehen. Ihre Hände glitten suchend zur Seite und sie ertastete einen Rand von dem Ding, auf dem sie halb saß, halb lag. Diese glatte, kühle Oberfläche und der hölzerne Rand ... Ihr schien es so, als hätten die jungen Männer sie auf ein Klavier gelegt. Gab es denn noch eins in diesem Haus? Denn dies war definitiv nicht der Raum, in dem sie Brick vor zwei Tagen unterrichtete hatte. Sie schob den Gedanken beiseite, denn inzwischen waren die Lippen von demjenigen zwischen ihren Beinen, sie glaubte, dass es Brick war, an ihren Oberschenkeln weiter zu ihrem Lustzentrum vorgedrungen und streiften über ihre Schamlippen. Eine Zunge fuhr sacht in die Spalte dazwischen. Und wie beim ersten Mal, als Brick sie erkundet hatte, öffnete Julie ihre Schenkel für seine neugierige Zunge. Doch Brick ließ von ihr ab und sie hörte ihn flüstern: »Tony, komm her, sieh mal.«

Julies Brüste wurden losgelassen, gerade jetzt, wo sie gerade so wunderbar in die Mangel genommen worden waren. »Wow, das sieht ja toll aus. Lass mich mal«, hörte sie eine fremde Stimme sagen. Und schon befand sich eine andere heiße Zunge an ihrem Geschlecht. Kundig und neugierig. Die Zunge probiere alles Mögliche aus. Leckte über die Schamlippen, dazwischen, fuhr über Julies Kitzler, dann am kleinen

Loch zu ihrem Lusteingang, dann weiter nach unten über ihr zweites Loch und wieder nach oben bis zum Kitzler, mal schnell mal langsam und schließlich drückte sich die Zunge in ihren Möseneingang. Julie stöhnte auf.

»Sie will da aber lieber was anderes rein haben, vermute ich.« Das war Brick. In seiner Stimme schwang ein belustigtes Wissen mit. Kein Spott, eher ein: »Ich weiß, was du jetzt brauchst.«

»Bevor irgendjemand etwas in mich hineinschiebt, möchte ich, dass ihr mir die Augenbinde abnehmt. Denn ich will eure Schwänze sehen.«

Sofort war jemand bei ihr und die Binde wurde abgenommen. Julie blinzelte. Es war wieder ein wunderschönes Zimmer mit einer Liegeecke, in der sich drei Sofas befanden. Und sie lag, so wie sie es vermutet hatte, auf einem Klavier, besser gesagt: auf einem Flügel. Wieder ein *Steinway*. Wow, sie wurde in ihrem Leben noch nie auf einem Flügel gevögelt. Sie hoffte, die beiden jungen Herren hatten das auch mit ihr vor. Nun war es an ihr, Neugierde aufkommen zu lassen und sie betrachtete Brick, der gerade seine Jeans nach unten zog und seinen Freund Tony, der sich an einer dunkelgrauen Stoffhose zu schaffen machte. Brick schob als erstes seinen Slip hinunter und ein großer Schaft, größer als sie von einem Jungen angenommen hatte, reckte sich ihr entgegen. Tony war da weitaus schmächtiger gebaut. Dafür war sein Schwanz lang und auch schon mächtig steif. Die beiden Ruten zeigten auf sie. Feuchtigkeit machte sich wieder in Julies Schoß breit und sie konnte es kaum erwarten, von diesen beiden Schwänzen aufgespießt zu werden. Kurz blickte sie sich um und lächelte vielsagend. Würde Kathy nun auch das Wasser in der Möse zusammenlaufen? Konnte sie die drei gut sehen? Wo hatte sie sich nur versteckt? Julie verwarf den Gedanken und richtete ihre Aufmerksamkeit wieder den beiden Jungen zu. »Na komm, mein schöner Brick. Gib mir deinen Schwanz.«

Brick nahm sich einen Hocker von der Seite und stellte ihn an das Klavier. Beherzt stieg er hinauf und griff nach Julies Hüften, um sie ein Stück an seinen Schwanz heranzuziehen.

***

Ich schlug die Augen auf. Da, wieder dieser Mann. Sein Gesicht sah besorgt aus. Sein Arm führte zu mir. Erst da merkte ich, dass er mir ein kaltes Tuch auf die Stirn drückte. Ich lag auf dem Sofa und erkannte den Raum von eben, oder war es vorhin? Nun war ich an der Reihe zu sprechen. Denn er schwieg und brauchte anscheinend einige Erklärungen.

»Mr McIntyre?« Ich war mir nicht sicher, ob er es wirklich war. Aber wer sollte er sonst sein! Der Junge bestimmt nicht. Unverwandt blickte er mich an. »Tut mir leid, Sir. Ich ... ich bin hier, weil ...« Sollte ich ihm wirklich sagen, dass Julie es mit seinem Sohn treiben wollte und ich zusehen sollte?

»Jaaaa, ich höre?«

»Ich weiß nicht, wie ich es sagen soll ...«

Er atmete tief durch. »Das merke ich.« Er nahm den Lappen von meiner Stirn und verschränkte die Arme. »So, los jetzt, ich habe nicht ewig Zeit.«

»Meine Freundin ist Julie. Sie wollte noch mal herkommen, um mit Ihrem Sohn zu sprechen ... Er ist doch Ihr Sohn, oder?«

»Wenn du Brick meinst, ja, er ist mein Sohn. Aber sprechen wollen die beiden bestimmt nicht. Die wollen doch mit Sicherheit herumvögeln. Das ist schon mal klar. Aber welche Rolle spielst du in dem Ganzen?«

Mein Innerstes war in Aufruhr. Ich hatte einfach nicht damit gerechnet, dass er so im Bilde war. »Da ... da gibt es noch einen Freund ...«

»Aha, du bist also für Tony da!«

»Nein, nein! Julie hatte Angst, dass die beiden Dinge mit ihr tun würden, die sie nicht wollte ...«

»Ach, du bist die Aufpasserin, während sich deine Freundin den beiden Kerlen hingibt?« Er lachte. »Und, wie wolltest du das anstellen? Dich in einen Stuhl setzen und brav zusehen, oder vielleicht ein gutes Buch lesen, während die drei ficken?«

»Nein, ich sollte ... mich ... hinter einer Gardine verstecken.« Nun war es raus. Ich seufzte und schloss die Augen. Ich hörte wieder sein Lachen, lauter diesmal, doch dann brach es ganz plötzlich ab. Ich öffnete die Augen.

Unverwandt blickte mich Mr McIntyre an. »Los, komm.« Er zog mich am Arm hoch.

Erschrocken wollte ich mich seinem Griff entziehen, doch er ließ sich nicht beirren. »Was haben Sie mit mir vor?«

»Du führst deinen Auftrag zu Ende.«

»Was meinen Sie damit?« Ich war auf den Beinen und er zog mich mit sich. Wir passierten eine Tür auf der linken Seite und liefen durch einen großen Raum. Dann kam noch eine Tür und nun hörte ich es: Julies Stöhnen.

Es schien hinter einem Vorhang zu sein. Mr McIntyre drängte mich vorwärts. Als ich direkt an den beiden Vorhangenden in der Mitte stand, zog ich die beiden Seiten ein Stück auseinander. Mir bot sich ein heftiges Bild. In Mitten des Raumes stand ein schwarz glänzender Flügel, auf dem sich Julie räkelte. Direkt vor ihr war wohl Brick, der seinen Unterleib immer wieder gegen ihren stieß. Schnell. Julie gebot ihm Einhalt. Er keuchte und stützte sich, ihre Hüften loslassend, auf den Flügel. Tony ließ nicht von ihr ab und saugte nach wie vor an ihren harten Nippeln. Ich konnte es deutlich sehen, als er die Brust wechselte. Unwillkürlich merkte ich, wie sich in meinem Innersten Feuchtigkeit bildete und hinaus wollte. Zusätzlich stellten sich meine Nippel auf.

Plötzlich spürte ich, wie Mr McIntyres Hand über den Stoff meines Shirts glitt und die Nippel erspürte. »Na, macht dich wohl an, was?«

Das brachte meinen Unterleib noch mehr in Aufruhr. Ich schwieg, denn er ertastete ja bereits, was ich fühlte. Seine Hände gingen noch weiter auf Wanderschaft und schoben von hinten meinen Rock hoch. Ich drehte mich zu ihm um und sah ihm ins Gesicht. Sein Ausdruck war ernst, lüstern und verwandelte sich in ein leichtes Lächeln, als er mich zu sich heranzog und mir einen Kuss gab. Mein Herz galoppierte. Was tat dieser Mann hier? Er kannte mich nicht, ich kannte ihn nicht. Aber ihm schien zu gefallen, was er da küsste, denn seine Hände wurden wieder aktiv und zogen meinen Rock hoch, den er inzwischen fallengelassen hatte. Noch während er mich küsste, schob sich ein Finger zwischen meine Schamlippen und drangen in mich. Ich stöhnte in seinen Mund. Ihn von mir wegzustoßen, kam mir nicht in den Sinn. Dieser Mann hatte etwas so Faszinierendes an sich, dass ich einfach nicht aufhören konnte. Seine Finger waren geschickt und anscheinend sehr geübt, denn sie vollführten in meinem Unterleib einen regelrechten Tanz, der mich so sehr anmachte und mich in Wallung brachte, dass ich ein Bein hob und auf seine Hüften legte. Seine Küsse hatten sich in etwas Wildes, Besitzergreifendes gewandelt. Ich hörte zusätzlich das Stöhnen Julies und ab und zu einen zurückgehaltenen männlichen Laut vom Klavier kommen.

Gott, jetzt bin ich auch noch in diesem Spiel mit gefangen, dachte ich und bekam für einen kurzen Augenblick Gewissensbisse. Doch die waren schnell verflogen, als mein Gegenüber von mir abließ, mit dem Daumen über meine geschwollenen

Lippen fuhr, lächelte, mich umdrehte und mir seinen Schwanz hineinschob. Damit hatte ich nicht gerechnet, hatte ich ja noch nicht einmal gewusst, dass er sein Hose bereits geöffnet hatte. Sein Schwanz war hart und gnadenlos. Seine Hände drückten meinen Oberkörper nach vorn und mit gleichmäßigen Stößen machte er mich abhängig von seinem Schwanz. Ich stöhnte und hörte Julie stöhnen. Bei Julie gab es immer kürzere Abstände, sodass mein Peiniger in seinen Bewegungen verharrte und meine Lust sich quälend langsam, wie in Zeitlupe, hinauszögerte.

Mit einem Mal, völlig unerwartet, zog Mr McIntyre seinen Schwanz aus mir und deutete auf den Spalt der Vorhänge. »Los, geh.« Damit ließ er von mir ab und meinen Rock wieder fallen.

Ich blickte mich zu ihm um. »Was meinen Sie?«

»Geh zu meinem Sohn. Lass dich von ihm ficken. Ich will es sehen.«

»Aber, er will mich doch gar nicht. Er …«

»Geh, sagte ich!«

Ich wagte nicht, mich seinem Befehl, denn jetzt war es definitiv einer, zu widersetzen. Fast ärgerte ich mich über den plötzlichen Sinneswandel Mr McIntyres, hatte er mich doch gerade so sehr auf Touren gebracht. Es nun mit seinem Sohn zu treiben, reizte mich überhaupt nicht. Ich stand nun mal nicht auf unerfahrene Achtzehnjährige, die es nicht verstanden, eine Frau zu pflücken. Jungs, die rot wurden, wenn man ihnen an den Schwanz fasste, die verlegen wurden, wenn man ihnen einen blasen wollte und unsicher, wenn sie einen lecken sollten.

Na schön, ich würde mir das Bürschchen mal vorknöpfen und dann schnellstmöglich wieder an Julie zurückschieben. Weiß der Himmel, was sie an ihm fand!

Beherzt zog ich die beiden Vorhänge zur Seite und schritt hindurch. Sofort war Brick von meiner Bewegung abgelenkt und sah zu mir hin. Sein Blick glitt kurz hinter mich und verstand. Mit einem knappen Befehl an seinen Freund zog er sich aus Julie zurück und stieg, ohne seinen Blick von mir abzuwenden, von dem Stuhl, auf dem er gestanden hatte, um Julie zu vögeln. Julie sah hoch und folgte seinem Blick. Ihr blieb der Mund offen stehen, als sie mich kommen sah. Gerade wollte sie etwas sagen, da verschloss Tony ihr den Mund mit einem Kuss. Er bekam sofort ihre Aufmerksamkeit. Sein Unterleib blieb nicht untätig und schob sich langsam in ihre Öffnung.

Mit steifem, wippendem Schwanz kam Brick geradewegs auf mich zu. Und wenn ich ihn noch wenige Sekunden zuvor wegen seiner Jugend verurteilt hatte, so brachte er nun mich mit seinem festen Blick und seiner Selbstsicherheit total aus dem Konzept. Er war groß und überragte mich, als er vor mir stand. Mir schlug das Herz bis zum Hals, als er mich mit seinem Blick festhielt. Von ihm ging eine ungeheure Faszination aus. Sein Gesicht, seine Haltung, alles zeigte das jüngere Ebenbild seines Vaters. Und dann breitete sich dieses sanfte, wissende Lächeln, das ich kurz zuvor auch schon bei seinem Vater gesehen hatte, auf seinem Gesicht aus und ließ mich schwach werden. Er nahm meine Hand und führte mich zu einem Sofa, das von drei anderen umgeben war. Ohne mich ihm zu widersetzen, ließ ich mich einfach mitziehen und zog mich langsam aus, als er es mir befahl. Seine jungen Augen tasteten meinen Körper ab und er nickte, als er ihn wohl für gut befunden hatte. Unter seinem Blick stellten sich meine Nippel auf. Ich stellte mir vor, wie er mich berühren, mich streicheln und in mich eindringen würde.

Sein Schwanz zuckte. Hatte er ähnliche Gedanken? Eigentlich hatte ich mir vorgenommen, ihn zu führen, aber es sah ganz danach aus, als würde er sich seine männliche Domäne nicht aus der Hand nehmen lassen wollen.

Er kam einen Schritt auf mich zu und streichelte meine Muschi. Das tat er ziemlich lange. Mein Kitzler wurde immer mehr gereizt und schwoll an. Noch drei Mal reiben und ich würde kommen. Doch er hörte auf, beugte sich stattdessen über meine Nippel, die härter nicht hatten sein können, und saugte sie zwischen seine Zähne. Unsanft biss er auf ihnen herum und verschaffte mir die tiefe Lust, die mein Körper anscheinend brauchte. Ich wollte nicht, aber ich konnte nicht anders, und stöhnte auf. Dieser Junge brachte mich auf Touren. Er, von dem ich angenommen hatte, er wäre noch ein Kind, was er ganz und gar nicht mehr war.

Er drückte mich auf das Sofa und ich fiel förmlich darauf. Seine rote Rute ragte mir ins Gesicht. Brick wartete. Ich verstand und saugte den steifen Penis in meinen Mund. Er zuckte. Meine Zunge umrundete den Schwanz und dann ließ ich ihn zwischen meinen Lippen vor und zurück gleiten. Bricks Hände legten sich an meinen Kopf, doch er ließ mich machen. Leise stöhnte er. Ich presste meine Hände auf seine Pobacken, die sich zusammendrückten. Ich massierte sie ihm zusätzlich.

»Kleines Luder«, zischte er leise.

Ich war unermüdlich in meiner Mundarbeit und fasste immer mehr Mut. Mein Ansinnen war es, ihn so richtig kommen zu lassen. Doch er stoppte meine Aktivität und bedeutete mir, mich auf das Sofa zu legen. Ich hörte Julie laut stöhnen. Anscheinend hatte Tony sie so richtig in die Mangel genommen. Ich wagte einen Blick, und es sah verdammt heiß aus, wie sein Becken immer wieder auf ihres klatschte und seine beiden Hände sich in ihre Brüste verkrallt hatten.

»Hey, Süße, hier spielt die Musik«, holte Brick mich zurück. Doch gerade, als ich mich auf das Sofa niederlassen wollte, kam noch ein Kontrahent von Brick ins Spiel: Sein Vater. Ihre Blicke begegneten sich. Ich wagte nicht zu atmen. Doch dann lächelte Mr McIntyre plötzlich und sein Sohn tat es ihm gleich. Es war ein so sanftes, amüsiertes Lächeln, dass ich sofort wusste: Diese beiden Männer waren sich schon lange einig, was sie hier taten. Was sich hier abspielte, war eine abgekartete Sache. Für mich war es ein Grund aufzuspringen und mich davon zu machen. Doch Mr McIntyre hielt mich am Arm zurück. Sein Körper war zum Sofa gerichtet und meiner zum Ausgang. Wir standen nebeneinander und sahen uns in die Augen. Meine sprühten vor Wut und seine vor Amüsement.

»Bleib hier, Kleines. Du wirst es nicht bereuen«, sagte er sanft.

»Ihr habt genau gewusst, dass ich mitkomme … Und Julie hat gewusst, dass ihr es wusstet, richtig?«

Sein Lächeln wurde noch ein Tick breiter. »Manchmal würde man sich um die schönsten Dinge des Lebens bringen, wenn man sie einem anderen mitteilt.«

»Was hat Ihr Sohn davon, dass er es Ihnen gesagt hat? Er hätte doch schweigend selber genießen können …«

»Das ist einerseits richtig, meine Kleine, aber auf der anderen Seite weiß er, wie viel Spaß es bringt, wenn man sich Dinge teilt.«

Verständnislos blickte ich ihn an.

»Komm, ich zeige es dir.«

»Nein.«

»Es wird dir gefallen, Kathleen.«

Er wusste meinen Namen! Hatte ich ihm den gesagt? Was wusste er noch alles? Keine Sekunde wollte ich länger hier in diesem Haus bleiben. Ich hörte Julie stöhnen und sah kurz zu ihr. Die beiden schienen voll in ihrem Element. Sie hatten die Position gewechselt. Sie in Hündchenstellung und Tony hinter ihr. Aber nicht seinen Schwanz in sie schiebend, sondern er leckte ihre Muschi und zwischen ihren Arschbacken. Julie stöhnte noch lauter, als seine Zunge in ihre Spalte eindrang.

Ich wollte mich gerade zum Gehen abwenden, da zog mich Mr McIntyre mit einem Ruck zu sich und küsste mich. Das war eindeutig zu viel. Doch seine Lippen waren warm und weich. Behutsam schienen sie die meinen zu streicheln. Seine Zunge blieb fern. Es waren nur diese Lippen und die Bewegungen des Mundes, die mich wahnsinnig machten und die Lust auf mehr verspürten, doch er gab mir nicht mehr. Blieb bei dem, was er wollte. Meine Hände legten sich um seinen Nacken. Mit einer kleinen Bewegung hatte er mich hochgehoben und trug mich zum Sofa. Dort lag Brick. Ich sah es aus dem Augenwinkel und löste meinen Mund von ...

»Jeffrey!«, sagte Mr McIntyre.

Ich sah ihn verwundert an.

»Nenn mich Jeffrey.« Er lächelte. »Das dürfen nicht viele.«

Ich sah eine ganze Weile in sein hübsches, markantes Gesicht mit den grauen Strähnen. Dieser Mann sah unglaublich gut aus. Ich lächelte und nickte.

»Komm her, Süße«, forderte mich Brick auf. Er hielt mir seine Hand hin. Aha, ich sollte also auf ihm Platz nehmen. Und Jeffrey? Ich versuchte, nicht weiter mitzudenken, sondern folgte nur noch den Anweisungen der beiden. Mein Körper tat sowieso mit mir, was er wollte. Mein Herz klopfte stark und meine Nippel waren seit dem Kuss aufgerichtet. Mein Schoß war wie elektrisiert und schien sich nicht von allein beruhigen zu können. Es war meinem Körper also mehr als willkommen, sich auf Bricks harten Schwanz zu spießen. Ich hockte mich über ihn und schob ihn langsam in mein Innerstes. Brick stöhnte, und als er ganz in mich reingefahren war, stöhnte auch ich. Ein paar Sekunden brauchte ich, um das Gefühl zu genießen. Dann bewegte ich mich auf ihm. Seine Hände hatten sich auf meine Hüften gelegt und gingen bei jeder Bewegung mit, unterstützten sie. Es war ein atemberaubendes Gefühl. Dieser Junge hatte es wirklich drauf. Er besaß einen erstaunlichen Erfahrungsschatz, der mich zum Glühen brachte und mich ganz verrückt machte.

Da spürte ich eine weitere Hand auf meinem Körper. Ich drehte mich um. Jeffrey hatte sich ausgezogen. Er stand hinter mir mit einer Tube. Mein Herz hämmerte. Wollte er tatsächlich noch mitmischen? Ich dachte, er wollte nur seinem Sohn zusehen, wie er von einer reifen Frau gevögelt wurde. Aber ich lag falsch. Mit dem Gel aus der Tube rieb er durch meine Pofurche, die ihm so herrlich geöffnet entgegengereckt war. Noch während Brick mich von unten stieß, ich hatte vor lauter Überraschung meine Aktivität aufgegeben, sodass er von unten die Bewegungen übernommen hatte, spürte ich, wie mir ein Finger in den Anus gebohrt wurde. Ich versuchte ruhig zu bleiben, quiekte trotzdem kurz auf. Es war unangenehm, doch als der Finger in mir verschwunden war, war es ein berauschendes Gefühl, ein geiles Gefühl. Der Finger wurde wieder rausgezogen. Ich wusste, was jetzt kommen würde und hätte mich jederzeit von Brick herunterschwingen können. Aber ich tat es nicht, ich war neugierig, wie sich ein Schwanz im Hintereingang anfühlte. Und schon bekam ich ihn zu spüren. Seine Spitze war an meinem Eingang. Brick hörte auf, mich zu ficken und wartete geduldig, bis ich mit dem zweiten Schwanz ausgefüllt war. Langsam schob sich dieser Stück für Stück in mich. Es tat weh. Meine Finger krallten sich in Bricks Brust und er biss die Zähne zusammen, hielt den Schmerz aus. Doch für mich wurde es fast unerträglich. Ich stöhnte auf und wollte mich diesem drängenden Objekt entziehen. Doch Brick drückte mich dem Schwanz seines Vaters entgegen und auch Jeffrey hielt mich mit einer Hand gepackt. Ich jaulte auf.

»Gleich wird es besser«, raunte mir Jeffrey zu.

Gerade, als ich es nicht mehr aushielt und mich schreiend losreißen wollte, wurde es tatsächlich besser. Der Widerstand war gebrochen und mein Arsch hatte sich an das neue Objekt gewöhnt. Ich hörte Jeffrey hinter mir keuchen. Es hatte ihn wohl viel Anstrengung gekostet, sich so langsam und vorsichtig in mich zu schieben, ohne mich heftig stoßen zu können. Ich rechnete ihm das hoch an.

Doch lange blieben die Männer nicht untätig. Brick fing als erster an und stieß mich ganz langsam. Dann folgte Jeffrey und zog seinen Schwanz behutsam aus mir und mit etwas Druck wieder rein. Es war schön, es war irre, es war geil! Ich hatte solche gegensätzlichen und unterschiedlichen Gefühle noch nie in mir gespürt. Die Männer spielten sich eine Weile auf einander ein und als sie den richtigen Rhythmus gefunden hatten, legten sie los. Ich konnte nicht anders, als bei jedem Stoß, der wie einer schien, laut zu stöhnen. Die Männer hielten sich stimmlich zurück, aber ich hörte beide keuchen. Ihre Schwänze waren groß und brachten mich in Sekundenschnelle auf Hochtouren. Ich genoss die Geilheit von uns dreien. Doch am meisten meine eigene Geilheit, die durch die zwei in meiner Muschi und meinem Arsch steckenden Schwänze immer mehr angeheizt wurde. Ich spürte, wie sich mein Höhepunkt ankündigte, er rollte immer schneller auf mich zu und ich rief nur: »Oh Gott, oh Gott, oh Gott ... ich komme!« Als wenn ein Gewitter durch meinen Körper tobte und der Blitz in meinen Kopf fuhr, riss es mich so stark mit sich fort, dass ich glaubte, in Ohnmacht fallen zu müssen. Es war gigantisch. Ein Feuerwerk der Gefühle und Empfindungen. Ich ließ meinen Körper zucken, meine Stimmbänder schreien und meine Hände sich in Bricks Brust verkrallen. Ich sah Bricks offenen Mund und seine zusammengepressten Augen. Er war auch gekommen. Nun vernahm ich auch das Erstarren Jeffreys und hörte seinen Aufschrei, als er in meinem Hintern abspritzte. Sekundenlang verharrten wir drei noch in dieser Position, dann löste sich Jeffrey als erster.

»Himmel, was habt ihr drei denn veranstaltet?! Kath, du bist bestimmt bis Afrika zu hören gewesen.« Julie war herangekommen. Tony stand hinter ihr und legte ihr seine Arme um die Schultern, sodass er ihre Brüste streicheln konnte.

»Es war der Hammer«, stieß ich hervor.

Die Männer lachten leise.

»Wenn du soweit bist, Kath, dann würde ich gern gehen.«

Das war ein Schock für mich. Gerade hatte ich so wunderbare Gefühle erlebt, die geilste Vorstellung meines Lebens gehabt, da sollte ich schon wieder gehen und wahrscheinlich nie wiederkommen? Doch so war es wohl gedacht. Jede Woche würde eine andere willige Frau auf dem Anwesen aufkreuzen und sich den erfahrenen Männern hingeben.

»Okay.« Ich nickte und versuchte mir meine Geknicktheit nicht anmerken zu lassen. Ich zog mich langsam an und auch die Männer warfen sich wieder in Schale.

Ganz gentlemanlike brachten sie uns beiden Frauen zur Tür. Den Butler winkten sie zur Seite.

»Es war ... schön«, stammelte ich.

Die drei Männer schmunzelten.

Brick ergriff das Wort. »Ja, liebe Kathleen. Ich fand es auch ganz wunderbar. Und noch wunderbarer war für mich, dich kennenzulernen. Julie hatte mir ja schon viel von dir erzählt.«

Ich sah schnell zu Julie hinüber. Diese grinste mit hochgezogenen Augenbrauen.

»Ich kann mich meinem Sohn nur anschließen und ich würde mich freuen, wenn du wiederkommen würdest.«

»Wiederkommen?« Mein Herz machte einen Hüpfer.

»In drei Tagen vielleicht. Dann gebe ich meinem Freund Brick wieder Klavierunterricht. Der Junge muss noch einiges lernen. Und du könntest mir dabei helfen.«

Entgeistert blickte ich zu Julie. »Brick ist dein Freund?«

»So ist es, meine Süße. Für heute habe ich ihn dir gern ausgeliehen, aber das nächste Mal gehört er wieder mir. Allerdings musst du nicht traurig sein, dass du nun leer ausgehst. Denn da gibt es ja noch seinen Vater ...«

Ich starrte Julie mit offenem Mund an. »Aber, du hast mir erzählt, dass du vor drei Tagen das erste Mal hier warst und ...«

»Ja, erzählt habe ich das. Stimmte aber nicht. Seit einem Jahr gehe ich bei den McIntyres ein und aus. Nun wollte ich meine Lust mit dir teilen.«

Ich sah einen nach dem anderen an, auch Tony, der sich anscheinend köstlich amüsierte. Hängen blieb ich bei Jeffrey. Puh, was für ein Mann! Seine Ausstrahlung haute mich fast um. Meine Augen wollten sich nicht von seinen lösen. Schließlich beugte er sich zu mir und gab mir einen Kuss. Einen Zungenkuss. Es rief sofort heiße Erinnerungen des soeben Erlebten in mir wach. Schnell atmend löste ich mich von ihm.

Er lächelte. »Und, wirst du wiederkommen? Zu mir?«

Ich presste die Lippen zusammen, nickte und grinste.

KARIBIK-ABENTEUER NO. 4: LIEBESBEWEIS

Jana warf sich schnell ihre Bluse und den langen Rock über und folgte Susan. Mit Schwung stieß Susan die Kajütentür auf, in der Gary sich wand und stöhnte. Leise redete er vor sich hin und sein Stöhnen unterbrach ihn immer wieder.

Jana ließ sich neben ihn sinken und streichelte seine Stirn. »Gary, ich bin's, Jana. Kannst du mich hören? Gary!«

Doch keinerlei Anzeichen seinerseits sagten ihr, dass ihre zaghaften Sätze bei ihm angekommen waren.

Jana blickte zu Susan auf und sagte leise: »Es ist aber nicht ganz so schlimm, wie ich befürchtet hatte. Es war klar, dass er Wundfieber bekommt. Fast sein ganzer Körper war ja mit der Qualle in Berührung gekommen.«

Susan nickte, schien unfähig zu sprechen.

»Mach dir keine Gedanken, er wird schon wieder«, tröstete Jana sie. Wobei sie sich im Stillen fragte, wessen Freund er denn eigentlich war. Bisher war sie mit ihm aus den USA hierher in die Karibik geflogen, um einen Liebesurlaub zu verbringen. Gut, Jana konnte nicht wissen, dass dieses Piratenschiff, das nur zur Belustigung der Gäste zwei Tage durch die Südsee schippernd, sich zu einem annähernd echten Piratenschiff mit Strafen und Bräuchen entpuppte. Auch hätte sie nie gedacht, sich in Miguel zu verlieben, und auch nicht, dass ihr Herz für den Schurken José höher schlagen würde. Dass sich Susan nun in Janas Freund Gary verguckt hatte, versetze ihr zwar einen Stich, aber sie konnte es ihr nicht verdenken.

»So wie Gary sich jetzt gibt, ist es wirklich nicht so schlimm«, brachte Susan hervor. »Aber noch vor einigen Minuten schlug er wie wild um sich. Sonst hätte ich dich nicht gerufen.«

Jana blickte wieder auf Gary. Während sie das Tuch aus einer kleinen mit Wasser gefüllten Schüssel nahm, es auswrang und Gary damit über die Stirn fuhr, murmelte er leise vor sich hin. Sein Atem ging stoßweise.

»Hast du ihn am ganzen Körper mit dem Zitronensaft abgerieben?«, fragte Jana leise.

Susan nickte. Sie sah erschöpft und müde aus.

»Geh ruhig ins Bett und schlaf ein bisschen, ich kümmere mich jetzt mal um Gary«, bot ihr Jana an.

»Danke. Gute Nacht.«

Jana zog das leichte Laken von seinem Körper und besah sich die von der Feuerqualle angegriffenen Stellen. Es sah wirklich nicht gut aus. Leise seufzte sie und dachte mit einem Erzittern an den Schrecken im Meer. Sie hatte die Quallen tatsächlich für einen Hai gehalten und Miguel auch. Wenn José sie im Wasser nicht von Miguel runtergezerrt hätte, wäre Miguel wahrscheinlich ertrunken. Furchtbare Vorstellung!

Gary zuckte und fing wieder an, laut zu reden und zu stöhnen. Sogleich nahm Jana das Tuch mit dem Zitronensaft und rieb erneut die verbrannten Stellen seines Körpers ab. Zwischendurch betupfte sie vorsichtig ihre eigene Gesichtshälfte damit und auch ihren Arm und den Bauch. Es brannte lange nicht mehr so sehr, wie noch vor ein paar Stunden.

***

Mit einem Ruck erwachte Jana. Geweitete Augen blickten sie an. Sie stieß einen Schrei aus. Im ersten Augenblick wusste sie nicht, wo sie sich befand. Doch dann dämmerte es ihr, als Gary sie zu sich an die Brust riss und seine Lippen fest auf ihre presste.

»Gary, nicht, lass mich …«, nuschelte sie in seinen Mund und versuchte, sich von ihm loszumachen.

Unerwartet ließ er sofort von ihr ab. Seine Augen hatten einen fiebrigen Glanz, als er hervorstieß: »Du bist doch meine Süße, oder? Du bist doch meine Freundin, bald meine Frau, oder?! Du bist doch die Flamme meines Lebens, du bist doch die einzige, die ich richtig haben will. Du bist doch die, die, die … Ich bin so geil auf dich, komm gib mir deinen Körper, ich will dich ficken! Geile, kleine Susan!«

»WAS?! Gary, du bist krank! Lass mich sofort los!«

Doch er war, trotz seines Fiebers und seiner Schwäche, stärker als Jana und riss sie auf sich. Hart presste sich sein Schwanz an ihren Bauch. Ihr Herz schlug schnell und unregelmäßig. So wollte sie auf gar keinen Fall genommen werden. Mit aller Kraft stemmte sie ihre Hände auf seine verschwitzte Brust und versuchte, sich seinem festen Griff zu entwinden. Seine Hände hatten schnell ihren Rock hochgeschoben und krallten sich mit gespreizten Fingern in ihre Pobacken.

»Au, Gary! Verdammt, lass mich los! Ich bin nicht Susan, ich bin Jana!«

»Oh ja, Susan, ich werde dich jetzt ficken.«

Ohne dass Jana reagieren konnte, drehte Gary sie mit einem Ruck um und begrub sie unter sich. Sein harter Schwanz presste sich gegen ihre unfreiwillig geöffneten Schamlippen, die unter der Behandlung anschwollen. Lüstern rieb Gary sich an ihr und stöhnte. Immer wieder versuchte Jana, ihn von sich zu stoßen, doch schließlich hörte sie auf, sich zu wehren und gab sich ihrem Freund hin. Dieser brauchte wohl mehr als die schlichte Reibung und drang mit einem hektischen Stoß in Jana ein. Sie schrie kurz unterdrückt auf. Doch kaum hatte sich sein starker Schwanz in sie versenkt, fing sie an, das Gefühl des Ausgefülltseins zu genießen. Unbewusst bewegte sie ihr Becken, was trotz Fieber von Gary wohl bemerkt wurde, denn er grinste sie wissend an, woraufhin er seine Stöße intensivierte.

Jana wusste, dass der Sex mit Gary bisher immer schön gewesen war, doch sein Problem bestand darin, sich einfach nicht lange genug zurückhalten zu können. Was hier gerade passierte, war das genaue Gegenteil. Gary nahm sich Zeit und sein Schwanz besaß sie wohl auch. Schon nach wenigen Minuten keuchte und stöhnte Jana unter der intensiven Reibung. Sie krallte sich an der verschwitzten, geröteten Haut ihres Freundes fest. Die Blasen ignorierte sie geflissentlich und schloss sofort die Augen. Sie dachte nur an sie beide, und der Sex war traumhaft schön, erfüllend, sinnlich, langsam und berührend. Jana hätte nie erwartet, dass sich jemals solch ein erotisches Miteinander zwischen ihnen hätte abspielen können.

Gerade wollte Jana Gary ihre Liebe gestehen, als er ihr zuvorkam: »Oh Susan, du bist so gut, du bist so hübsch und deine Spalte ist so wunderbar eng. Ich fühle mich so wohl bei dir, könnte ewig so weitermachen ...«

Jana glaubte, ihr würde alles vergehen. Augenblicklich wollte sie einen erneuten Versuch starten, ihn von sich herunterzustoßen, doch seine Stöße brachten sie ihrer Erfüllung so nahe, dass sie kurz vor dem Höhepunkt stand, der diesen Sex perfektionieren würde. So ließ sie ihn gewähren, genoss die Kraft und die Stärke des Mannes, die ihr das Gefühl gaben, sich zu lösen und den heiß ersehnten Augenblick des Höhepunkts zu genießen. Mit lautem Aufstöhnen kam Jana und krallte sich noch mehr in Garys Haut. Dieser schrie unterdrückt auf. An die Schmerzen hatte Jana nicht mehr gedacht. Sie wollte sich gerade entschuldigen, da verströmte Gary sich tief seufzend in ihr. Immer wieder zuckte sein Glied in ihr, bis er schließlich auf Jana zusammenbrach und so liegen blieb.

***

Nach einiger Zeit, Jana konnte nicht mehr sagen, wie lange sie so gelegen hatten, machte sie erste Anzeichen, ihren schweren, schlafenden Freund von sich zu schieben, da erwachte Gary mit einem Ruck.

»Was soll das?«, fragte er mit verschleiertem Blick.

»Ich, äh ... es wäre gut, wenn du von mir absteigen würdest, denn du bist so schwer.«

Da erst schien Gary zu bemerkten, wo er sich befand und was hier passiert war. »Was hast du mit mir gemacht?«

»*Ich* mit *dir*?« Ungläubig sah Jana ihn an. »Ich habe dir einen Zaubertrunk gegeben, dich dann ganz leicht auf mich draufgezogen und dir befohlen, mich zu vögeln. Dank des Zaubertrankes hast du das dann auch getan. Zusammen sind wir dann zu den Sternen geflogen.«

»Was soll der Unsinn!«

»Dann sieh dich an, wo du bist und reime es dir selber zusammen. So, und nun würde ich dich bitten, von mir abzusteigen, denn ich habe das Gefühl, dass gleich meine Rippen brechen oder sich meine Beine aushaken.«

Grunzend stieg Gary ab, und polterte zu Boden. Erschrocken blickte sie zu ihm und war gleich darauf an seiner Seite. Sein Atem ging stoßweise.

»Gary ...« Zärtlich strich Jana ihm das nasse Haar aus der Stirn. Sogleich versuchte sie, ihn auf die Koje zu hieven, doch sie schaffte das nicht allein.

Krachend flog die Tür auf. Miguel erschien. Hinter ihm

eine erschrockene Susan. »Alles okay hier?«, fragte Miguel und sein Blick schweifte vom leeren Bett zu Gary, dann zu Jana und wieder zurück.

Als sie sagte: »Ja, ich glaub schon, er ist nur rausgefallen«, da half Miguel schon, Gary aufzurichten, um ihn auf sein Bett zu wuchten. Doch weit kam er nicht, denn kaum stand Gary, versetzte er Miguel einen gut platzierten rechten Kinnhaken. Miguel taumelte von der ungeahnten Wucht des Schlages nach hinten und knallte gegen die Holzwand. Seine Hand legte sich sofort auf die schmerzende Stelle und seine Augen verengten sich. Die Spannung, die nun in seinen Körper trat, verriet, dass Miguel zum Angriff überging. Gary schwankte, als hätte er etwas getrunken, und stand seinen Angreifer mit immer wieder zusammenpressenden Augen und leicht schleuderndem Kopf gegenüber.

»Hört auf, sofort, beide!«, rief Jana und wandte sich an Miguel: »Gary ist im Fieberwahn. Lass ihn. Er weiß nicht was er sagt und tut.«

Miguels Augen hatten sich starr auf Gary gerichtet.

»Bitte, Miguel …«

Sein Blick löste sich kurz von seinem Kontrahenten und legte sich auf Jana, überflog kurz ihren Körper, dann heftete er sich wieder auf Gary.

»Alles Quatsch«, polterte Gary, »ich weiß genau, was ich tue! *Du* bist doch derjenige, der meine Freundin fickt! Jetzt werde ich mit dir abrechnen. Niemand vergeht sich an Susan!«

»Gary!«, zischte Jana.

Doch er achtete nicht auf Jana. Schon gar nicht auf seinen Fauxpas, die Namen vertauscht zu haben. »Niemand fickt meine Freundin, ohne mich vorher zu fragen!« Sein Gesicht ruckte zu Jana herum. »Und du, Schlampe, du solltest dich von mir fernhalten. Es ist nicht zu ertragen, wie du dich allen Kerlen an den Hals wirfst. Wo ist Jana?!«

»Gary, ich bin's doch!«, versuchte Jana ihm zu sagen.

Sein Blick hatte etwas Gehetztes, als er sich im Raum umsah, und wurde weich, als er Susan entdeckte. »Jana, meine Jana, ich werde dich jetzt viel besser beschützen. Mach dir keine Sorgen, wir kommen schon von hier weg.« Mit wackeligen Schritten tastete Gary sich zu Susan vor und schlang die Arme um sie.

Ein stechender Schmerz stahl sich in Janas Brust, als sie beide so innig umschlungen sah. Sie schluckte und versuchte, ihre Tränen zurückzuhalten.

»Meine Jana, meine kleine Susan. Es ist gut, dass der langhaarige dich nicht mehr in sein Bett zwingt. Bei mir bist du sicher. Du kannst …« Weiter kam Gary nicht, denn er brach einfach zusammen.

Sofort waren Miguel und Jana bei ihm und nahmen Susan die Last ab. Gemeinsam hoben sie ihn auf die Koje. Dort kam es plötzlich und unerwartet über ihn. Er bäumte sich auf, stieß einen lauten Schrei aus, sodass die Frauen erschrocken zusammenzuckten, dann schlug er wild um sich, brüllte Flüche, Schimpfworte und Verleumdungen, war kaum zu bändigen. Mit aller Macht versuchten die drei auf ihn einzureden, ihn zu beruhigen, doch in seinem Wahn war Gary stark. Jana kamen gerade die Gedanken, ihn einfach auf den Boden zu legen und sich dort austoben zu lassen, als der Anfall nachließ und in ein Zittern und Schütteln überging. Sein Atem ging sehr schnell, zu schnell, wie Jana wusste. So einen Fieberwahnanfall hatte sie bisher noch nie erlebt. Doch sie hatte keinen Plan, wie sie ihm helfen konnte. Vielleicht hatte sie auch mit der Behandlung der Quallententakel irgendetwas falsch gemacht. Es konnte ja sein, dass er noch irgendetwas Wichtiges brauchte …

Jana rang mit ihren Gefühlen. Sie versuchte krampfhaft, eine Lösung zu finden und wollte sich nicht damit abfinden, dass es für Gary vielleicht schon in Stunden oder auch Minuten vorbei sein konnte. Ihre Finger verkrampften sich in seine. Susan hatte seine andere Hand genommen und hielt sie fest. Jana holte gerade Luft, um ihr eine unschöne Bemerkung an den Kopf zu werfen, als sie den Druck von Miguels Hand auf ihrer Schulter bemerkte.

»Er braucht jetzt Kraft von allen Seiten«, flüsterte Miguel.

Erst jetzt spürte sie, dass ihr die Tränen über die Wange liefen. Es schien eine Ewigkeit gewesen zu sein, dass die drei so um Gary standen und auf ihn blickten, und sie hätten sich aus dieser Formation wahrscheinlich nie gelöst, wenn nicht die Tür aufgeflogen und ein Schiffsjunge erschienen wäre.

Alle drehten sich zu ihm um, und er prallte zurück, als ihn sein Mut verließ.

»Was ist?«, wollte Miguel wissen.

»Alle ... Alle Mann an Deck! Und die Lady auch«, schoss es schließlich aus ihm heraus, während er auf Jana zeigte. So schnell wie er erschienen war, verschwand er auch wieder.

»Ich kann ihn jetzt nicht allein lassen«, sagte Jana leise mit einem Blick auf Gary.

»Wenn du willst, kann ich solange bei ihm bleiben«, schlug Susan vor.

Wieder versetzte es Jana einen Stich. »Das ist keine so gute Idee! Wir ...«

»Doch, Jana, das ist eine gute Idee«, fiel Miguel ihr ins Wort. »Susan wird schon auf ihn aufpassen. Sag uns bitte sofort Bescheid, wenn etwas mit Gary nicht stimmt, okay?!«

Susan nickte augenblicklich.

Aber Jana stand noch unschlüssig im Raum und blickte auf Gary. Sie merkte, wie Miguel sie am Arm packte und leichten

Druck ausübte. Widerstrebend ließ sie sich von ihm aus der Kajüte führen. Sie wollte sich gegen seinen Arm wehren, der sich wie selbstverständlich um ihre Schultern gelegt hatte, doch schnell stellte sie fest, dass er ihr den Halt gab, den sie jetzt brauchte. Sie zwang sich, ihren Gefühlen nicht freie Hand zu geben und lieber eine Lösung für Garys Gesundheitszustand zu finden. Doch das einzige, was ihr und Gary helfen konnte, war ein Arzt, der sich damit auskannte.

»Los beeilt euch, ihr armseligen Landratten!«, rief Captain Pablo erstaunlich laut für diese frühe Morgenstunde, kaum dass Jana und Miguel mit vielen anderen Passagieren an Deck gekommen waren und sich um den Captain gruppiert hatten. Es war noch dunkel und die Morgenluft war kühl. Das Wasser plätscherte um den Bug und ein hellblauer Streifen Lichts war am Horizont zu sehen. Die Sonne war noch nicht aufgegangen.

Müde rieben sich einige die Augen und unterhielten sich leise und unwirsch.

»Ruhe! – Weshalb ich euch rufen ließ zu so früher Stunde: Es ist etwas passiert, und ich möchte einen Schuldigen dafür finden. Bei den Piraten wurden die Vergehen immer morgens bekanntgegeben, um schnell den Schuldigen zu finden. Und wisst ihr auch warum? Ha! Natürlich nicht! Weil ihr alle noch so besoffen seid! Aber genau das ist der Grund. Wer seine Sinne noch nicht zusammen hat, sagt eher die Wahrheit, als dass er weiß, was er da quatscht.«

Verwirrt blickten sich einige an.

»Also, ihr Landratten, kommen wir zur Sache, weswegen ich euch rufen ließ. Irgendein Schlaumeier hat Rum ins Trinkwasser gekippt! Darauf stehen drei Peitschenhiebe. Wenn es keiner gesteht und ich bekomme es erst später heraus, dann werden es fünf. Also, überlegt es euch, ob ihr nicht lieber sofort zugebt, wer es war.« Captain Pablo blickte sich um und schloss die Augen zu Schlitzen.

Die Leute murmelten und sahen sich untereinander an. Manch ein Ausruf des Unglaubens wurde laut, dann wieder ruhig. Doch keiner meldete sich als schuldig für diese Tat.

Captain Pablo fuhr sich mit einer Hand in den Bart und strich immer wieder darüber. »Na schön, ihr verkommener Haufen Wasserfrösche. Ihr habt es nicht anders gewollt. Die Strafe wird hart sein, aber ich habe euch gewarnt. So, nun geht wieder in eure Kojen und schlaft euren Rausch aus.« Damit drehte er sich um und ging zum Steuermann.

Die Leute tummelten sich und sahen zu, dass sie wieder unter Deck kamen.

Jana nutzte die Gelegenheit und lief Captain Pablo hinterher. »Captain, ich muss mit Euch sprechen.« Sie benutzte absichtlich die Euch-Anrede.

»Was gibt's?«, fragte er barsch.

Davon wollte Jana sich nicht entmutigen lassen. »Ich brauche dringend einen Arzt für Gary. Er hat hohes Fieber, das nur schwer zu senken ist. Außerdem hat er starke Anfälle. Wir brauchen da einen Fachmann.«

Der Captain sah Jana nur ausdruckslos an.

»Bitte, Captain, könntet Ihr nicht einen Arzt anrufen und ihm sagen, dass wir bald wieder im Hafen von Margarita sind?«

Da erst richtete er das Wort an Jana, beugte sich leicht zu ihr hinunter, sodass sie seinen schlechten Atem riechen konnte und sagte: »Das geht aber nicht, Lady.«

Jana wartete auf eine Erklärung, die nicht kam. So fragte sie: »Warum nicht? Wir könnten zurücksegeln.«

»NEIN! Diese fünfundzwanzig Passagiere haben viel Geld bezahlt für ihre Reise und ich bekomme Provision. Wenn wir zurücksegeln, bin ich meine Kröten los. Und die Leute wären um ihr kleines bisschen Spaß gekommen.«

»Es geht um einen kranken Passagier!«

»Er wird schon wieder«, sagte Captain Pablo zuversichtlich.

»Das könnt Ihr nicht wissen! Und was ist, wenn er sich nicht mehr berappelt?«

Captain Pablo sah ihr tief in die Augen, als er leise und eindringlich sagte: »Ich habe ihm NICHT gesagt, dass er hinter Euch ins Meer springen sollte. Er hat es *freiwillig* getan. Also ist es seine eigene Dummheit, dass er in einen Quallenschwarm gekommen ist. Warum sollte ich, nur weil ein Passagier so dumm ist, meine Piratenfahrt abbrechen?«

»Weil er mein Leben retten wollte! Und weil er jetzt im Sterben liegt. Ihr seid für ihn verantwortlich!!!«, schrie Jana ihn an. Sie hatte große Befürchtungen, dass der Captain ihr in keinster Weise helfen wollte. Das ließ Panik in ihr aufsteigen. Ihr Herzschlag verdoppelte sich und ihr wurde schwindelig.

»Geht unter Deck!«, war alles, was er sagte.

»Auf keinen Fall! Es ist unglaublich! Ihr lasst einen Menschen sterben, nur um Eure beschissene Provision einzustreichen?! Was für ein Unmensch seid Ihr eigentlich?!!«

»Ich bin ein Pirat«, sagte er mit stolzgeschwellter Brust.

»Nein, das seid Ihr nicht! Ihr seid nur ein erbärmlicher Schauspieler und ein schlechter noch dazu! Für einen echten Piraten fehlt Euch die Piratenehre und das Mannschaftsgefühl!«

»Geht mir aus den Augen, bevor ich mich vergesse und Euch für Eure Aufmüpfigkeit auspeitschen lasse!«, erhob nun auch Captain Pablo die Stimme. »José, bringt sie nach unten in ihre Kajüte«, wies er seinen Quartiermeister wütend an.

Jana hatte ihn nicht kommen gehört. »Lasst mich los, José, ich bin noch nicht fertig!«

»So wie es aussieht, ist er aber fertig mit Euch. Kommt, Prinzessin.«

Jana versuchte sich aus Josés Griff zu befreien, doch er ließ nicht locker. So rief sie im Weggehen über ihre Schulter: »Ich werde Euch anzeigen und verklagen, wenn Gary je etwas passieren sollte. Dann habt ihr den Stempel eines Mörders auf Eurer Stirn «

»Bringt sie zum Schweigen!«, brüllte der Captain.

Sofort legte sich Josés Hand auf ihren Mund und er stieß sie unsanft vor sich her. Auch, als sie die Stufen zum unteren Deck hinunterstolperten, ließ José nicht locker. Erst als er ihre Kajüte erreicht hatte und sie mit einem Fußtritt öffnete, ließ er sie los und stieß sie hinein.

»Das werdet Ihr noch bereuen, José!«, schrie sie.

Sofort war José in ihrer Kajüte und schloss sie von innen. »Es ist nicht mein Verschulden, Prinzessin!«

»Aber es wird zu einem, wenn Ihr mir nicht helft. Gary braucht Hilfe, und jeder, der sie ihm, sprich mir, verweigert, macht sich mitschuldig. Wie könnt Ihr nur so einen Unmenschen decken!«

»Ich tue nur meine Piratenpflicht!«

»Unsinn, Pirat! Ihr seid ein genauso schlechter und dummer Schauspieler, wie Pablo.« Jana merkte, dass sie einen Schritt zu weit gegangen war.

Ruhig hob und senkte sich seine breite Brust, während José auf Jana zukam. Sie schluckte und wich vor ihm zurück. Seine Augenlieder waren halb gesenkt und sein Blick schien sie zu durchbohren.

»War ... war nicht so gemeint ...«, setzte Jana an, denn sie wusste, er würde nicht vor einer Frau Halt machen und sich nehmen, was er wollte.

Schließlich stand er so dicht vor ihr, dass sie seinen männlich, markanten Duft wahrnahm, der seiner nackten Brust entströmte. Vorsichtig blickte sie zu ihm auf, als er leise fragte: »So? Wie habt Ihr es denn dann gemeint?«

Jana versuchte, ihren Atem zu kontrollieren. Doch es fiel ihr schwer, seine Nähe verwirrte sie. Ihr Körper reagierte auf ihn, obwohl sie sich zwang, diesen Mann vor ihr nicht gut zu finden. Aber eine wohlige Wärme durchfloss ihren Unterleib, als sie sich vorstellte, wie er sie küssen würde. Sein darauf geflüsterter Satz entfachte den Funken in ihrem Körper zu einem kleinen Feuer.

»Ich kann Euch gern zeigen, was für ein Pirat ich wirklich bin!«

»Nein, danke, den habe ich schon kennengelernt«, versuchte sie sich abzulenken.

»Also, warum seid Ihr dann so unverschämt zu mir?!«, fragte José langsam und eindringlich und näherte sich das letzte Stückchen, das sich zwischen ihnen befand. Sein Unterleib berührte ihren und seine Brust presste sich an ihre Brüste.

»Bitte, José, ich ... ich ... Ihr müsst mir helfen!«

Er kam mit seinem Gesicht immer dichter an ihres.

»Jetzt sagt nicht, dass es eine Kleinigkeit kosten würde ...« Jana dachte an Leon, der ihr einen Gefallen nur in Verbindung mit einer Gegenleistung tat.

José verzog sein Gesicht zu einem Lächeln. »Nein, Prinzessin, das ist nicht nötig. Ich werde mir schon holen, was ich brauche.« Damit senkte er seine Lippen auf ihre und ihr Herzschlag verriet, dass sie es genauso sehr genoss, wie er.

»José!«, rief jemand vom Gang her.

Sofort löste José sich von Jana und blickte ihr mit leicht gesenkten Lidern in die Augen. Sie spürte, dass er mehr für sie empfand, als er zugeben mochte.

»José!«, ertönte die Stimme wieder.

Seufzend drehte er sich von Jana weg und sagte im Hinausgehen: »Ich werde sehen, was ich für Euch tun kann. Aber ich fürchte, es wird nicht viel sein, Prinzessin.« Er schloss die Tür und Jana hörte, wie er sich mit demjenigen unterhielt und dann entfernte.

José hatte ihre Kajütentür nicht abgeschlossen. So nutzte sie die Gunst der Stunde und schlich sich zu Gary. Kurz musste sie sich im Gang festhalten, weil das Schiff auf einmal so schlingerte.

Susan bei Gary zu sehen, wie sie zärtlich seinen Kopf streichelte, versetze ihr wieder einen Stich. Dabei hatte sie nun wirklich keinen Grund sich aufzuregen. Ihre Lippen kribbelten noch immer von Josés Kuss.

»Jana«, stöhnte Gary.

Sofort war sie bei ihm und hielt seine andere Hand.

Flackernd schlug er die Augen auf, und was Jana sah, beunruhigte sie noch mehr als zuvor. Fiebrig und wässrig starrten sie ins Leere. Es sah so aus, als wollte der Tod nach ihm greifen. Nur mit Mühe konnte sie ihre Tränen zurückhalten. Susan legte ihr eine Hand auf die ihre. Jana wusste diese Geste zu schätzen und nickte ihr dankend zu. Dann riss sie sich los und verließ die Kajüte.

Keine zwei Minuten später stand sie bei Miguel im Raum und schüttelte ihn leicht. »Miguel ...«

Er schreckte hoch und versuchte sie im Halbdunkel zu erkennen. »Jana! Was ist denn? Gary?«

Seufzend nickte sie. »Ja, auch. Nicht nur ...«

»Was denn noch?«

»Ich brauche Deine Hilfe, Miguel. Du musst mich zur Isla Cubagua bringen. Das ist, glaube ich, die dichteste Insel hier in der Nähe und außerdem auch die Anlaufstelle für das Schiff, oder? Wir fahren doch immer wieder die gleiche Route, oder?«

Unmerklich nickte Miguel. »In diesem Falle steuern wir wieder die Isla Cubagua an, aber es ist nicht immer so. Besonders, wenn die Piraten-Fahrt über fünf Tage geht.«

»Verstehe. Miguel, wirst du mir helfen?«

Er seufzte. »Ich weiß nicht. Das kann ich nicht tun. Wenn es wieder herauskommt, dass ich ›fahnenflüchtig‹ geworden bin, dann bekomme ich mit Sicherheit mindestens eine genauso schlimme Strafe, wie vor zwei Tagen. Ich weiß nicht, ob mein Rücken das aushält.«

»Wir werden, bevor uns jemand bemerkt, zurücksein.« Jana hielt sich an der Kajütenwand fest, da das Schiff nun etwas stärker zur Seite schaukelte.

Miguel schüttelte langsam den Kopf. »Und wenn nicht?! Außerdem sind die meisten bereits wach. Was hätte das für einen Sinn, Jana?«

»Wir könnten deinen Bruder bitten, einen Arzt zu rufen. Er hat ein Telefon. Zur Not könnten wir Gary auf die Insel bringen, wenn der Arzt dorthin kommt.«

»Ist Gary denn transportfähig? Wird er es in einem kleinen Boot schaffen, das den Wellen ausgesetzt ist?«

»Dann lassen wir die ›Blackbeard‹ umkehren und zur Isla Margarita fahren!«

»Jana, das geht nicht. Pablo wird das nie zulassen!«

»Ich weiß, ich habe versucht, mit ihm zu reden. Aber er ist mir egal! Ich möchte Gary retten! Dafür würde ich den Captain auch in Ketten legen lassen!«

»Und wer sollte das tun? Er hat zu viele Fürsprecher «

»Gut, dann mache ich es eben auf eigene Faust.« Damit stürmte Jana aus Miguels Kajüte, und hörte ihn noch ihren

Namen rufen. Doch sie ignorierte ihn. Wieso wollte ihr keiner helfen?

Leise schlich sie in gebückter Haltung an Deck, den langen Rock gerafft. Sie blickte sich nach dem Captain um, fand ihn aber nicht. Lediglich Mike, der Steuermann, stand am Ruder. Jana wollte zu ihm gehen, wurde aber gerade von einer lang rollenden Welle gegen die Reling gepresst. Sie hielt sich kurz fest, bis sich das Schiff wieder in gerader Position befand. Dann besann sie sich eines Besseren und huschte zu den Beibooten, den sogenannten Pinassen. Doch wie konnte sie eine solche ohne Lärm hinunterlassen, und das auch noch allein ...

Der Wind fegte übers Deck und blähte kräftig die Segel. Jana blickte nach oben. Der Himmel war wolkenverhangen und die Mastspitze schaukelte bedrohlich hin und her. Ihr nächster Blick galt den Wellen. Sie waren ziemlich hoch und wirkten nicht gerade einladend, dort mit einem kleinen Boot durchzuschippern. Doch sie musste es wagen. Sie tat es für Gary. Er würde sonst sterben. Sie hakte ein dickes Tau aus einer Halterung und gab ihm Spiel. Das Ganze machte sie auch auf der anderen Seite des Bootes. Mit angehaltener Luft ließ sie die Seile los und das Boot rauschte ins Wasser. Jana presste sofort die Lippen aufeinander, da sie einen derartigen Lärm weder gebrauchen konnte noch erwartet hatte. Schnell drehte sie sich um, doch niemand war da. Sogleich schwang sie sich über die Reling auf die Strickleiter und stieg zwei Schritte nach unten, als sich eine schwere Hand auf die ihre legte. Erschrocken blickte sie auf, direkt ins Gesicht des Steuermanns Mike.

»Wo wollt Ihr denn hin, Lady?«

»Oh, ich äh ... habe einen Auftrag.«

»Ach, wirklich? Was denn für einen? Und von wem?«

Janas Herz schlug ihr bis zum Hals, und sie hatte Angst, er würde es sehen können. »Von Captain Pablo. Ich soll als Späherin die Gegend erkunden.«

Einen Augenblick sah er sie unverwandt an, und Jana schöpfte Hoffnung, er könnte ihr diesen Quatsch abnehmen. Doch ihre Hoffnungen wurden augenblicklich zerstört, als er laut auflachte und sich nicht mehr einbekam. Eine Windbö, die aus der anderen Richtung kam, ließ die Segel flattern und knallen. Sofort wurde Mike wieder ernst und sagte: »Ich muss zum Ruder zurück und Ihr, Jana, kommt sofort wieder an Bord.«

Sollte sie sich so vom Steuermann herumkommandieren lassen? »Ich habe einen Auftrag.« Mit diesen Worten kletterte sie schnell die Strickleiter hinunter und sprang von der viertletzten Sprosse ins Boot. Sie blickte nach oben. Dort konnte sie niemanden sehen, aber sie wusste auch nicht, was an Bord passierte, dafür war sie zu weit weg und der Wind zu stark. Schnell entfernte sie die Taue vom Boot und riss die Plane, die über dem Außenborder lag, zur Seite. Doch, oh Schreck, da lag kein Motor, sondern nur eine Taurolle, wunderbar aufgerollt zu einer Schnecke. »Mist!«, fluchte Jana, und nahm die Ruder an sich. Stimmen wurden laut, und sie sah nach oben. Josés Kopf war aufgetaucht, ebenso der von Mike und noch drei weiteren Passagieren.

Janas Boot war schon wegen der Wellen ein gutes Stück vom Piratenschiff weggetrieben. Kurz verharrte sie und blickte das erste Mal bewusst auf die See. Diese war unruhig – sehr unruhig – und hohe Wellen türmten sich aus dunkelblauem, petrolfarbenem Wasser auf, Schaumkronen schmückten den Wellenkamm. War sie von allen guten Geistern verlassen, zwischen diesen hohen Wellen zu irgendeiner Insel gelangen zu wollen, auch noch zu rudern! Doch sie tat es für Gary. Wenn sie es geschafft hatte, auf der Insel einen Arzt erreichte und er Gary das Leben retten würde, dann könnte sie stolz auf sich sein. Wild entschlossen packte sie die Ruder und kämpfte sich durch die Wellen.

»Kommt sofort zurück, Jana!«, hörte sie Josè rufen.

Sie blickte zur Reling hinauf. Der Wind peitschte ihren Zopf ins Gesicht. Neben José erkannte sie den Captain. Er gestikulierte in der Luft und zeigte aufs Meer und ihr Boot. José zögerte, dann schüttelte er den Kopf. Jana ruderte schneller. Der Captain brüllte etwas, das sie nicht verstehen konnte, dann wurde José gepackt und ins Wasser geworfen. Kopfüber klatschte er hinein. Jana schien, als würde ihr Herz stehenbleiben. Sollte sie ihn retten? Aber sie wollte doch Gary retten. Nein, die anderen würden sich schon um José kümmern. Doch ihre Gedanken waren nicht nötig gewesen, denn José löste das Problem von ganz allein. Zielstrebig schwamm er auf Janas Boot zu. Sofort beschleunigte sie ihr Tempo, aber schon jetzt ging ihr die Kraft zum Rudern aus. José war anscheinend ein verdammt guter Schwimmer, denn er verringerte den Abstand zwischen ihnen in Windeseile.

»Bleibt weg, José!«

Er beachtete ihren Ruf nicht und kraulte einfach weiter. Egal wie sehr Jana sich ins Zeug legte, ihr Boot schien kein Stück voranzukommen. Zwischenzeitlich war José verschwunden und ihr wurde klar, dass er einfach unter den Wellen hindurchtauchte. Sehr schlau!

Mit einem Aufschrei Janas spürte sie, wie sie seitlich von hinten gepackt wurde. José war wohl unter der Pinasse durchgetaucht und auf der anderen Seite hochgeschossen und hatte sich über den Rand auf sie zugeworfen. Tropfend und keuchend zog er sich ins Boot. Doch Jana ließ es nicht zu und versuchte, ihn ins Meer zurückzustoßen. Sie stieß ihre Hände gegen seine nackte Brust, doch er packte ihre Handgelenke und hielt sie fest. Sie stemmte sich mit aller Macht dagegen und versuchte, sich von ihm zu befreien, wobei sie über ein Tau stolperte, als eine Welle das Boot zum Schlingern brachte, rücklings mit einem Aufschrei stürzte und José mit sich zog. Unsanft landete er auf ihr. Seine nackte Brust presste sich an ihre. Sie fühlte sein schnelles Herz schlagen und ein erwachendes Zucken an ihrem Unterleib. Einen Augenblick sahen sie sich in die Augen, bis José sich von ihr erhob und zum Schiff blickte. Da erst vernahm Jana ein Grölen und Lachen. Na wunderbar, sie beide trugen zur allgemeinen morgendlichen Belustigung bei!

Mit versteinerter Miene nahm José die Ruder und schlug die Richtung zum Piratenschiff ein. Der Wind fuhr in seine nassen Haare und durch die Kühle der Luft legte sich eine leichte Gänsehaut auf seinen Körper. Seine Brustwarzen zogen sich zusammen. José lächelte, als er ihren Blick bemerkte.

»Ihr wisst nicht, was Ihr tut!«, stieß Jana hervor.

Ohne sie anzublicken sagte José ruhig: »Und Ihr wisst nicht, was *Ihr* tut!«

»Doch, das weiß ich sehr wohl – ich wollte Gary retten. Aber *Ihr* habt es tüchtig vermasselt! Wenn er stirbt, mache ich Euch dafür verantwortlich!«

Sauer ließ er die Ruder sinken und blickte sie mit hartem Ausdruck an, als er sagte: »Ihr wisst nicht, was Ihr sagt! Bei diesen Wellen hättet Ihr mit Sicherheit kein einziges Ufer erreicht, egal welches. Und das hier ist erst der Anfang eines Unwetters! Ich wollte Euch lediglich retten, Prinzessin. Allerdings, wie Ihr wohl gesehen habt, eher etwas unfreiwillig. Also, seid still und lasst mich Euch zum sicheren Schiff zurückbringen.«

»Und was soll mit Gary passieren?«

»Ich bin zuversichtlich, dass Ihr es als Ärztin hinbekommt mit ihm. Bisher hab Ihr doch auch alles hinbekommen, wie Ihr es wolltet ...«

»Was wollt Ihr damit sagen?«, zischte Jana.

Ein Lächeln huschte wieder über sein Gesicht. Doch er kam zu keiner Antwort, da eine Welle ins Boot rauschte. Jana schrie auf und duckte sich, aber dem Nass konnte sie nicht entgehen. Mit einem Schlag war sie völlig durchweicht, und ihre Bluse konnte nichts mehr verbergen. Auch Josés Blick war dieses Schaupiel nicht entgangen, und nun war er es, der sich an Janas Anblick weidete. Sie verschränkte die Arme vor ihrem Busen und presste die Lippen aufeinander. Doch schon bald musste sie sich am Rand festhalten, um nicht hin und her geschleudert zu werden. Im Stillen musste sie José zustimmen, die Wellen wurden höher und die See rauer.

Die letzten Stufen der Strickleiter brauchte Jana nicht zu nehmen, sie wurde von Miguel an Bord gehoben. »Was hast du dir dabei nur gedacht«, raunte er ihr säuerlich zu.

»Ich habe es für Gary gemacht«, zischte sie zurück.

»Na, dann warte mal ab, was der Pablo jetzt für dich macht.« Erschrocken blickte sie ihn an. »Was meinst du damit?«

»Da ist ja unsere Flüchtige!«, polterte Captain Pablo. »Schon wieder! Na, sie hatte ja auch einen guten Lehrer!« Sein Blick wanderte zu Miguel, der ihn unverwandt ansah. »Also, was machen wir nun mit dieser kleinen Wasserratte?«

Inzwischen hatten sich sämtliche Passagiere an Deck versammelt und in einen Halbkreis gestellt, damit sie auch ja alles mitbekamen, was nun geschehen sollte.

»Ich wusste nicht, dass du keinen Slip anhast. Das war ein herrlicher Anblick«, flüsterte José ihr von der anderen Seite ins Ohr.

Jana wurde schlagartig rot, als sie sich vorstellte, wie sie die Strickleiter erklommen hatte und José ihr von unten wunderbar unter den Rock sehen konnte. Ihr Herz klopfte stark bei der Vorstellung. Sie konnte spüren, wie er grinste.

Kurz taumelte Jana vom Wellengang, dann fing sie sich wieder und starrte auf die Lippen vom Captain, was er gleich als Strafe hervorbringen würde, doch sie wollte sich nicht so leicht bestrafen lassen, von daher sagte sie: »Captain, ich habe es nur für Gary getan. Er hat hohes Fieber und ich weiß nicht, ob ich seine Verbrennungen durch die Qualle richtig behandelt habe. Deshalb war ich nicht flüchtig, sondern lediglich auf dem Weg, um Hilfe zu holen.«

»Ich hatte es aber bereits verboten!«, presste der Captain hervor.

»Mir war das Leben Garys wichtiger, als Eure Anweisungen!«

Ein Raunen ging durch die Leute.

»Ach ...« Captain Pablo kam einen Schritt auf Jana zu. »Ihr widersetzt Euch wissentlich meinen Anweisungen und werdet vor versammelter Mannschaft auch noch frech und aufmüpfig! So, so ... das hab ich gern!« Er rieb sich die Hände und ein fieses Grinsen glitt über sein Gesicht. »Da fällt mir auch schon etwas Wunderbares ein!«

»Captain, bitte, so habt doch Verständnis«, versuchte Jana es erneut, da sie sich schon an den Mast gebunden sah.

»Nein, Jana, auch wenn Ihr unsere Schiffsärztin seid. Es geht darum, dass Ihr meine Anweisungen nicht befolgen wolltet. Wenn das jeder aus der Mannschaft macht, dann haben wir ein buntes Chaos auf meinem Schiff.« Der Wind drehte sich und ließ wieder die Segel erzittern und knallen. Alle Passagiere blickten nach oben.

»Sie soll auf die Wasserschaukel. Ihr schaukelt doch gern, oder, Jana?«

»Was?« Verunsichert guckte sie ihn an. Dann glitt ihr Blick zu Miguel. Er sah sie ratlos an und zuckte leicht mit den Schultern. Sofort schwenkte sie zu José. Er war schon länger auf dem Schiff und musste es wissen. Und er wusste es! Sein starr geradeaus gerichteter Blick bewies es ihr.

»Sir!« Sein Wort schnitt in den Wind.

Der Captain blickte sich zu ihm um. »Was?!«

»Das könnt Ihr nicht tun!«

Er lachte schmutzig. »Was? Wieso kann ich das nicht tun. Ich kann alles tun!«

»Wir werden einen Orkan bekommen. In dem Falle wäre es nicht tragbar, unsere Ärztin solch einem Risiko auszusetzen.«

»Ach, kommt, José, was ist nur mit Euch los?! Das macht doch gerade bei so einem Wetter erst richtig viel Spaß! Aber ich sehe schon, Ihr verweichlicht genau wie Miguel. Dann muss ich eben meine beiden besten Männer dafür einsetzen: Rodney, Leon! Los, holt die Schaukel, fesselt unserer kleinen aufmüpfigen Maus die Hände, und runter mit ihr!«

Das Schiff schwankte bedrohlich, als Jana nach und nach verstand, was mit ihr gemacht werden sollte. Sie drehte sich rasch um und rannte Richtung Luke. Doch Miguel hatte Anweisungen bekommen, sie zurückzuhalten. Er tat es und erreichte sie augenblicklich.

»Warum tust du das?«, fragte sie ungläubig.

»Ich habe keine Wahl …«

Sie riss sich los und rannte die Luke hinunter, sprang die letzten Stufen. Miguel erwischte sie und hielt sie nun eisern fest. »Mach's mir doch nicht so schwer, Jana!«, keuchte er.

»Warum lässt du mich nicht einfach in meine Kajüte flüchten, damit ich nicht auf diese Schaukel muss. Bitte!«

Langsam schüttelte er den Kopf. »Das darf ich nicht. Außerdem würden sie die Tür einschlagen und dich so oder so holen. Und dann wäre ich auch noch mit dran. So bin ich wenigstens frei und kann einschreiten, wenn dir etwas wirklich Schlimmes zustößt.«

Jana nickte langsam. Sie merkte, wie ihr die Tränen kamen. Langsam wurde es alles ein bisschen viel für sie: die Quallen, Garys Fieber, ihre Ohnmacht in allem, was sie tat und nun die Ungewissheit, was sie auf dieser Schaukel erwartete. Leise sagte sie: »Ich habe Angst.«

Miguel zog sie dicht zu sich ran, schlang die Arme um sie und flüsterte: »Ich weiß.«

Nach einer Weile schob er sie ein Stück von sich weg, berührte ihre Lippen mit seinen. Mit geschlossenen Augen nahm sie seine Zärtlichkeit dankbar entgegen und erwiderte seinen Kuss.

Die Unterbrechung ließ nicht lange auf sich warten. »Komm sofort mit der Kleinen nach oben, aber zackig!«, rief Rodney ungehalten, als er Miguel mit Jana eng zusammenstehen sah.

***

Ohne mit der Wimper zu zucken, ließ Jana die Prozedur, gefesselt und auf die Schaukel gehievt zu werden, über sich ergehen. Ihr Herz schlug stark in ihrer Brust und sie hoffte, dass es nicht so schlimm werden würde. Die Schaukel wurde wie die Pinasse neben dem Schiff nach unten gelassen und kurz vor der Wasseroberfläche wurde das Runterlassen gestoppt. Ihre Füße berührten das Meer. Kam eine höhere Welle, schlug ihr das Wasser über die Knie. Da nicht nur ihre Hände auf dem Rücken gefesselt waren, sondern auch rechts und links an den Vertäuungen befestigt waren, hatte Jana keine Chance, sich zu bewegen. Lediglich die Füße konnte sie hochziehen.

Ungläubig starrte sie auf die Wellenberge, die sich vor ihr auftürmten. Sie waren wesentlich höher geworden als vorhin, wo sie in der Pinasse gepaddelt war. Kurz überlegte sie, um Hilfe zu rufen, doch die Leute würden sie nur auslachen und der Captain würde sie noch länger hier unten baumeln lassen, weil Jana dann eine noch größere Attraktion für alle Passagiere gewesen wäre. So hoffte sie, je stiller sie wäre, desto schneller würde den Leuten es langweilig sein, sie hier unten zu sehen und sie wieder raufziehen. Kurz blickte Jana nach oben. Die meisten Passagiere drängten sich an der Reling und sahen zu ihr. Auch Rodney stand dort, der sich ein fieses Grinsen nicht verkneifen konnte. Und José, dem man ansehen konnte, dass die Art der Behandlung Janas ihm überhaupt nicht schmeckte. Auch Miguel blickte wutverzerrtem Gesicht und malmenden Zähnen zu ihr. Leon lächelte süffisant und rief: »Vorsicht Lady, Euer Röckchen!«

Jana blickte auf ihren Rock und tatsächlich hatte eine Welle ihn hochgespült und ihre nackte Scham war zu sehen. Schnell versuchte sie mit den Zähnen den Rock hinunterzuziehen, was ihr nicht gleich gelang, wobei die Wellen ihren Versuch auch ständig vereitelten. Die Passagiere lachten und grölten.

Eine Welle schwappte über Jana hinweg. Sie schnappte nach Luft, denn die plötzliche unerwartete Kälte hatte sie überrascht. Und wieder hatten die Leute etwas zu lachen. Jana war nicht zum Lachen. Das Salzwasser mischte sich mit ihren Tränen.

»So, nun geht hier weg, ihr Lumpenhunde. Lasst die Kleine ein bisschen ihre Strafe abbüßen«, rief Captain Pablo.

Jana merkte, wie die Furcht in ihr hochkroch. Allein mit den Wellen hier unten zu hängen, war noch schlimmer, als ausgelacht zu werden. Ständig blickte Jana nach oben und hoffte, ein vertrautes Gesicht zu sehen. Der Wunsch wurde immer stärker in ihr und sie hatte irgendwann das Gefühl, dass er unerträglich wurde. Dass die Wellen noch höher schlugen und ihr inzwischen auch bis zur Brust reichten, war ihr egal, wenn sie doch nur wenigstens ein Gesicht sehen würde.

All ihren Stolz vergessend brüllte sie gegen den Wind an: »Hey, hört mich jemand?!«

Niemand erschien. Eine Welle klatschte ihr auf den Bauch und spritzte ihr ins Gesicht. Schnell wischte sie die Hälfte des Gesichts an ihrer Schulter ab, was nicht viel brachte, da ihr Oberteil vollkommen durchweicht war.

»Hey, hört mich da irgendjemand?!«, rief sie erneut.

Miguels Kopf erschien und er nickte lediglich. Vor Erleichterung hätte Jana beinahe geweint. Sie wollte etwas sagen, doch ihre Emotionen erstickten ihre Stimme.

Stattdessen rief er hinunter: »Ich bin immer in deiner Nähe. Bald hole ich dich hoch.«

Jana nickte, dass sie verstanden hatte, und hoffte, sein Wegbleiben würde nicht allzu lange dauern. Sie hörte Lärm und blickte wieder nach oben. Das Hauptsegel wurde gerefft. Jemand war in die Wanten geklettert und befestigte es an den Spieren. José. Kurz blickte er zu ihr, dann arbeitete er weiter.

Das Einholen des Hauptsegels sagte Jana, dass der Sturm stärker war, als befürchtet, und dass er noch nicht sein Ende erreicht hatte. Panik überkam sie. Was war, wenn alle zu sehr vom Sturm abgelenkt wurden und sie hier unten vergessen würden? Wieder schlug ihr eine Welle vor die Brust. Dahinter rollte eine weitere Welle an, die wesentlich größer war. Jana holte Luft. Die Welle verschluckte Jana und spuckte sie kurz darauf wieder aus. Jana hatte in der Welle die Luft ausgestoßen und sog sofort neue ein. Eine weitere Welle näherte sich. Auch diese saugte sie förmlich auf. Prustend schnappte Jana nach Luft, als sie in ihrem Rücken davonrollte. Zwar war nun gerade eine ruhige Phase, doch Jana wusste, dass sie nicht lange anhalten würde. Hilfesuchend blickte sie wieder nach oben. Niemand war zu sehen. Scharf schnitten die Fesseln in ihre Handgelenke. Das Tau saugte sich anscheinend voll Wasser, oder Jana zog unbewusst ständig daran.

Die nächste Welle klatschte über sie hinweg. Diesmal hatte Jana sie nicht kommen sehen und musste husten und sog keuchend Luft ein. Da war auch schon die nächste und brandete gegen sie. Wieder musste Jana husten.

Ihre Füße waren kalt, ihr Körper war kalt und alles war kalt. Die Angst saß ihr im Nacken. Wie lange musste sie noch hier unten ausharren? Und sie wusste nicht, dass das erst der Anfang war ...

***

Jana hatte sich mit ihrem Schicksal abgefunden und eine bestimmte Technik entwickelt, wie sie den Wellen trotzen konnte. Sie wusste nicht, wie viel Zeit inzwischen vergangen war. Was sie wusste, war, dass sie nicht mehr länger durchhalten würde. Das Schiff schaukelte inzwischen so stark und die Wellen waren so hoch geworden, dass Jana das Gefühl hatte, dauerhaft im Wasser zu sein. Das ständige Angleichen ihrer Atmung an den unregelmäßigen Rhythmus der Wellen war verdammt anstrengend, und sie hoffte, bald befreit zu werden. Sie mochte sich nicht ausmalen, was passierte, wenn sie die Kraft verließ. Der Wind heulte übers Deck und peitschte ihr die See zusätzlich ins Gesicht. Das spürte Jana kaum noch.

Sie schrak zusammen, als sie einen dumpfen Knall hörte. Jemand war hinter ihr und machte sich an ihren Fesseln zu schaffen.

»Kommt Prinzessin! Aber kein Aufsehen erregen, ich habe zwar Erlaubnis, Euch zu befreien, es sollte aber trotzdem schnell gehen.«

Jana nickte José dankbar zu, unfähig zu sprechen, die Tränen der Erleichterung zurückhaltend. Sie rieb sich ihre schmerzenden Handgelenke und er half ihr beim Aufstehen auf die schwankende Schaukel. Er wollte ihr den Vortritt auf der Strickleiter lassen, doch sie winkte ab. »Kommt nicht in Frage. Ich möchte mich nicht ein zweites Mal bloßstellen«, sagte sie.

»Wie Ihr wollt.« Damit kletterte José katzengleich die Strickleiter hinauf.

Jana folgte ihm, doch es fiel ihr schwer mit den kalten Gliedern und auch, weil sie sich so lange nicht bewegt hatte. Es dauerte also seine Zeit und José wurde unruhig. Kaum hatte Jana es geschafft, oben anzukommen, half José ihr über die Reling und schlich mit ihr gebückt zur Luke. Jana warf einen Blick über Deck. Auch hier war alles nass und der Wind fegte über das Holz und verfing sich in dem kleineren Segel. Die zwei Passagiere, die es nach hier oben verschlagen hatte, hielten sich an der Reling fest. Sie sahen nicht sehr gesund aus. Einer beugte sich soeben über den Rand und spuckte ins Wasser. Gerade als Jana sich abwenden wollte, erblickte sie noch jemanden, der gefesselt an einen Mast gelehnt stand.

»José! Wieso haben sie Miguel gefesselt?«

»Drei Mal dürft Ihr raten, Prinzessin!« Er blickte sie mit einer Mischung aus Mitleid und Unglauben an. Als Jana der Mund aufklappte, zog er sie mit sich. »Kommt, schnell. Es wäre nicht gut, wenn uns jemand sieht.«

»Aber wir müssen ihn befreien«, rief Jana, und hatte ihren Körper schon ihm zugedreht.

José zog sie mit einem Ruck zu sich herum. »NEIN, Prinzessin! Wenn wir das tun, dann stehen wir beide auch gleich am Mast. Wollt Ihr das?«

211

Langsam schüttelte sie den Kopf. »Kommt jetzt. Miguel weiß schon, was er tut, und es wird ihn hier oben nicht umbringen.«

Nur ungern folgte Jana José unter Deck. Es war Stöhnen und Jammern zu hören. Es ging den Passagieren also nicht sehr gut bei diesem Seegang. Jana war froh, einigermaßen seefest zu sein. Wellen hatten ihr noch nie sehr viel anhaben können.

José nahm sie mit in seine Kajüte und schloss ab.

»Wie geht es Gary?«, fragte Jana schwach.

José wiegte den Kopf. »Es geht so. Susan sagt, sein Fieber sei noch da, aber er wäre etwas ruhiger geworden.«

»Und seine Atmung?«

José zuckte die Schultern. »Kann ich Euch nicht sagen.«

Beunruhigt setze Jana sich langsam und vorsichtig auf Josés Koje. Sie schlang die Arme um sich und sie hatte das Gefühl, nie wieder warm werden zu können.

»Ihr müsst Euch ausziehen, Prinzessin. Es ist nicht gut, in den nassen Sachen zu bleiben.«

Langsam nickte sie ohne sich zu rühren.

»Ich war nicht immer sehr nett zu Euch ...«, sagte José auf einmal. »Aber ich ... würde gern ...« Er seufzte, suchte nach Worten. »Also eigentlich möchte ich Euch nur um eines bitten ...«

Jana blickte zu ihm auf. Er hatte ihr wieder einmal das Leben gerettet. Sie wäre zwar nicht unbedingt dort unten gestorben, aber er hatte sie aus einer prekären und doch gefährlichen Lage befreit und seine eigene Freiheit aufs Spiel gesetzt. Ja, sie wollte ihm danken. Auch sie spürte, dass sie etwas für ihn empfand, obwohl er anfänglich wirklich ein Kotzbrocken gewesen war. Doch Situationen und Zeit können Menschen ändern. Und diese Änderung hatte sich José ausgesucht und gepackt, und er hatte sie über sich ergehen lassen. Nun stand er hier, und

Janas Nähe ließ ihn schwerer atmen.

Jana erhob sich vorsichtig und stand auf wackeligen Beinen. Langsam knöpfte sie ihre Bluse auf und ließ sie sich über den Rücken gleiten. Durch die Nässe fiel sie sofort auf den Boden. Ihr Rock folgte. Nackt stand sie vor ihm, und genoss, wie sein Blick sich von ihren Augen löste und zu ihren Brüsten glitt. Ein Glanz legte sich hinein. Sanft strichelte er über ihre Brüste und die Nippel stellten sich noch mehr auf, als sie es schon taten. Denn durch die Kälte waren sie dauererigiert, was Jana schon fast als schmerzend empfand. Als José nun leicht darüberstrich, entlockte er ihr einen Seufzer.

»Wie schön du bist«, flüsterte er.

Es war das erste Mal, dass er sie duzte, und Jana bekam eine Gänsehaut. Seine warmen Hände wurden mutiger und drückten das feste, weiche Fleisch ihrer Brüste zusammen.

Mit einem Mal zog er sie an seinen heißen Körper und küsste sie. Dieses unerwartete Berühren ihrer Lippen durch seine, schickte einen Blitz durch ihren Körper, der sich als warme Woge in ihrem Unterleib ausbreitete. Ihr Herz schlug schneller und automatisch rieb sie sich an ihm. Sofort spürte sie etwas gegen ihren Unterleib zucken. José schob sie ein Stück nach hinten und zog sich die Piratenhose aus, dann bedeutete er ihr, sich auf die Koje zu legen. Sogleich war er bei ihr und begann, ihren Körper zu streicheln. »Es ist verdammt lange her, dass ich eine Frau hatte«, flüsterte er mehr zu sich selbst. Mit der Art, mit der er ihr anfänglich begegnet war, hätte er auch niemals ein Frauenherz für sich gewinnen können. Doch nun ...

Als er Jana erneut küsste, war es intensiver, fordernder, drängender. Seine Zunge tauchte in ihren Mund und ihrer beider Atmen ging stoßweise. Als José sich auf sie legte, ließ Jana von seinem Mund ab, um keuchend Luft zu holen. Seine Nähe und seine Schwere nahmen ihr fast den Atem. Sein männlicher Duft stieg ihr in die Nase und machte sie leidenschaftlich und ließ sie nach mehr verlangen. Automatisch öffnete sie die Beine ein Stück. Doch statt sich dazwischen zu drängen, rutschte er von ihr herunter und liebkoste ihre Scham mit der Zunge. Jana stöhnte auf. Langsam schob er ihre Beine noch ein Stück zur Seite und strich an ihren Oberschenkelinnenseiten entlang. Schließlich traf seine Zunge wieder auf ihre Weiblichkeit und strich der Länge nach durch ihre Schamlippen. Dann tauchte er in sie hinein. Jana stöhnte wieder und krallte sich am Laken fest. Nur mit Mühe konnte sie ihren Körper zwingen, ruhig liegen zu bleiben, denn am liebsten hätte sie ihm ihren Körper entgegengeworfen. Seine Zunge war kundig und gierig. Immer wieder tauchte er mit ihr in sie und stieß an sensible Punkte, die sie erzittern ließen. Dann glitt er weiter nach oben und presste seine Zunge auf ihre Perle. Jana schrie auf und wäre beinahe gekommen. Ihr traten Bilder der Erinnerung vor Augen, wie José sie schon einmal geleckt hatte, doch so war es nicht gewesen, nicht so gut, nicht so intensiv. Es war ihr, als wäre es ein ganz anderer Mann gewesen. »Hast du das schon mal bei mir gemacht?«

Verwundert blickte er sie an. »Nein, Prinzessin. Wann sollte ich das je getan haben?«

Verwirrt sah Jana zu ihm. Hatte sie den Dreier mit Miguel doch nur im Fieberwahn geträumt?

»Leg dich hin. Lass dich verwöhnen, meine Prinzessin.«

»Nein«, sagte Jana entschieden.

In Josés Gesicht zeigte sich Erschrockenheit und dann legte sich eine Maske darüber.

»Jetzt bist du dran. Leg du dich hin.« Mit einem Lächeln

stieg Jana herunter und wies ihm den Platz. Sie sah die Erleichterung in seinen Augen, ehe er sich zu einem Schmunzeln und leichtem Kopfschütteln herabließ. Er tat wie geheißen und breitete sich auf der Koje aus. Stolz ragte sein Schwanz hervor. Jana kniete sich zwischen seine Beine und blickte José an. Dieser sah zu ihr, atmete schwer. Als Jana seinen Schwanz in den Mund saugte, ließ José seinen Kopf mit geschlossenen Augen und einem Seufzen auf das Kissen fallen. Die Lippen fest um seinen Schaft gepresst, fuhr sie langsam hoch und runter. Ihre Finger spielten mit seinen immer strammer werdenden Hoden. Ab und an leckte sie auch darüber und saugte beide in den Mund. Immer wieder hörte sei ein leises Seufzen von José, und immer wieder kehrte sie zu seinem Schwanz zurück, der sich samtig weich und hart und fest zugleich anfühlte.

Mit einem Mal stemmte José sich hoch und zog Jana auf seinen Schoß. Sein harter Schwanz schob sich tief in sie. Jana stöhnte laut auf. Einen Augenblick blieben beide so, wie sie waren, ohne sich zu rühren. »Welch wunderbarer Augenblick!«, seufzte José.

Jana war überrascht von ihm, wie sehr er ihr Liebesspiel genoss. Das hatte sie nicht von ihm erwartet.

José hielt Jana an den Hüften fest und hob sie ein Stück hoch, um sie sogleich sanft auf seinem Schwanz abzusenken. Jana unterstützte ihn und schob ihr Becken wieder hoch. So langsam und intensiv hatte sie einen Mann noch nie geritten. Die Reibung war unglaublich! Nur mit Mühe konnte Jana die zu lauten Seufzer unterdrücken. Die intensive Reibung brachte ihr Innerstes so sehr in Wallung, dass Jana es nicht mehr lange so schaffte und automatisch schneller wurde. José stöhnte. Das spornte sie zusätzlich an. Ihre Hände stützten sich auf seiner Brust ab und ihr Becken glitt auf und nieder.

José ergriff ihre Hüften und hielt sie fest.

Verwundert sah Jana ihn an. »Was machst du?«

»Was machst *du*?«, fragte er und lächelte leicht. »Ich möchte noch nicht kommen. Lass uns einen Augenblick lang genießen.«

Jana war so sehr von José überrascht. Nie hätte sie ihm diese sensible, genussvolle Seite zugetraut. »Ich hätte das nicht von dir erwartet«, sagte sie leise.

»Was hättest du nicht erwartet?«

»Ach, später ...«

José lächelte. »Dann lass uns weitermachen. Ich bin neugierig.«

Leicht bewegte Jana ihr Becken und sofort war die Lust wieder geweckt. Nun fiel es ihr schon nach wesentlich kürzerer Zeit schwer, ihr Becken langsam zu bewegen. Und so ließ sie mehr Tempo zu. Ihrer beider Atmung ging schneller, und ihre Blicke hielten sich gefangen. Dann war es an José, dass er sich nicht mehr beherrschen konnte. Er kam ein Stück nach oben, schlang einen Arm um Janas Hüfte, stellte die Füße auf und stieß sie mit schnellen Stößen. In Sekundenschnelle explodierte es in Janas Unterleib und verteilte sich als heiße Welle durch ihren ganzen Körper. Wogen der Erfüllung kamen auf sie zu und ließen sie auf seinen Körper sinken. José unterdrückte seinen Ausruf. Jana hörte ihn nur durch seine aufeinander gepressten Lippen. Als er ruhiger wurde, schlang er die heißen Arme um ihren noch kühlen, auf ihm liegenden Körper.

Keiner sprach ein Wort.

***

Jana wusste nicht, wie lange sie so auf José gelegen hatte und ihr Kopf ruckte nach oben. Sie spürte auf jeden Fall, dass er nicht mehr in ihr drin war. Sein gleichmäßiger Atem sagte ihr, dass er schlief. Sie legte sich zurück auf seine warme Brust und lauschte dem gleichmäßigen Schlag seines Herzens. Die langsamen wogenden Bewegungen des Schiffes sagten ihr auch, dass der Sturm sich etwas gelegt haben musste.

Minuten vergingen, ehe sie ein Poltern gegen die Tür aufschreckte. »José, öffnet die Tür – sofort!«, rief jemand.

Augenblicklich hatte er Jana sanft von sich heruntergeschoben und war aufgesprungen. Hastig suchte er in einer Kommode zwei Hemden heraus, von denen er eins Jana zuwarf und das andere sich selbst überzog. »Ja, ja, immer mit der Ruhe!«, sagte er betont langsam und öffnete eine weitere Schublade, wo er zwei Hosen und eine Kordel herauskramte. Eine Hose warf er Jana zu und ebenfalls die Kordel. Die andere Hose war seine. »Los, zieht das an. Es könnte ungemütlich werden.«

»Macht die verdammte Tür auf oder wir machen es!«, brüllte ein Mann, dessen Stimme Jana als die von Rodney erkannte.

»Was passiert jetzt?«, fragte sie.

»Was mit Euch passiert, Prinzessin, weiß ich nicht. Aber mit mir ... wisst Ihr noch, dass ich Euch um einen Gefallen gebeten hatte?«

»Ja ... sicher, aber das haben wir doch schon ...«

Die Tür flog krachend aus den Angeln und José konnte sich gerade noch mit einem Sprung zur Seite retten, um nicht getroffen zu werden.

»Wenn ich sage, Ihr sollt die Tür aufmachen, dann ... ach so ...« Rodneys Blick fiel auf Jana. »Verstehe. Die Kleine lässt sich also hier von jedem pimpern. Wie schön. Dann bin ich ja auch bald an der Reihe, hoffe ich!«

»RAUS!«, schrie Jana.

Doch Rodney, dem dicht auf den Fersen Leon folgte, trat in die Kajüte und lachte nur. »Ach, Ihr seid zu lustig, Lady! Wenn ich Euch darum bitten dürfte, Euch Euren Liebhaber zu entwenden ...«

»Warum?«

»Warum?« Rodney und Leon verfielen in lautes Lachen. Leon fing sich als erster und sagte: »Weil er nun seine Strafe bekommt.«

»Strafe? Schon wieder?! Gibt es auf diesem verdammten Schiff nichts, außer ständigen Bestrafungen?«

»Wenn die Regeln nicht befolgt werden, dann muss gehandelt werden, sonst hätten wir hier einen großen Sauhaufen, der macht, was er will«, antwortete Leon.

»Und was soll das für eine Strafe sein und warum?«

»Seht Euch an, Herzchen. Wenn Ihr noch auf der Schaukel sitzen würdet, dann gäbe es keine Strafe. Doch es wurden fünf Peitschenhiebe angeordnet für denjenigen, der Euch von der Schaukel holt. Und voilá, hier ist der Mann, der gern fünf Striemen auf dem Rücken hätte.«

Mussten alle, die Jana in ihr Herz geschlossen hatte, ausgepeitscht werden?

»Oh nein, das kann ich nicht glauben!« Jana wandte sich an José: »Ihr habt mir gesagt, Ihr würdet nach Anweisungen handeln.«

José lächelte leicht. »Das tat ich auch, Prinzessin. Es waren meine Anweisungen!«

Verständnislos schüttelte sie den Kopf. Wie konnte es nur Männer geben, die für sie solche Schmerzen in Kauf nahmen!

»Als ich Euch um einen Gefallen bat«, sagte José langsam, »ging es um die Bitte, meine offenen Wunden genauso zu versorgen, wie die von Miguel.« Er sah ihr fest in die Augen.

Jana öffnete den Mund, um etwas zu sagen, doch es kamen keine Worte. Stattdessen schossen ihr die Tränen in die Augen. »Wie konntet Ihr das tun? Ich hätte noch länger da unten ausgehalten ...«, flüsterte Jana.

»Nein, Prinzessin, das wollten wir aber nicht riskieren. Und in Garys Sinne wäre es auch gewesen.«

»Wir?«, fragte Jana leise.

»Miguel und José«, gab Rodney die Antwort. »Miguel hatte den ersten Versuch gestartet, wurde aber leider von Mike dabei erwischt. Schade, sonst hätte die Neunschwänzige noch ein paar neue Striemen auf seinen Rücken gezeichnet. Nun müssen wir uns eben ausschließlich mit Josés Rücken begnügen. So ein Jammer!«

»Ihr seid widerlich!«, zischte Jana.

Rodney und Leon lachten wieder, und Leon ergriff das Wort: »Ihr hättet bei mir ja noch einen Gefallen offen, aber dafür müsst Ihr erst Euer Werk an mir zu Ende führen. Wie wär's? Ihr seid ja gerade in Schwung, wie ich sehe.«

»Ihr widert mich an. Wenn Ihr mir noch einmal Euren Schwanz hinhaltet, werde ich ihn abbeißen.«

Rodney lachte laut, doch über Leons Gesicht huschte ein Schreck. Sofort wurde er ernst und trat auf José zu. »Los kommt mit, ich will Euch endlich am Mast baumeln sehen.«

Jana sprang auf, warf sich das nicht mehr ganz weiße Hemd über, und zog die Hose an. Die Männer hatten sie beobachtet, wandten sich nun ab und gingen hinaus. Jana folgte ihnen.

»Oh nein, Lady, Ihr gehört nicht an Deck.« Leon packte fest ihren Arm. »Ihr gehört hierhin.« Damit stieß er die Tür zu Susans Kajüte auf, in der sich Gary befand.

»Los, Prinzessin, tut, was Leon gesagt hat«, stieß José hervor. »Ich möchte nicht, dass Ihr oben seid, wenn ich ...«

Jana war unentschlossen. Doch der eindringlich bittende Blick Josés ließ sie nicken und in Susans Kajüte gehen.

Doch kaum hatte Jana die Kajüte betreten, traf sie der Schlag. Susan lag unter Gary und wurde von ihm so richtig in die Mangel genommen. Sein Schwanz zimmerte wie wild in ihre kleine Möse und Susan schien es zu gefallen. Ihre leisen Ausrufe und ihr Stöhnen waren für diese Situation kennzeichnend. Jana schalt sich im Stillen, sie durfte sich nicht über Susan aufregen, war sie doch selber kein Unschuldslamm. So wandte Jana sich ab und schloss die Tür von außen. Kurz blickte sie den langen düsteren Gang entlang. Das Schiff schwankte noch, aber es war nichts im Vergleich zu heute Morgen. Die Passagiere schienen zu schlafen, sich von den stürmischen morgendlichen Strapazen zu erholen. Jana überlegte, ob sie an Deck gehen sollte, doch den Anblick wollte sie sich wirklich nicht antun. Oder war es alles unecht? Kurz war Jana wieder verunsichert, was auf diesem Schiff wirklich stimmte. Wer spielte mit offenen Karten? Wer spielte hier überhaupt?

Ihr Magen knurrte. Kurz entschlossen lief sie in die Kombüse zu Ed, dem Schiffskoch. Sie bekam ein paar Arepas bei ihm und etwas zu trinken. Wasser mit Rum versetzt. Pfui! Aber es gab sonst nur härtere alkoholische Getränke. Darauf konnte Jana gut verzichten. So trank sie das alkoholisierte Wasser in großen Zügen. Ed unterhielt sich sparsam, aber nett mit ihr, bis sie vom Gang her ein Stöhnen und den Ruf ihres Namens hörte. Sofort legte sie die angebissene Arepa zur Seite und lief auf den Gang. Miguel war auf dem Weg zu Josés Kajüte.

»Miguel?«

Er drehte sich um. Neben ihm im Arm José, der die Beine schleifen ließ. »Komm schnell, Jana«, sagte Miguel halblaut.

Sofort war sie bei ihm und schloss die Tür. Josés Rücken war von fünf blutigen Striemen bedeckt – sie waren echt! Also doch keine Schauspielerei. Jana schluckte und blickte Miguel an. Dieser sah sie unter halb geschlossenen Augenlidern ernst an. »Deine Aufgabe!«

»War's schlimm?«, fragte Jana leise und ärgerte sich sofort über ihre dumme Frage.

Er nickte. »Ja«, flüsterte er und verließ die Kajüte.

»Miguel ...« Tränen stiegen in Jana auf, als sie ihren Blick von der geschlossenen Tür abwendete und ihn auf José richtete. Ihr Blick verschleierte sich. Sie ließ sich neben José sinken und schüttelte den Kopf.

Als ich Euch um einen Gefallen bat, ging es um die Bitte, meine offenen Wunden genauso zu versorgen, wie die von Miguel, kam Jana Josés Satz wieder ins Gedächtnis. Und auch das trug nicht dazu bei, die Tränen versiegen zu lassen.

Die Tür öffnete sich und Miguel erschien mit ihrer Arzttasche. Er reichte sie ihr wortlos und sie nahm sie mit einem Nicken entgegen. Jana drehte sich nicht weg, sondern sagte leise: »Danke, dass du versucht hast, mich zu befreien.«

Er griff nach ihren Oberarmen und zog sie ran. Die schweigende Nähe und die Wärme taten Jana gut, während Miguel sie in den Armen hielt. Liebend gern hätte sie ihn geküsst, doch José brauchte ihre Behandlung. So machte sie sich von Miguel los und kniete sich zu José, während sie in ihrer Arzttasche nach Jod suchte.

***

Das Blut war abgewischt, die Wunden gesäubert und mit Jod bestrichen. Miguel hatte Jana geholfen, einen Verband umzulegen, damit die Striemen gut heilen konnten und nicht wieder aufrissen.

»Jana! Schnell komm!«, rief Susan in die Kajüte.

Jana glaubte an ein Déjà-vu, als Susan ihr zurief: »Gary, schnell ... er ist ... ich glaube ...« Sie stockte.

Jana sprang auf. »Was denn um Himmels Willen?«

»Also wir haben, er hat ...« Sie blickte kurz zu Miguel, dann sammelte sie sich und sagte klar heraus: »Wir haben es miteinander getrieben und auf einmal fiel er von mir herunter. Erst dachte ich, ihm sei etwas passiert, aber er meinte nur, er sei so müde. Dann sind wir nebeneinander eingeschlafen und als ich erwachte, lag er ganz merkwürdig neben mir. Ich habe keinen Puls gefühlt. Oh, Jana, ich glaube, er ist tot!«

Jana erbleichte. Sofort fasste Miguel sie am Arm. Zusammen liefen sie über den Gang zu Garys Kajüte. Noch nie war Jana der Gang so endlos lang vorgekommen ...

Wie es weitergeht, erfahren Sie im nächsten
Trinity Taylor Buch »Ich will dich jetzt und hier«.

»Liebesspiel«
Die Internet-Story

Mit dem Gutschein-Code
TT5TBAZTB
erhalten Sie auf
www.blue-panther-books.de
diese exklusive Zusatzgeschichte als PDF.
Registrieren Sie sich einfach online oder
schicken Sie uns die beiliegende
Postkarte ausgefüllt zurück!

Weitere erotische Geschichten:

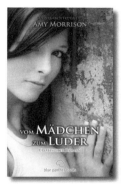

Amy Morrison
vom Mädchen zum Luder

Begleiten Sie Amy auf ihrem Weg
vom Mädchen zum Luder!

Amys Bedürfnis nach Sex wird von ihrem Freund
nicht befriedigt.

So geht sie ins Internet auf ein erotisches Portal,
wo sie einen Mann nach dem anderen anlockt
und es mit ihnen an vielen verschiedenen
Orten treibt.

Ihr Hunger ist geweckt und kennt keine Grenzen ...

Helen Carter
AnwaltsHure

Eine Hure aus Leidenschaft,
ein charismatischer Anwalt und
ein egozentrischer Sohn ...

... entführen den Leser in die Welt
der englischen Upper Class,
in das moderne London des Adels,
des Reichtums und der scheinbar
grenzenlosen sexuellen Gier.

Trinity Taylor
Ich will dich ganz & gar

Lassen Sie sich von der Wollust mitreißen und fühlen
Sie das Verlangen der neuen erotischen Geschichten:

Gefesselt auf dem Rücksitz,
auf der Party im Hinterzimmer,
»ferngesteuert« vom neuen Kollegen
oder in der Kunstausstellung ...

»Scharfe Literatur! - Bei Trinity Taylor geht es immer
sofort zur Sache, und das in den unterschiedlichsten
Situationen und Varianten.« BZ, die Zeitung in Berlin

Weitere erotische Geschichten:

Anna Lynn
FeuchtOasen Erotische Bekenntnisse

Anna Lynn berichtet aus ihrem wilden, erotischen Leben. Es ist voll von sexueller Gier, Wollust und wilden Sexpraktiken.

Anna Lynn kann immer, will immer und macht es immer ... Sex!
Pastorinnen, Reitlehrer, Architekten, Gärtner, Chauffeure, Hausdamen & Co.
Alle müssen ran!

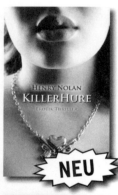

Henry Nolan
KillerHure

Eine Hure aus Passion, ein smarter Agent und ein tödlicher Auftrag ...

Sie verführt ihre Opfer mit Sex, Schönheit und Raffinesse.

Tauchen Sie ein in eine Welt voller Intrigen, Adrenalin, Erotik, Liebe und unerwarteter Wendungen.

»Man genießt, leidet und fiebert mit der Hauptfigur! Großartig!« Trinity Taylor

Sara Bellford
LustSchmerz Erotischer SM-Roman

Sir Alan Baxter hat eine Passion:
Er sammelt Frauen!

Er will sie um ihretwillen besitzen

Sie wollen vom ihm gedemütigt und geliebt werden

Gemeinsam zelebrieren sie die schönsten Höhepunkte aus Lust, Schmerz und Qual ...